意林

公元787年，唐封疆大吏马总集诸子精华，编著成《意林》一书6卷，流传至今
意林：始于公元787年，距今1200余年

U0893616

意林®轻文库

青春最美，梦想出发

中国式好看轻小说优鲜品牌

微甜少女触心记 ①云间少年

马晓艳 著
MA XIAOYAN WORKS

吉林摄影出版社
·长春·

图书在版编目（CIP）数据

微甜少女触心记.①，云间少年 / 马晓艳著. -- 长春：吉林摄影出版社，2017.7

（意林·轻文库.恋之水晶系列）

ISBN 978-7-5498-3239-2

Ⅰ.①微… Ⅱ.①马… Ⅲ.①长篇小说 - 中国 - 当代Ⅳ.①I247.5

中国版本图书馆 CIP 数据核字（2017）第 176275 号

微甜少女触心记①云间少年
Weitian Shaonü Chuxin Ji ① Yunjian Shaonian

著　　者	马晓艳
出 版 人	孙洪军
总 策 划	安　雅　张　星
责任编辑	施　岚　胡晓路
图书统筹	梅杜莎
特约编辑	魏　娜
绘　　图	E.Pcat
书籍装帧	胡静梅
美术编辑	张云丽
开　　本	700mm × 1000mm　1/16
字　　数	330 千字
印　　张	13
版　　次	2017 年 7 月第 1 版
印　　次	2017 年 7 月第 1 次印刷

出　　版	吉林摄影出版社
发　　行	吉林摄影出版社
地　　址	长春市泰来街 1825 号 邮编：130062
电　　话	总编办：0431-86012616 发行科：0431-86012602
网　　址	www.jlsycbs.net
经　　销	全国各地新华书店
印　　刷	河北鹏润印刷有限公司

书　　号　ISBN 978-7-5498-3239-2　　　**定价：**25.80 元

目录
Contents

目 录
Contents

Weitian Shaonü
Chuxin Ji

第一章

一个人的世界，乌云满布

1

波西塔诺小镇的盛夏很是温润，即便是星月相辉的晴夜，也能在空气中嗅到雨水、青草与泥土的清新味道。

但是那夜的晚风，轻柔得不留痕迹，只有窗户上的浅粉色玻璃纱在随风浮动，隐去月光的屋内黑得神秘而深邃。刚苏醒过来的衣繁夏紧张地环顾着黑暗中的一切，她紧靠着墙壁，不停向前摸索着，突然她摸到一只粗糙、强壮、冰冷又透着杀气的手，那种危险袭来的感觉令她极度不安，在一声尖叫后，试图逃走的衣繁夏被那双手死死抓住了肩膀……

“救我……请你救救我……”

在断续的呼救声中，额头渗满汗水的衣繁夏从睡梦中惊醒，那张精致而白皙的面孔，有着十七岁女孩的花样韶华，却也多了一份时光沉淀出的悲恸。

她走到窗边，被雨水冲洗过的远海市比梦中惊心动魄的波西塔诺小镇美上千倍。那的确是一场梦，两年来始终缠绕着衣繁夏的波西塔诺小镇噩梦。

十四岁以前的衣繁夏，几乎是所有女孩羡慕的对象，因为没有谁能抵挡住巧克力的美味，而衣繁夏刚好有位被赞誉为“巧克力之王”的父亲——衣宁崎。

那年，衣繁夏随父亲前往意大利波西塔诺小镇，参加一场世界级别的巧克力鉴赏会。那天，整个会场座无虚席，浓醇的巧克力更是吸引着所有观众，人们的视线全都落在会场中央的衣宁崎身上，而他之所以会受到众人的关注，都是因他制作的“森岩”手工巧克力远销世界各国，并被誉为行业内“无与伦比的美味”。

坐在人群中的衣繁夏出神地望着父亲，那种既熟悉又陌生的感觉让她突然意识到，自己是多么渴望亲情的温暖。可在父亲看来，巧克力的名声远比女儿的童年更重要，甚至与父亲抱一抱的机会，在她看来都如摘星般困难。

过往的种种伤感之情爬上心头，衣繁夏垂头抹掉眼泪，身旁的观众忽然骚动起来，耳边也响起一阵惊叫声，她匆忙望去，料理台后的父亲硬生生地摔倒在地，现场执勤的警察迅速封锁了现场，衣繁夏和无数观众被阻隔在警戒线以外，她撕心裂肺地唤着：“父亲，他是我父亲，请让我进去！”

“不会有事的！”她所有的注意力都在父亲身上，全然没在意身后有个声音清朗的少年在安慰她。

衣宁崎是在一片喧嚣声中被抬上救护车的，焦急万分的衣繁夏冲过人群，顺着街道不知疲累地追去，直到抵达波西塔诺小镇医院，她才从一众媒体记者口中得知，父亲是因中毒而导致昏迷的。

六神无主的衣繁夏冲一名金发护士解释道："I want to see my father, my father is Yi Ningqi."（"我要见我父亲，衣宁崎是我父亲。"）

血脉之情在那一刻被无限放大，但一个十四岁少女的悲情与伤痛却被所有人选择性忽视。

没人在意衣繁夏，她的哭诉在"父亲衣宁崎"几个字响彻医院大厅后，装备齐全的记者们竟将闪光灯齐齐对向满目泪痕的衣繁夏，强烈的灯光将她逼进墙角，害她只能抬起手臂遮挡，耳边尽是听不懂的意大利语。

她仅仅十四岁，身在异国他乡，却经历着人生起伏，恐惧与无助在那一刻彻底打败了她，闪光灯依旧亮得灼人肌肤，可衣繁夏眼前却只剩一片漆黑。

"爸爸，我再也不会哭闹了，会安静地看您做巧克力，所以请不要抛下我一个人，繁夏害怕。"短暂失明的衣繁夏蜷缩在角落里，口中一遍遍呢喃着，可不知是谁大叫了一声，虽然听不懂语言，但抢救室的门被打开和病床移动的声音还是令她心头一紧。

衣繁夏仔细辨别病床移动的方向，在拥挤的记者群中，她终是握住父亲那只因做巧克力而烫伤留下伤疤的左手，可也正是这一握让她心如死灰，父亲的手变得很无力，僵直又冰冷，触觉告诉她这是一种死亡的信息。所以从那一刻起，她便知道自己变成了孤儿，在惊恐与短暂失明后成了一个拥有灵敏触觉的孤独少女。

父亲离世的打击，让小小年纪的衣繁夏晕厥过去，仅存的意识中唯独能感觉到自己被人抱起，时间和意识就在阵阵酸腐的气味中袭来又消失……

昏迷中的衣繁夏是在阵阵凉风中醒来的，她环顾着漆黑的四周，指甲敲在墙壁上发出"叮叮"的清脆声，这应该是一间铁皮屋。她使劲儿揉着酸涨的双眼，刚要摸索前行时，突然按住一只粗糙、强壮的手，虽然透着冰冷，但周围弥漫的杀气依然能让她判断出此人心怀不轨。

突然失去父亲，这给衣繁夏造成很大的心理伤害，她声音颤抖着问："你是谁？”

黑暗中无人回应，只能听到沉重的脚步声。

衣繁夏怕得不敢呼吸，扭头就想逃走，可肩膀却被那神秘人死死抓住，她身后的男人用意大利语低沉地说道：“Deve assumersi La Totale delle conseguenze.”（“总要承担恶果。”）

总要承担恶果！

虽然衣繁夏的意大利语说得并不好，可还是能听出个大概，只是无尽的黑暗和眼前的恐惧让她双脚千斤重，无处逃亡。衣繁夏不知道父亲的死和自己被绑架，这两者之间是否有关联，唯一能确定的是，她逃不出美丽水城波西塔诺小镇了，甚至看不见明日的阳光。

衣繁夏盯着黑暗中的人形轮廓，两行滚烫的眼泪无声无息地滑落，她彻底放弃反抗了。可岁寒时节也逢春，在希望破灭的终点，那将衣繁夏与外界阻隔的铁门在一声巨响后被打开，一道清浅又弥足珍贵的月光给了衣繁夏无限的勇气。

而幽明的光芒照映出神秘人健壮的身形，在棒球帽的遮挡下根本看不清这人的面容，衣繁夏只想逃，可整个人还被神秘人如抓小鸡般控制着而动弹不得，然而那道光唤醒了衣繁夏求生的本能，她冲着铁门外呼唤：“有人吗？请救救我！”

话音落，铁门外突然冲进一个人影，衣繁夏来不及反应，就有一个身形瘦削的少年手持棒球棒冲着神秘人挥舞而去，随后传来神秘男人沉重的哀号声，被抓的肩膀也得以重获自由。

“还不快跑！”这道明朗的男声给衣繁夏一丝安慰，毕竟在她经历种种坎坷后，还能于异国他乡听到中国话，是件多么令人感到温馨的事。

衣繁夏点点头，跌跌撞撞地从少年身边掠过，刚巧碰到他透着温暖体温的手臂，而这下的触碰让她觉得两个人日后还会再见。

她听了少年的话，提心吊胆地顺着泥泞小路跑出铁屋，直到穿越公路险些被大卡车撞倒，跌坐在地上的衣繁夏才从逃命模式中惊醒，她低头打量着手中的石头吊坠，红褐色的三角石上刻着“云崖”二字，她恍然想起，方才逃跑时自己跌跌撞撞地没站稳，似乎在与少年错身而过时因紧张不知抓住了什么。

如今看来应该是扯断了少年脖上的吊坠。而更让衣繁夏内疚的是，少年救了她，她却丢下他一逃了之。

带着内疚的心情，衣繁夏走在入夜后的波西塔诺小镇上，乡间小道中看不见一辆车、一个人，再望着身后那条脚印凌乱的泥路，向前逃，衣繁夏就能抵达安全的地方，倘若回铁屋找男孩，自己必然会重陷危险之中。她纠结地站在路边，忽而乡间教堂响起了子夜钟鸣，她忽然想起父亲曾说过的话“波西塔诺小镇的人们相信子夜是一天的开端，而子夜的钟声更会带来好运”。

就这样，带着别人的信仰，衣繁夏义无反顾地跑回了铁屋。

“还有人吗？”衣繁夏唤着，回应她的只剩下寂静中的一轮圆月。

人去屋空，衣繁夏紧紧握住那枚石头吊坠，空荡乡野间她已是孑然一身，不过十四岁的年纪已历经风浪迭涌，而再环顾这美丽而陌生的国家，她不禁自我安慰道：“一个人的世界，何惧乌云满布。”

衣繁夏将刻有“云崖”二字的吊坠戴在脖子上，虽然没有看清少年的模样，但她记得他皮肤的温度，她相信在未来的某一天，定会与他相遇。

此时的天气与她糟糕的心情一样，天亮时分的波西塔诺小镇飘起了小雨，衣繁夏的复古连衣裙上沾满了泥渍，她沿着街道一路向北走着，不知冷暖、不问他事，幸而遇上两名巡警将她带回了警局。

回来的两天，衣繁夏一直待在警局，其间除了听到有人谈论父亲的死亡事件外，她向警察解释父亲死亡有疑点，可他们耸耸肩并没人愿意搭理她，大多时间她就缩在墙角里，冷冷地看着他们忙里忙外。

警方将衣宁崎的死定性为意外中毒，但因为神秘人的那句“Deve assumersi La Totale delle conseguenze”，使衣繁夏深信父亲死亡的背后藏有不为人知的真相。只可惜，没人在意一个十四岁孩子的想法和感受，姑姑衣蝶儿赶来，问都不问一句就将衣繁夏拖出了警局。

姑姑人如其名，四十岁的年纪却是极具气质，只是言语中略带怒气：“为了来接你，我店铺都关了一周了，从今以后你跟着我！”

衣繁夏没应允，也没拒绝。但她知道，迎接她的将是听从安排，与姑姑回国一起生活。

所有的人都按照自己的生活轨迹继续前行，但大人们都忘了，小孩之所以是小孩，是因为他们内心的强大还无法抵御伤痛。可惜，包括姑姑在内，所有人都认为不哭的衣繁夏是坚强的，甚至走出了失去父亲的阴影。可也正像所有人不知道的那样，她再也不敢回想父亲在波西塔诺小镇去世那天的场景。

不过，也正是那天，衣繁夏发现自己竟多了一项能力，那便是通过触摸人体的温度来判断人的性情善恶。

2

2016年冬至，远海市迎来了两年里的第一场降雪，整个城市如沦陷般陷入一种从未有过的深沉之中。

在安乔花苑中的一栋二层洋楼内，一名穿着浅蓝色牛仔衬衫的年轻男子推开了阁楼房门，房内空荡而昏暗，但他似乎早已习惯了这种环境，他径直走到书桌旁，满目心疼地凝视着桌下瑟瑟发抖的女孩，唤道："衣繁夏，快出来吧，我做了你喜欢吃的山药粥。"

衣繁夏怯怯地缩着身子，及肩长发倾泻而下，静美之余却更让人心疼。

"我是斌威，繁夏你抬头看看我。"男子向她伸出手，等待许久，衣繁夏才抬眉浅笑，并抓住他伸向她的手。

自从两年前从波西塔诺小镇回国后，衣繁夏便患上了社交心理障碍，惧怕光线和陌生人，总喜欢一个人躲在角落里，沉默于她而言似乎永远没有期限。但好在，孤独的两年时间里，还有青梅竹马的斌威陪其左右。

与其说是青梅竹马，斌威的角色更像亲人。

十五年前，衣宁崎与好友出海钓鱼时救起了遭遇海难的斌威，那时的斌威不过五岁，救上岸时呼吸极弱，濒临死亡，所有人都以为他无法逃脱厄运，可谁知在入院的第二天便恢复了意识，只是记忆和语言都模糊不已，身世自然也成了谜团。

住院的那些天，衣宁崎常带着女儿衣繁夏去探望斌威，久而久之两个孩子倒成了无话不谈的朋友，虽然他对外人排斥，可唯独将衣家父女视作亲人。衣宁崎看他无依无靠，不仅将他收养，还教他厨艺。

斌威虽然只比衣繁夏大两岁，可这些年来，他却像个小大人一样，事无巨细地照顾着衣繁夏。

不知是不是陷入回忆的原因，发呆中的衣繁夏令斌威担心不已，匆忙晃动着她的肩膀："你振作些，下周开始姑姑就要送你去学校，我还期望你考上大学呢，你这个样子是不行的！"

"那你高中毕业后就去高级餐厅实习，有没有后悔过呢？"保持沉默许久的衣繁夏突然开口，问得直截了当。

斌威先是一怔，浅笑着摇头：“能有这样的人生，我已是充满感恩，更何况我的梦想是当上顶级主厨，所以我不后悔。”说着，他将盛着山药粥的碗勺递给衣繁夏，又起身打开窗帘，雪后初晴的光线顷刻间占据整间阁楼，他看着躲闪的衣繁夏，鼓励道：“人就像土壤里的种子，多晒晒阳光才能长出希望。”

衣繁夏觉得斌威说得对，她重重点着头，狼吞虎咽着吃掉碗中的粥，但也只有她自己知道，能让她产生希望并继续生活下去的原因只有一个，那就是查出父亲死亡的真相！

樱院高中是远海市重点学校，为了让衣繁夏能在此继续学业，姑姑衣蝶儿出了一笔不菲的借读费。

虽然人要知恩图报，可姑姑的唠叨还是令衣繁夏有些无法忍受。

去学校的那天，衣繁夏刚走下车，姑姑衣蝶儿便摇下车窗喊道：“我对你已仁至义尽，有出息时可别忘了姑姑。”

衣繁夏默不作声地低下头，顺手将高高束起的长发发箍扯了下来，乌黑的长发像块布幔般将她与外界隔离开来，她慢悠悠地跟着人潮走进校门，抬眼一看，几名着装可爱的女生正在谈论着两本动漫画册。

她羡慕地望着这些女生，大概只有这样毫无烦恼，才是十七岁女孩的常态吧。

可她衣繁夏却注定与众不同。

就在即将踏上教学楼台阶的瞬间，不知谁喊了声“小心”后，心揪作一团的衣繁夏来不及反应就被迎头浇下一罐油漆，蓝蓝绿绿的黏稠液体顺着她的长发落在白色校服上，绽放成一朵朵夺目彩花。

“嗨，同学，真是对不起，刚才起风没站稳才把油桶弄掉了，没伤到吧？”粉刷校园墙壁的是一名五十岁左右的大叔，憨厚的脸上堆满内疚之情，看见衣繁夏狼狈的样子，大叔准备从悬空的木架上跳下来。

“我没事！”衣繁夏只想快些离开，抬头回答的时候，发梢粘着的油漆刚好蹭到嘴唇上方，像一撮八字胡，配着她白皙的肌肤，看上去很是滑稽。

更糟糕的是，衣繁夏被路过的同学们包围住，指指点点，嘲笑议论中，她刚痊愈不久的社交恐惧症似乎又复发了，躲闪的眼神、颤抖的肩膀，她想逃，拥堵的人群却连呼吸的缝隙都不肯留给她。

“大家请让一下。”

人群中忽而传来一个声音，她顺势望去，一个留着碎发的高个男生，身着白色校服，看上去英气逼人，米色衬衣领下的领带系得很是随意，她再定睛去看，与男生四目相接时，才在那双幽蓝色的眼眸中，惊觉地意识到他竟是一名混血儿。

而人群也因他的出现而陷入混乱，女孩子们纷纷尖叫着：“快看，是敖嘉彦，连帮人都那么帅。”

“敖嘉彦”这三个字，在那一刻被衣繁夏深深印刻在脑海中，不是因为他外表帅气，而是因他那句“请大家让一下”。她在想，萍水相逢，他真的会帮她逃离这狼狈的境地吗？

衣繁夏紧紧咬着嘴唇，握拳的双手似要挣断骨头般，可下一秒握住她手的人不是敖嘉彦，而是一名面容姣好的女孩。女孩扎着公主头，白色的校服内穿了件粉色套裙，友善亲和的笑脸上有对极可爱的小酒窝，她热情地问道：“我叫牧苒，要不要带你去清理下油漆？”

牧苒说着挽住衣繁夏的手臂，可也正是这一下的触碰，令衣繁夏反感地抽回手臂，并冷冷地回答：“不必。”

衣繁夏的漠然令牧苒很是尴尬，为了缓解气氛，牧苒努力保持着微笑，建议道：“我有套运动服在教室里，拿给你换上吧。”

“我说了，不必！”衣繁夏语调尽显不耐烦，使得绽放在牧苒脸上的笑容顷刻凝固。

虽然衣繁夏性格内向，却从不是毫无礼貌的女孩，她之所以如此抗拒牧苒，是因为被挽住手臂时，她从牧苒的皮肤温度中感知到，这个看似善良的女孩其实不过是伪装友善罢了。

衣繁夏顾不得满身刺鼻的油漆味，倔强地朝人群走去，并试图挤出一条缝隙，然而脚步还未移动，就被一个人挡住了去路。

“随意践踏别人的好意，你是不是太过分了？”挡在身前的不是别人，正是敖嘉彦。

清晨明晃晃的阳光将敖嘉彦笼罩其中，闪烁的蓝色眸子、棱角分明的轮廓与五官，在他说这句话的时候，身上有种非比寻常的正义的帅气。

“我的事与你何干？”衣繁夏犹如刺猬般，在别人伤害自己以前，便做好了自我防护。

“你……”敖嘉彦一时语塞。

她是太敏感，却也有诸多无奈。自从父亲离世后，与父亲相交甚好的朋友纷纷避而远之，更有甚者，以父亲好友的名义劝衣繁夏交出“森岩”巧克力制作的秘密流程。所以，她看多了世态炎凉，也就对人情冷暖更不在乎了。

衣繁夏错开与敖嘉彦的对视，强装镇定地在众目睽睽之下离开。

衣繁夏所在的班级是高三（3）班，因为是借读生，她的座位很自然地被安排到最后一排，满身油漆招引来同学们异样的目光，她觉得自己被所有人嫌弃而丢在一个角落里，不过对于不喜欢被打扰的人来说，这反倒是个好去处，唯一让她觉得不舒服的是，竟与牧苒同在一个班级。

那天，下课铃声刚响过，牧苒就抱着一摞课本凑到衣繁夏身边，语气好到让人不忍拒绝：“你刚来，课本肯定还不全，我的这些你先拿去看。”

衣繁夏迟疑地盯着牧苒，不解地问：“你我互不相识，为什么对我这么好？”

“因为我想和你做朋友。”牧苒说着，又习惯性地挽住衣繁夏。

牧苒脸上的友善，一度令衣繁夏对自己的判断产生疑虑。

可是，衣繁夏每次在与牧苒的肢体触碰中，她都感到有种强烈的压迫感，过于湿热的掌心蔓延出压抑在心底的嫉妒。衣繁夏的这种通过皮肤温度感知他人的善恶能力从来不会错！

然而她却猜不出牧苒假装友好的目的何在！

衣繁夏不愿再多想，更不愿与牧苒有过多的交集，她礼貌性地欠了下身子，巧妙地挣脱出牧苒的束缚，不留情面地回答：“我不需要朋友！”说罢，她头也不回地走出了教室。

走廊上人并不多，衣繁夏独自靠在栏杆旁发呆，忽然楼梯口传来一阵脚步声，随即吆喝道：“嗨，淋油漆的女孩，你叫衣繁夏吧？有你的快递！”

衣繁夏回过神时，一个留着可爱蘑菇头的女孩已经将纸盒塞进她怀里。

“你怎么知道我的名字？”衣繁夏好奇地问道。

蘑菇头女孩浅浅一笑，指着衣繁夏的胸牌，说：“你被淋油漆时我也在现场，刚好看到了你的名牌。”女孩递上一张纸巾，招呼道：“我叫蒋如婷，和你同班。”

热情有度、善良单纯，不喜与陌生人打交道的衣繁夏，破天荒地觉得蒋如婷很亲切，她接过纸巾，低声道了句“谢谢”后，便抱着纸盒朝楼道口走去。

纸盒呈现淡紫色，包装极其精美，最上方还系着一个紫色蝴蝶结，那是衣繁夏最喜欢的颜色，喜欢到将盒子抱在怀中，生怕掉在地上，系带上夹着一张字条，只看字迹她就猜得出礼物出自谁手了——

祝贺你重回学校，亲手做的浆芯巧克力送你，你永远的后盾——斌威。

原本收到礼物的衣繁夏，庆幸着在最狼狈的时候还有斌威记得自己，可当看完字条后，绽放在脸上的笑容顷刻凝固，并冷酷无情地将紫色盒子丢进了垃圾桶里，只将字条小心翼翼地夹在了课本中。

丢掉礼物，是因为衣繁夏讨厌巧克力！那或许是在父亲去世的时候，或是更早，早到她还是个孩童，只依稀记得母亲的轮廓。

在衣繁夏只有五岁时，衣宁崎还只是个无人问津的小厨师，除了在饭店的厨房帮忙外，大部分时间都是在家里苦心钻研巧克力工艺的制作，日常开销加上研究做巧克力用的原料和器材，使衣家入不敷出。

而母亲离开的日子正是衣繁夏五岁生日的那天。

那晚，衣宁崎给衣繁夏做了一个两层巧克力蛋糕，可当母亲得知蛋糕是用掉半个月的生活开销时，积攒许久的怨恨如洪水般一发不可收拾。

“除了巧克力，你什么都不在乎，这种拧巴的日子我不过了！”母亲说完就开始收拾行李，任由父女两个人如何哀求哭劝，最终母亲还是头也不回地离开了家门。

衣繁夏至此再也没见过母亲，因为那之后的一年，母亲就因为独自在国外打拼，劳累过度而身患重病，最终不治去世。

那之后，衣繁夏就很少再吃巧克力，她想念妈妈，更恨父亲对巧克力的执着。

而如今，世事已变，她却再也不可能变回曾经幸福的模样。

3

被丢弃的巧克力落寞地躺在垃圾箱里，衣繁夏远去的决绝身影渐渐消失。此时，拐角处走出一个身影，并捡起了那盒巧克力，将其放入嘴中的那一刻，走廊上响起一个惊讶的声音：“敖嘉彦你疯了，竟然捡垃圾箱里的东西吃？”

牧苒紧跟着冲出来试图抢下那盒巧克力，却被敖嘉彦抬手阻拦，因为身高相差悬殊，牧苒险些摔倒在地，再看他口含巧克力深思拧眉的样子，牧苒脸上浮现出愤怒、嫉妒，还有担心的表情，总之混在一起，令她整个人看上去很不自然。

“这巧克力的味道好熟悉，但又完全不一样。”细细品味的敖嘉彦又轻轻咬了一口，呢喃道，“森岩巧克力？有点儿它的味道。”

见敖嘉彦如此专注于衣繁夏丢弃的巧克力，牧苒心有不甘地插嘴道：“不过一盒再普通不过的巧克力，你何必这样在意……”

“她叫什么名字？”牧苒还想再说下去，却被敖嘉彦打断。

“衣繁夏！”牧苒的语气无比僵硬，极其不愿从自己口中说出这个名字。

“那她的家世呢？牧苒你知道什么，快告诉我。”

看着敖嘉彦迫不及待想要知道关于衣繁夏的一切，牧苒眼底闪过一丝失落，支支吾吾地解释着：“她刚来学校，怎么会有人知道？我还有课先走了。”

“那你为何对她过分热情，如你所说，衣繁夏不过刚来学校而已。”敖嘉彦看出牧苒的不自在，忽然抓住她手臂质问道。

牧苒回头与他对视，无尽委屈地笑着：“我与你一起经历童年时光，我以为于你而言，我们有着特殊的情谊，可你竟那么在乎一个新同学，难道你不知道，我……我喜欢你。”

情窦初开的女生，大多都希望自己喜欢的男生，能不与任何女生有交集，哪怕是敌对的状态。

而牧苒最后一个音符落下时，敖嘉彦震惊地松开抓住牧苒的手。

牧苒一再逼近， 他不得不后退一步。敖嘉彦不喜被人胁迫的感觉，他忽然稳住脚步，语气严肃：“我敬重牧叔叔，自然我们也是朋友，我对你只有友情，仅此而已。”

简单利落的话语通常是最锋利的刀刃，大步离去的敖嘉彦一定想不到，他以为的说明，其实伤害了牧苒脆弱的自尊心，因为于牧苒而言，那不是说明，而是拒绝。

牧苒看着敖嘉彦离去的背影消失在走廊尽头，一双手攥成拳头状，口中的声音小到只有自己能听到：“为什么是衣繁夏？为什么一定是她？我们一起相处的十年，竟然抵不过与衣繁夏的一面之缘。”

说起敖嘉彦与牧苒的关系，只能用似深非深来形容。

敖嘉彦的父亲敖瀚是云端集团的董事长，据说身价不菲，是远海市数一数二的富豪，至于牧苒的父亲牧江川是敖家别墅的花匠，只要牧江川上班，就会将牧苒带在身边，时常出入敖家别墅，久而久之便跟敖嘉彦成了朋友。但少女的心思又极其敏感，或许正是在那些流转的时光里，产生了一种怦然心动的情愫。

而那些看似毫无交集的人与事，似乎在冥冥中暗藏玄机，你以为的十七岁是乘上青春末班车的分水岭，但其实它是一场惊心动魄的未知旅程。

Weitian Shaonü
Chuxin Ji

第二章

再遇云崖石

1

九月末的远海市，正值雨季末期，天气也阴晴不定。

那天周六补课，刚好轮到衣繁夏值日，直到她清扫完毕准备锁教室门时，外面的暴雨依旧没有停止的迹象，急骤的雨滴犹如弹丸般打在教学楼上，发出“噼里啪啦”的合奏。

衣繁夏撑开手里的黄色雨伞，皱巴巴的伞面上因为缺少零件而显得极不协调，脆弱的样子根本无法遮挡这场声势浩大的暴雨，但她已别无选择，硬着头皮朝校外走去。

正是下午五点，本该是行人最多的时间，可这场雨却使街道变得寂寥又清冷，衣繁夏几步快跑拐进临街的小巷里。说是小巷其实不过是条死胡同，不过巷尾有处断墙刚好能挤身过去，如果不是今天下雨，她宁愿多绕些路也不想走这条无人小巷。

衣繁夏正想着，脚下不稳直接踩进一处水洼中，手里的雨伞也掉在地上，整个人瞬间就被淋成了落汤鸡，她索性收起伞，耳边则断续地传来抽泣和求饶声。

“我真的不是故意踩到你的，俞晴，真的对不起……”

透过漫天的雨帘，衣繁夏依稀看见两名撑伞的女生正推搡着一个女孩，女孩缩着肩膀，全身淋在雨中，不断地乞求着。

衣繁夏冷漠地收回眼神，低头看着同样淋湿的自己，像是为自己开脱般，自语道：“狼狈的我实在无力帮狼狈的你。”说罢径直朝巷尾走去。

衣繁夏并不想多管闲事，可没走出多远，身后的哭声中多了一分无奈与妥协，听得她心头一紧，脑海中一下浮现起两年前父亲去世的场景。那时的她也是这般无助，任由刺眼的镁光灯将自己逼到角落，人们喧闹的声音充斥耳边，由心底弥生的恐惧感像黑夜的迷雾般，在后来的无数岁月中始终挥之不去。

所以，衣繁夏太理解这个被欺负的女孩此时的心情，她回头看着事发地点，女孩蹲在地上，瑟瑟发抖的身体看上去羸弱不堪。

“我好冷……”女孩抹下脸颊，已分不清是泪水还是雨水。

两名气势汹汹的女生也有些过意不去，最为生气的俞晴厉声道：“拜托你下次走路小心点儿，我……”

一句话还没说完，趾高气扬的俞晴就被人猛推一把，要不是另一名女生眼疾手快地扶住，险些摔在水坑里。

“是谁？”俞晴回头本想怒吼，映入眼帘的却是一把挥舞着的黄伞朝自己的脑袋冲了过来。

“她做错了什么，你们要这样对她？”衣繁夏愤愤不平地质问时，俞晴和另一女生已经扑上来与她扭打在一起。

雨水遮挡了视线，再加上力量不敌俞晴两个人，撕扯中衣繁夏重心一晃，竟然不慎掉进了路边一处无盖下水井中。

下水井有三米深，又荒废许久，井下有不少垃圾和落叶，这才使跌落下来的衣繁夏没有受伤，虽然距离井口并不远，可四周并没有攀爬物，对于身高不过165厘米的衣繁夏来说，想要独自爬上去是件困难的事情。

衣繁夏不服输，抓着井壁努力尝试了几次后，手掌被凹凸不平的井石划出了无数伤口。看来想要出去一定要有人帮忙，正在她无计可施时，井口忽然冒出半个身影。

她定睛一看，原来是被救的女孩，女孩沾了水的短发紧贴在头皮上，一眼看去有些面熟，衣繁夏迟疑道：“你是……送快递的那个女孩？”

“嗯，我是蒋如婷。”说话的间隙，蒋如婷将校服一端丢给衣繁夏。

她如抓住救命稻草般，小心翼翼地向上爬，双臂酸痛到没有力气，她还是努力坚持着，眼见着就要抓住蒋如婷的手，井上突然传来制止的声音：“蒋如婷你要是救了衣繁夏就是与我为敌！”

蒋如婷被吓得一愣，双手一松，衣繁夏再次重重摔回井下，整条胳膊痛得动弹不得。

跌坐在地上的蒋如婷不知所措地望着井下的衣繁夏，即便只听声音，她也能猜出来人是谁。

“又是你，牧苒！我到底哪里得罪你了？”衣繁夏无法理解牧苒为何针对自己。

撑着雨伞的牧苒身穿一件粉色洋裙，俯身看向衣繁夏时的高傲模样，像是一位高高在上的公主，而被隐藏起的不友善也终于露于言表，牧苒一字一句地说：“为什么偏偏是敖嘉彦，衣繁夏，我讨厌这个名字！”

敌视、冷遇、疼痛，这些对于遭遇过种种磨难的衣繁夏来说，早已麻木，只是她想不通，自己与敖嘉彦和牧苒到底结下过怎样的纠葛。

衣繁夏也不愿再忍让，在井下声嘶力竭地喊：“我跟敖嘉彦只见过一面，你哪根筋不对，找我麻烦？”

牧苒欲言又止，刚要直起身子时，一双手将牧苒撑着的雨伞打落在地，滂沱大雨淋湿她的粉色洋裙，雨水顺着散下的长发流经脸颊。

牧苒怔怔望着眼前的男人，一袭长风衣令在暴雨中的他挺拔又冷酷，稍有成熟的外表看得出年龄稍大些，牧苒怯怯地问：“你不是樱院高中的学生？”

“当然不是，我只是看不惯你这种行为。”

虽然衣繁夏在井下看不见男人的长相，可是那熟悉的声音令她心头一暖，马上唤着那人的名字：“斌威，快救我上去。”

斌威本是给衣繁夏送伞，没想到餐厅工作忙错过了时间，这才无意间看到了井边欺负同学的一幕。斌威从不承认自己有颗正义的心，可遇见不平之事还是有些看不惯，这会儿又听到衣繁夏的求救声，本想救人了事的斌威，此刻眼冒怒火地抓过牧苒的衣领，强压怒气地质问道：“你再碰她下试试！”

“快放开我，你知道我爸爸是做什么的吗？”牧苒好面子，怎会因此服软，更何况还是当着衣繁夏的面。

斌威如霜般白皙冰冷的脸上露出一抹鄙视的笑：“做什么的我管不着，但你惹衣繁夏就是不行！”说着斌威扬起右手，恨不得将牧苒欺负衣繁夏的愤恨全都还回去。

牧苒比斌威矮半头，在他手中就像只失去呼吸的兔子，连挣扎的力气都没有。见斌威没有收手的意思，牧苒终于害怕了，慌忙求饶：“我再也不敢了，求你放开我好不好？”

“晚了！”

斌威不为所动，停在半空的右手眼见就要落在牧苒毫无血色的脸上时，沉默许久的蒋如婷开口喊道：“你先把她救上来啊，下面好冷的！”

经蒋如婷这一提醒，斌威才从怒火中回过神，他一把推开牧苒，待跑到井边，看到的竟是衣繁夏蜷缩的身影，她已经在井下待了快一小时了，暴雨还在从井口落下，毫不客气地打在衣繁夏的身上。

“你坚持下，我马上救你上来！”斌威说着朝小巷外跑去，再回来时，不知从哪儿找来了一条麻绳。

此时的衣繁夏早已没了力气，斌威一再努力，指导衣繁夏将绳子系在身上，终于把她一点点拖拽上来。

大概是淋雨的缘故，体质本就差的衣繁夏发起了低烧，斌威顾不上自己酸涨的手臂，抱起衣繁夏就朝街道上跑去，蒋如婷捡起黄伞匆匆跟在身后，替二人撑着雨伞，至于牧苒，趁着斌威救人的间隙早已逃得无影无踪。

距离樱院高中不过一条街的地方，有家复古小门诊，之所以说它复古，是因为门诊楼建于民国时期，几经翻修后，外观依旧保留着古老建筑的风格，红砖青瓦、木门白墙，如果不是正上方悬挂着红十字，这所小门诊更像是一处远离城市喧嚣的世外桃源。

洁白的病床上，衣繁夏裹着病号服，手背上的针头连接着点滴瓶，冰凉的液体一点点地流入她体内。

“这是什么地方？”恢复意识的衣繁夏半眯着眼睛，一直盯着几串闯进窗棂的爬山虎。

蒋如婷凑上前，回道：“小门诊，是斌威带你来的，今天幸好有他！”

衣繁夏不习惯与人太过亲近，不禁缩了缩身子，可蒋如婷并没看到她这些小举动，反而将整个身子趴在床上，央求着：“繁夏，你能做我的朋友吗？”

衣繁夏沉默片刻，坚定地摇着头。

她不是不愿结交朋友，只是太过习惯了独自一人，那种默默承受过孤独的人，倘若有一天敞开心怀，必定是因为有了被宠信的依靠。

“可是你救了我啊。”面对衣繁夏的反应，蒋如婷甚是不解，可不出片刻，脸上重新绽放出微笑，像个孩子一般耍赖道，“我不管，总之你肯雨中帮我，你就是我的朋友！”

蒋如婷是那类胆子小，又不敢出风头的女孩子，面对勇敢的衣繁夏，心底充满感激与敬佩。可见她还是默不作声，蒋如婷不禁焦急地摇着衣繁夏的手臂，摇晃得点滴瓶牵动了扎进皮肤的针头，痛得衣繁夏龇牙咧嘴，最后只得哭笑不得地应和道：“好好好，做朋友，不过你快别晃我，针头都快扎破血管了！”

听衣繁夏这么说，蒋如婷开心得无以言表。

蒋如婷是真的没有朋友，性格内向的女孩似乎更容易成为别人的笑料，在蒋如婷的印象里，自己永远是在别人的欢声笑语中埋头独自哭泣的那个人，从来没有谁，会像衣繁夏这样奋不顾身地救自己。

所以蒋如婷下定决心，一定要好好守护与衣繁夏之间的友情！

2

直到夜幕降临，衣繁夏的点滴还没打完，她晃了晃睡着的蒋如婷，请求道：“你能陪我去下洗手间吗？”

蒋如婷猛点着头，小心翼翼地举着衣繁夏的点滴瓶朝病房外走。

医院并不大，走廊也是能一眼望见尽头的，衣繁夏与蒋如婷走到楼梯口时，刚好遇见买晚餐回来的斌威，他蹲在一间病房门前，似在仔细打量着什么，专心的程度连衣繁夏的声音都没听到。

“你到底在看什么？”蒋如婷拍了下斌威的肩膀，不禁好奇地伸头望去，可木门上并没什么特别的地方。

回过神的斌威一脸的不自在，故作镇定地回道：“没有，就是发下呆而已，我买了些吃的，你们快回来尝尝。”说着，斌威起身朝病房走去，只留下一脸疑惑的两个人。

蒋如婷戳着衣繁夏的后背，小声问：“他以前也这么神神秘秘的吗？”

与斌威相处许多年，他有心事的模样永远逃不过衣繁夏的眼睛，她摇摇头：“或许是方才淋了雨，身体不舒服，我们走吧。”

经过木门时，衣繁夏又瞄了眼木门的底端，这次她却在凌乱的印痕中发现了圆珠笔勾勒的画。一个长头发的女人躺在草地上，仰望着天空中的太阳，而怀中抱着一朵向日葵，旁边还写着“妈妈爱你”四个字。

虽然是寥寥几笔，但简约又深刻的画风却显示出画者不俗的功底，一看便是出自一位深爱孩子的母亲之手。

衣繁夏知道，斌威一定是看到这画又思念起自己的父母了，对于不记得父母长相的孩子来说，成长的过程中总会缺少一份阳光。

而那晚，蒋如婷先行离开了，陪衣繁夏打完点滴的是斌威，两个人走出诊所时，暴雨已停，街道上水渍斑斑，整座城市都笼罩在暗夜薄雾中。两个人一前一后地走着，衣繁夏率先开口：“有希望才有可能成功，我相信你一定会找到亲生父母的。”

斌威点点头，指指前方，提醒道：“到姑姑家了，记得有事来找我，不要再被别人欺负了。”

“不会了，因为再没有什么事能伤害到我了。”衣繁夏苦笑着跟斌威挥手告别，然而在转过身后，那股孤独的冰冷感又爬上她的心头。

大概独自一人久了，便忘了与人一起的温馨，自然也就忘了微笑，忘了自由。

但好在那天之后，独来独往的衣繁夏身边多了个蒋如婷。

两个人虽在同班，但座位却相距六排之远，不过这依旧阻挡不了蒋如婷对衣繁夏的真挚友情。

一到下课时间，蒋如婷就蹿到衣繁夏桌边，讲述起一天所见的趣闻，虽然大多时间蒋如婷都得不到回应，可她依旧乐此不疲。

蒋如婷出身工薪家庭，算不上大富大贵，却也是在父母的呵护下健康成长的，除了有些胆小外，小姑娘看上去还是很开朗善良的，见衣繁夏饭量小，她总会带些点心、牛奶放进衣繁夏的桌洞里。

孤独久的人还有一个弱点，那就是无法适应别人对自己的好。

那是国庆假期的最后一天，衣繁夏刚躺在床上准备午休，手机便收到条短信：**繁夏，我在你家小区花园等你，快来哦。**

短信是蒋如婷发来的，没头没尾的，让衣繁夏摸不着其用意，更重要的是她讨厌与别人沟通，于是干脆将手机丢在一旁，塞着耳机沉沉睡去。

隐约中，衣繁夏听到有人在叫自己的名字，她扯下耳机，窗外果然传来呼唤声：“繁夏……繁夏，你在不在？”

撩开窗帘，一缕明媚光束将衣繁夏笼罩其中，她不自在地缩下身子，这才看清站在窗下的蒋如婷一手拎着纸盒，一手朝她用力挥手，叫嚷着：“我的朋友，生日快乐！快出来，看我给你带了慕斯蛋糕。”

从来没有一个如此明朗的人，出现在衣繁夏十七岁的生命中，无拘无束的笑容，毫无顾忌的呼喊，她淡漠已久的内心，在蒋如婷一次次的靠近中得以苏醒。她第一次感受到友情的温暖，而母亲在衣繁夏五岁生日离开的那天后，她便发誓再也不过生日了。

午后的小区特别宁静，入秋的阳光明而不骄，映着枯萎的银杏叶灿烂一片，蒋如婷坐在石凳上正忙着将蜡烛插在蛋糕上，忽听一阵脚步声，抬头看见身披外套的衣繁夏眼含泪光地站在不远处，她这番模样吓坏了蒋如婷，匆忙丢下手里的蜡烛跑到她身边，问：“发生什么事了？”

衣繁夏眨下眼睛，两行泪顷刻而落，她并没回答，反倒抱住蒋如婷，低语道：“谢谢你不讨厌我。”

蒋如婷挣脱她的怀抱，暖心一笑，说：“更感谢你雨中救我。”

“可最终救你的人是斌威。”衣繁夏摇着头，第一次用平和的语调跟蒋如婷交流。

“可你向我跑来时，我一下就不害怕了，就像……”蒋如婷想了会儿，接着说，

“就像一把伞，帮我遮挡住那天冰冷的雨水。”

有时候，看似微不足道的一个举动，在被帮助的人心里却有着如光般无可抵挡的穿透力。像蒋如婷对衣繁夏的感激之情，抑或是衣繁夏对两年前于波西塔诺小镇铁屋内救自己的少年。

衣繁夏大概明白了蒋如婷的心情，可终究不会表达情感，沉默半晌，她指着蛋糕，问：“这个真的是买给我的吗？”

“当然。”说着，蒋如婷将一个八寸大的蛋糕端到衣繁夏面前。

蛋糕样式很简洁，表层被淡紫色的奶油包裹着，中间用芒果碎做搭配，一眼望去很是清新迷人。

见衣繁夏对着蛋糕发呆，蒋如婷忙提醒道：“过生日要许愿的，快点儿吹蜡烛！”

衣繁夏想也没想地双手合十，片刻后吹灭了代表十七岁的蜡烛。

“是许了找到凶手的愿望吗？”

蒋如婷的问题令衣繁夏猛然睁开眼睛，关于父亲的死亡事件，她从未向任何人提及，更何况是认识不过一周的蒋如婷呢？

“你还知道些什么？”突然紧张起来的衣繁夏语调也提高许多。

这才意识到失言的蒋如婷，吞吞吐吐地解释道：“是我逼斌威告诉我的，我想跟你做朋友，却又不知你为什么这么忧伤。”蒋如婷像做错事的孩子，用祈求的眼神看着衣繁夏。

衣繁夏不是不知蒋如婷的好意，又怎会怪罪呢。她努力挤出一个僵硬的笑，轻声道：“我的愿望是，希望我们能一直是朋友。”

蒋如婷有点儿受宠若惊，愣了半天才开心地切了块蛋糕递给衣繁夏。

而在那个阳光明媚的午后，两个人就并肩坐在石级上慵懒地吃着蛋糕，甜甜的奶油味融合着暖风，唤醒了衣繁夏不可多得的幸福时刻。

一个是向往友情的胆小女孩，一个是沉浸于孤独中的冷漠少女，两颗急需被温暖的心，在这一刻紧靠彼此。

3

十月中旬，远海市第四届高中篮球赛在市体育馆举行，樱院高中作为重点学校，无论是在名次还是气势上，都不愿甘拜下风。

而作为樱院高中篮球队的队长，敖嘉彦一米八五的身高更被看作是全队的核心人物，人气高涨，粉丝不断。

那是决赛的最后一场，为了一睹敖嘉彦的风采，许多女生都在放学后三五成群地拥向体育馆，蒋如婷也不例外。

教室里只有两名男同学在复习，蒋如婷站在教室门口迫不及待地想要走，见衣繁夏不紧不慢地整理书包，不禁有些着急："快点儿，比赛快要开始了。"

"我不喜欢人多的地方，你自己去吧。"衣繁夏断然拒绝，可蒋如婷却异常倔强。

听出衣繁夏是铁了心不想去，蒋如婷边帮她收拾课本，边劝道："总是独处的人会没朝气的，跟我去球场边上当啦啦队大吼几声，心情也会变好的。"

衣繁夏还没想到更好的说辞，整个人就被蒋如婷拉出了教室。

傍晚的街道上，行人车辆川流不息，背着书包的衣繁夏与蒋如婷在街道上痛快地狂奔着，上下起伏的胸腔像被碎石堆积般无法呼吸。

连她们自己都不知跑了多久，衣繁夏只记得靠在墙壁上大口喘息时，耳边回荡起一波又一波的尖叫和欢呼声，蒋如婷已经先一步钻进了球场看台，衣繁夏也忍不住探头望了一眼。

四周的看台座无虚席，穿着统一T恤的女生们，情绪激昂地挥舞着手里的荧光棒，而球场上，身穿两种球服的运动员正在严防死守，迅速移动的身影中，衣繁夏一眼就锁定了敖嘉彦。

他一身短衣短裤，发梢被汗浸湿透着一股水汽，控球进攻时的样子看上去既霸气又阳光。

"敖嘉彦！敖嘉彦！"热情的啦啦队队员们一刻不停地唤着他的名字。

"嗨，繁夏，你也来大声叫一声，保证你吼完后心情就能好一半。"蒋如婷从人群中撤回身，建议衣繁夏也像那些啦啦队女生们一样肆无忌惮地吼出心中的压抑。

与喜欢热闹的女孩子相比，衣繁夏更喜欢沉浸在自己安静的小世界中，别说大吼，她上一次大声说话都不记得是什么时候了。

衣繁夏犹豫不决，蒋如婷却直接将她拉进人群，提起嗓门就喊："樱院高中加油，敖嘉彦最棒！"

助威声此起彼伏，衣繁夏环顾着看台上的人，忽然她双眼一闭，在一声哨响过后，她似在发泄般叫道："敖嘉彦最帅！"与此同时，因为中场休息，粉丝们整齐的呐喊声也骤然消失，只留下衣繁夏突兀的声音回荡在球场上。

衣繁夏再睁开眼时，所有人的目光都落在她身上，自然也包括敖嘉彦。

敖嘉彦站在球场边，顺着一道道诧异的目光终于看清了窘迫的衣繁夏，她被人注视着，很不自在，整个人缩成一团，脑海中唯一能想到的就是“逃”。

衣繁夏脸颊绯红地跑出体育馆，对身后蒋如婷的呼唤声置若罔闻。

体育馆位于远海市的繁华地段，入夜后的霓虹灯映衬着城市别样的热闹景象，街道上车水马龙、行人匆匆，恍然间，一个熟悉的身影牵绊住她奔跑的脚步。

此时，蒋如婷也追赶而来，靠着衣繁夏关心地问：“你没事吧？都怪我，不该强迫你陪我来看球赛。”

关于衣繁夏的过去与经历，其实蒋如婷都已了解，斌威向来希望她能多交朋友，走出两年前的阴影，难得蒋如婷愿意向她伸出友谊的橄榄枝，于是斌威将与衣繁夏相处时需要注意的事项全都告诉了蒋如婷。

见衣繁夏一副无视自己的样子，蒋如婷着急了，央求道：“对不起嘛，你别生我气好不好？”

“他怎么会在这里？”沉默许久的衣繁夏眺望着远方某一处，答非所问地说道。

蒋如婷一怔，顺着她的视线望去，刚好看见斌威站在一栋大厦下。

那栋建筑物有二十多层，通透的落地玻璃令整栋楼看上去很是宏伟，而大厦外侧“云端集团”四个字则甚是醒目。

“斌威……”蒋如婷想要叫他，却被衣繁夏制止了。

而这时的斌威走到云端集团大厅的门口，鬼鬼祟祟地张望四周，衣繁夏将一切看在眼中，不禁自语：“他到底想干吗？”

“他好像在收集云端集团的信息。”蒋如婷说完，衣繁夏心底更多了一层疑惑，斌威与蒋如婷不过一面之缘，为何关于他的事知道得这般细致。

虽然心中有无数疑问，可衣繁夏并没有过多表露，甚至那一周，她都没有再提起过斌威。毕竟，喜怒不露于色，苦痛独自承受，是她这些年来学到的最实用的自我保护的方式。

那是衣繁夏跟踪蒋如婷的第三天，放学铃声刚响过，蒋如婷就率先开口道：“我今天有事要先走，改天再陪你。”

衣繁夏淡然一笑：“好，我没关系。”

她看着蒋如婷的背影，片刻工夫便也跟了出去。

与樱院高中相隔两个路口便是苑灏街，街道还保留着老城区古旧的面貌，路两侧的白杨树叶泛黄却不干枯，在秋风中摇摇欲坠。衣繁夏一路跟着，在一家面包店前终于看到了蒋如婷与斌威，她躲在树后，断断续续地听到两个人的对话。

“繁夏最近怎么样？”斌威问这句话时，眉头拧在一起。

蒋如婷思考一会儿，回答道：“没什么忧伤的事，但也并不开心，和之前没什么区别。”

“那麻烦你以后多陪陪她。”

斌威说完揉了下蒋如婷的脑袋，而在蒋如婷害羞又甜蜜的眼神中，衣繁夏似乎明白了什么，她的坚强早已替她铸造了铜墙铁壁，可她的脆弱却让她惧怕亲密无间之人的背叛。

“所谓的朋友，就是为了汇报我每天的行踪吗？”衣繁夏心中难过，但脸上却一如既往地冷淡。

突然响起的声音让两个人不禁一震，最先开口的是斌威：“我工作忙，想知道你的情况又不想每天打扰你，这才让蒋如婷讲给我听的。”

衣繁夏怎会不明白两个人的好意，而且斌威从小到大都是最疼、最宠她的人，可是她反感这种行为，她看着两个人，一字一句地说道：“如果是朋友，就不要做伤害彼此的事，就不要以所谓朋友的名义，去完成自己的心愿。”

衣繁夏愤然离开，这是她为数不多的一次吐露心声，但并没将话说得太直白，她看得出蒋如婷对斌威有着不一样的情愫，也看得出蒋如婷眼里的内疚，可她那颗心太要强、太敏感，敏感到连自己都觉得太神经质。而在走出苑灏街时，她回头望去，那一路的杨树顶着满树黄叶，好不凄凉与悲伤，就像此刻的自己一样。

一个人孤零零地游荡在回家的路上，落日余晖染红了小巷斑驳的墙壁，衣繁夏突然停住了脚步，面对空荡的小巷，她语气平静地说：“出来吧，用不着尾随。”

回答衣繁夏的只有一片沉默，她禁不住嘲弄一笑，径直叫出那人的名字：“出来吧！牧苒，除了你，没人会跟踪我！”

强硬的语气终于将牧苒从拐角处逼了出来，匆匆的步速带动粉色长衣衣角，盛气凌人的霸气遮住以往的友善，牧苒带着那副嫌恶的表情，直截了当地问：“衣繁夏，你到底为什么要回来？”

牧苒愤恨得似要将她咬碎般，而这句话也让衣繁夏疑惑不已，她反问道：“回来？从哪儿回到哪儿？你到底想说什么，又恨什么？”

牧苒这才反应过来自己的失言，在一声轻咳掩饰尴尬后，换上命令的口吻：“你只要记住，以后无论在哪儿你都必须避开敖嘉彦！”

衣繁夏内向寡言，却并不软弱，相反骨子里的倔强早已让她无所畏惧，她轻摇着头，强势地回道：“喜欢和讨厌对我来说很分明，要亲近要疏远谁我会自己看着办，你无须过问我的事。”

牧苒怎么也想不到，看似不善言辞的人竟也有伶牙俐齿的时候。

牧苒虽无言以对，可怒火却依然不减，抬起的右手手腕在还没落下时就被衣繁夏抓住了，随着一股大力，牧苒整个人被甩了出去，踉跄地退到墙角。这一次的对垒，牧苒占尽下风，也丢尽了面子，只丢下一句“早晚自食恶果”后朝小巷尽头跑去。

然而这句话就像一道闪电，击在衣繁夏的身上，并炸开了那尘封已久的记忆，她猛然想起两年前在意大利铁皮屋内，绑架者说的那句“Deve assumersi La Totale delle conseguenze”。

时隔两年后，相距万里的两个国家，毫不相干的两个人，却说着同样的话，而这句话像是个毛线团，一点点牵引出关于波西塔诺小镇的那场噩梦。

衣繁夏沉浸在思绪中，完全没在意到身后缓慢的脚步声，而那人穿了一双男士帆布鞋，悄然又大胆地朝她一步步逼近，就在她转过身时，一片枯叶刚巧落在肩膀上，又顺着脖颈掠过胸前的石头吊坠。男生骤然驻足，惊讶地看着衣繁夏胸前那块刻着“云崖”二字的吊坠。

“敖嘉彦，你跟踪我？”接二连三地被人跟踪，衣繁夏的耐心已经到了极限。

可敖嘉彦并没要回答的意思，一双眼自始至终不离云崖石，他禁不住伸手想要触碰那块吊坠，却吓得衣繁夏谨慎地后退两步。

牧苒刚离开，敖嘉彦便出现了，看来方才自己跟牧苒的一番对话全数被他听了去。她不禁想起淋油漆的那天，敖嘉彦曾说她对牧苒太过分，而这次没等他开口，她便硬气地质问道：“是不是又怕我欺负了牧苒，所以你也跟了过来？不过怎么办，我就是这样，脾气改不了的。”

“我想，你对牧苒说的那些话，应该是代表着你不讨厌我吧。”敖嘉彦的语气莫名轻柔，而这句话更让衣繁夏不知所措。

衣繁夏早已将自己的心丢进了寒冬里，所以依旧保持拒人千里之外的态度，她将吊坠塞回衣服内，躲闪着敖嘉彦的眼神，说：“无冤无仇无交集，我不喜欢你，也不讨厌你。”说罢，她在幽静的小巷中落荒而逃，直到在敖嘉彦的视线中消失。

那日深夜，敖嘉彦失眠了，他坐在窗台上，环视着宏伟又冰冷的敖家别墅，怀中的铁盒里放着几张泛旧的照片，照片中的敖嘉彦不过五六岁模样，他被一名长发女人抱在怀中，脖子上就挂着一块刻有“云崖”二字的石头吊坠。

这块石头自敖嘉彦有记忆以来就一直戴在身上，而它更是世界上绝无仅有的，所以他大胆猜测，衣繁夏就是两年前在意大利时他救过的女孩！

想到这，敖嘉彦顾不上夜深人静，一通电话直接打到牧苒那里：“我去你家找你，十分钟后出来！”

听到敖嘉彦要来找自己，牧苒片刻不愿耽搁就跑到楼下，左顾右盼地等敖嘉彦出现。

时间太晚，敖嘉彦不愿叫醒司机，于是独自骑着脚踏车在十分钟后赶到了牧苒家门口。

见到敖嘉彦，牧苒说不出地欢喜，可敖嘉彦却满心焦急，甚至连脚踏车都没停稳就抓住牧苒的肩膀问：“为什么？你为什么要骗我？”

牧苒着实被吓了一跳，怔怔地反问：“你到底在说什么？”

“为什么要骗我说你是两年前在意大利被救的女孩？”敖嘉彦眉头紧皱，死死盯住牧苒的眼神像一种压迫。

牧苒无从躲避，事已至此也不得不说出真相。

“我的确去过意大利，所以当你问我是不是被你救下的女生时，才鬼使神差地冒认了，因为……我喜欢你。”最后几个字被牧苒含在嘴里，声音小到连她自己都听不到，敖嘉彦自然也没听到。

听到牧苒的解释，敖嘉彦无力地垂下双臂，失落地自语道：“你害得我差点儿错过了衣繁夏。”

此时此刻，再次于敖嘉彦口中听到“衣繁夏”三个字，牧苒心底说不出地刺痛，她一阵冷笑：“又是衣繁夏，她到底有什么值得你这样做？”

敖嘉彦从沉思中回过神，神情严肃：“牧苒，即便作为一名普通的朋友，我对你也好失望。”

再后来，乌云遮挡住圆月，也断了牧苒最后一丝希望。她兀自站在黑夜中，这一次，敖嘉彦彻底离开了，只因为牧苒曾经的侥幸心理，侥幸地以为能取代那个被救的女孩，侥幸地以为与敖嘉彦的十年情谊再无波澜。

可牧苒忘了，命运就像漂洋过海的小舟，永远不知下一秒会驶向何方，又或许，友谊的小船说翻就翻。

Weitian Shaonü
Chuxin Ji

第三章

靠近一点儿，才觉温暖

1

在得知斌威与衣繁夏和好后，周一的清晨，蒋如婷就带着一盒芝士蛋糕等在安乔花苑外。

安乔花苑是衣繁夏现在的住址，她跟着姑姑衣蝶儿住在小区的一栋小洋楼里，可惜衣蝶儿脾气并不好，衣繁夏怕惹恼了姑姑，除了斌威外，她从不敢让别人进家门。

蒋如婷在小区门口等了快半小时，眼看上课就要迟到了，可还是不见衣繁夏出现。蒋如婷一路朝学校狂奔，刚上楼梯就看到衣繁夏靠在栏杆上发呆，不容多想，一个箭步蹿到她身旁，可怜兮兮地嚷道："繁夏，原谅我一次好不好？我保证再也不做伤害你的事了。"蒋如婷说着，伸出三根手指对天发誓。

衣繁夏不曾真的生蒋如婷的气，听了这番保证更有些心软，于是摆摆手："算了，也怪我太敏感。"

朋友二人重归于好，相视一笑时，明晃晃的阳光落在衣繁夏的肩膀上，照亮了她一颗阴霾多日的心。

"衣繁夏，你给我过来！"

静好的时光是被这气急败坏的吼声打破的，两个人回头看去，是班主任姚老师，见老师找自己，衣繁夏示意蒋如婷先回教室。

走廊上，姚老师踩着高跟鞋"嗒嗒嗒"地走来，带着一脸的愤怒，并在距离衣繁夏不到半米处停住脚步，随之而来的便是老师无奈的感叹。

"衣繁夏你成绩这么差会拖累全班的，看看你的试卷，全都是错！这么漂亮的姑娘，成绩怎么会这么差？"姚老师喘口气，继续说道，"我再给你一次机会，下次摸底考试前，如果不能进步一百分，我可就要请你家长来了！今天在这罚站一节课！"

老师离开后，衣繁夏才缓缓抬起头，刹那间她与楼梯上的敖嘉彦四目相接。

女孩子终究是有羞耻心的，尤其是在男生面前，更何况衣繁夏每一次的狼狈样，都有敖嘉彦在场，她不知这种相遇是缘分，还是倒霉。

衣繁夏错开他的视线，将身子转向另一方，她只希望敖嘉彦能像陌生人一样，可是事与愿违。

"衣繁夏。"不知何时，敖嘉彦走到了她的身后，轻唤着她的名字。

衣繁夏依旧半低着头，假装看不见他。

"我帮你补习功课吧。"敖嘉彦说着，将自己的手抄本塞到衣繁夏手中。

这突如其来的举动吓得衣繁夏猛地缩回手，手抄本也随之掉落在地。

衣繁夏双手攥拳靠在墙壁上，越想避开敖嘉彦的注视，却越会被他纠缠。就在她不知所措时，他干脆撬开她的手掌，将手抄本按在她的掌心上，提醒道："以后每天放学我都会在校对面的咖啡馆帮你补课，算是弥补，你一定要来，这是承诺。"

看似镇定的敖嘉彦，像个被识破的小偷一样，在衣繁夏复杂的神色中落荒而逃。她痴痴地盯着被他刚握过的手，那里似乎还残留着他的温度，第一次，她竟然无法通过触摸，感知别人的想法。他是那样热情，又是那样紧张，可除此之外，她对他便一无所知，而敖嘉彦的触摸，她竟不觉得讨厌。

那些天，衣繁夏有些与众不同，以往冷冰冰的脸上偶尔露出些忧伤，对别人的话语也会有眼神的交流，连蒋如婷都有所觉察。

午休时，难得教室里没有别人，吃过午餐的蒋如婷和衣繁夏并肩坐在课桌上，蒋如婷将脑袋靠在衣繁夏的肩膀上，两个人各怀心事地望着窗外。

"你说，喜欢一个人是什么感觉？"蒋如婷嘴角含笑地问道。

衣繁夏想了片刻，认真地说道："不知道呢，应该会心跳加快吧。"沉默一会儿，她继续问："你有喜欢的人吗？"

"嗯！"蒋如婷闷哼一声，算是回答。

"真的，是不是斌威？"衣繁夏猛地抬头，一脸兴奋的样子像个八卦妹，而不是患有社交心理障碍的人。

心事全被看透的蒋如婷有些难为情，她弱弱地说出自己的担忧："你会不会怪我？"

衣繁夏一脸疑惑。

"怪我喜欢斌威，毕竟你们那么要好。"蒋如婷像做错事的孩子，等待别人的原谅。

衣繁夏摇摇头，忽然拥抱住蒋如婷，安慰道："你是云朵，是晨光，是让我学会在晴天里试着微笑的朋友，上次冲你发火让我好内疚。还有，对于斌威，他就像我的亲哥哥，和家人无异，我也希望他能幸福。"

这番话终于化开了蒋如婷的微笑，她托腮望着衣繁夏，好奇地问："那你有没有喜欢的人？"

"当然没有！在你之前，你见过我跟学校的谁多说过一句话？"衣繁夏回答得斩钉截铁。

虽然矢口否认有喜欢的人，可是在那一刻，衣繁夏的心底还是浮现出一个人，他有着幽蓝色的眼眸，明朗的声音，他给了她一个承诺，她便对他的名字念念不忘——敖嘉彦。

而关于那个承诺，衣繁夏没有忘，敖嘉彦也没有忘。

可是一连三天，敖嘉彦都没能等到衣繁夏，咖啡馆的客人本就少，很多时候他都是最后一个离开，可等待的滋味并不好受。

那是第四天的傍晚，在直对着咖啡馆的街角，戴着帽子的衣繁夏怯生生地张望着。咖啡馆全是落地玻璃窗，又开着昏黄的壁灯，里面的情况一目了然，空荡荡的座位上根本没有敖嘉彦的身影。

“骗子，说什么承诺，四天都不愿意等！”衣繁夏带着失落感，不禁抱怨起来。

“既然知道是承诺，干吗还放我鸽子？”

随着身后的声音，衣繁夏的帽子被人扯了下来，她侧目望去，是敖嘉彦，只见他一手抓着书包，一手拎着衣繁夏的衣领，边往咖啡馆走边说道：“明明期待我出现，为何你又偏偏躲起来，你到底在害怕什么？”

“我……我哪有期待？”

“之前的三天，你分明每天都躲在那个街角偷看。”敖嘉彦扭头盯着她，半开玩笑道，“你该不会有偷窥癖吧？”

衣繁夏语无伦次地反驳，却被敖嘉彦堵得无话可说，只剩下诧异。

“你怎么知道我来过？”

看衣繁夏完全被好奇心打败，敖嘉彦不禁得意地笑笑，抬手指着柜台旁一面巨大的落地镜子。

原来敖嘉彦是在镜中看到了衣繁夏，所以她偷偷在街角躲了三天，全被他收在眼底。

还没到咖啡馆，衣繁夏便挣脱出敖嘉彦的束缚，她倔强地昂着头，眉宇皱成一团，问：“螳螂捕蝉，黄雀在后，所以你今天是故意晚来的喽？”

敖嘉彦先是一笑，继而饶有兴致地打趣道：“原来你也会调侃，并不像同学们说的那样惜字如金。”

一句话让衣繁夏后知后觉，不禁在心里咒骂自己怎会像变了一个人似的，只得嘛嘴解释："对讨厌的人当然无话可说。"

敖嘉彦惊喜，追问着："那你的意思是，不讨厌我？"

这绝对是敖嘉彦挖的坑！衣繁夏眼珠子转了一圈也没想到更好的措辞，脸颊反倒憋得通红，既然又出丑了，那就逃跑吧，反正"逃"是衣繁夏的强项。

打定主意后，衣繁夏果断转身就跑。

"嗨，你的帽子！"

听见敖嘉彦的吆喝声，衣繁夏窘迫地折回身，气急败坏地抢过帽子，刚要走又被叫住。

"繁夏。"敖嘉彦一改方才开玩笑的语气，问道，"明天你会来吧？"

衣繁夏忐忑地望着他，她没有说之所以不敢踏进咖啡馆，是因为害怕心底的慌乱，那份慌乱，是在她第一次踏进校门被油漆泼满身，他刚好出言相助时，是他握住她手说帮她补习功课时。而她更怕，他的阳光明媚会抵消她去寻找父亲死亡真相的决心，因为他的温暖，竟然让她有些留恋，所以她要逃，在有更多交集之前切断所有可能。

毕竟，敖嘉彦那样光彩夺目，她却只爱躲在阴暗角落里。

既然确定衣繁夏就是两年前被救的女孩，敖嘉彦对她更是充满好奇，他有好多话想问她，当年她为何会出现在意大利？为何被黑衣人抓去木屋？这两年过得好不好？他准备在衣繁夏再次来咖啡店时一并询问，可她还是失约了。

那之后的一周时间里，衣繁夏不仅没有去咖啡店，甚至也没出现在学校里，敖嘉彦实在不放心，在课间休息时跑到高三（3）班门口张望，凑巧碰到抱着一摞作业走来的牧苒，她语调冷淡地问道："又来找衣繁夏？"

"你知道她为什么没来学校吗？"敖嘉彦满心只想知道衣繁夏的去向，丝毫没有注意到牧苒阴沉的面色。

暗恋中的女生真的极其敏感。牧苒盯着敖嘉彦，狠狠甩下一句"不知道"后走进了教室。

愣在原地的敖嘉彦，既尴尬又不甘心离开，幸好蒋如婷看见了他。

蒋如婷将敖嘉彦拉到走廊一角，开口便是担心的语气："衣繁夏一周没来学校了，也没请假，连老师都因此而生气了。"

“你们不是好友吗，请告诉我她家的住址。”见蒋如婷为难地摇着头，他不禁着急，“你不知道？”

“我只知道在安乔花苑，因为繁夏怕惹烦她姑姑，从不肯让我去她家，也从没告诉过我她家的具体地址。”蒋如婷说完，上课铃声适时响起，敖嘉彦不得不离开。

下午放学时，距离晚自习有一个小时的休息时间，敖嘉彦连书包都没来得及拿便冲出校门，在一辆银白色的轿车旁，敖嘉彦的私人司机沅叔已经等候多时。

沅叔三十五岁，左脸颊上有道拇指长的伤疤，鬓角发丝斑白却从不打理，因此看上去比实际年龄要老上许多。沅叔是敖嘉彦的私人司机，主要负责接送敖嘉彦，由于此人性格孤傲、言语甚少，加之身世神秘，从来没人知道他的真实名字，常人都称他为沅叔。

不过沅叔对敖嘉彦的态度倒十分和缓，没等敖嘉彦走到车边，沅叔便先迎上前，随手递上一张字条，毕恭毕敬地说：“按照您的要求，我已经查到衣繁夏的住址。”

敖嘉彦接过字条，仔细看过后放回衣兜里，许是两个人年龄的差异，他对沅叔并没有雇佣关系的感觉，示意道：“请沅叔带我过去吧。”

敖嘉彦侧身坐进车厢内，汽车随着发动声渐渐走远，而他丝毫没有注意到追着车子奔跑的蒋如婷。

蒋如婷是想告诉敖嘉彦，自己已经联系上了衣繁夏，可从手机那端却听到了争吵声，而自己又因为父母的关系不能去找她，担心此事的蒋如婷这才想求敖嘉彦帮忙，可没追几步，蒋如婷的手臂就被一股力量牵引住，待回过神才看清眼前人，她不禁有些诧异：“斌威，你怎么一直不接我电话？”

“手机丢了，今天来找衣繁夏才听说她许久没来学校，到底怎么回事？”斌威一脸疑惑地看着蒋如婷，等着她的解释。

蒋如婷喘着粗气，解释道：“放学时我又试着给衣繁夏打电话，刚好接通了，可里面全是咒骂的声音，我现在必须回家，你快去找找她吧，好怕她会出事。”正说着，不远处的一辆轿车里，一名四十岁左右的妇女不耐烦地按着喇叭。

“我真的要走了，找到繁夏记得发短信告诉我。”蒋如婷摆摆手，匆忙钻进轿车里。

蒋如婷的母亲是名家庭主妇，说不上泼辣，但性格火暴，蒋如婷一上车就开始数落她：“你是不是又跟那个没爸没妈的孩子一起玩了，说了多少遍近墨者黑，小心学坏了。”

“衣繁夏不知比多少人好呢，而且妈妈你这么说一个没爸妈照顾的女生，就不怕我学坏吗？”蒋如婷据理力争。

“总之别让我知道你们走得太近，否则你等着转班吧！”

母女两个人的对话就此结束，蒋如婷无奈地靠在座椅上，车窗外一排排闪过的树木和街灯像跳跃的小丑，扰得她心烦意乱，她只希望能快些得到衣繁夏的消息。

2

安乔花苑最深处的一栋二层洋楼，是有着二十年历史的老住房，外墙上的淡黄色墙漆脱落严重，铁栅栏将门前一块地圈成小院，几棵枯死的鸢尾花倒在院子一角，黑色镂空花纹的铁门因为时间的久远，已是锈迹斑驳。

这里难道就是衣繁夏居住的地方吗？

敖嘉彦边打量着边朝洋楼走去，刚想要按门铃时，屋内突然传来一阵咒骂声，继而房门被用力推开，敖嘉彦惊得身子一震，匆忙躲到了小区宣传牌后面。

怒火中烧的中年女人正是衣蝶儿，一身绸缎睡袍衬得她气质倍增，可言谈举止间却又透露着令人寒心的狠毒。

衣蝶儿用力一推，毫无反抗的衣繁夏便重重地摔倒在地，涂着美甲的手指点在衣繁夏的额头上，骂道：“当初我为什么要把你带回国？养了你这个白眼狼！”

被赶出家门的衣繁夏没有一丝悲伤，淡然的脸上甚至看不出任何表情，她拍拍衣服上的泥土，看也不看姑姑衣蝶儿，转身就走。

“你回来，要去哪里？”衣蝶儿突然唤住她。

衣繁夏停下脚步，幽幽地回答：“姑姑不用管我，再住下去只怕我比白眼狼更过分。”

“你爱去哪儿去哪儿，如果你不愿做森岩巧克力的继承人，就先告诉我制作森岩巧克力的配方，你父亲一定留给你了！”

“我没有，就算有，也不会给姑姑的！”衣繁夏冷笑一声，“你的生意你自己守护！”说完，她头也不回地离开。

“那你就别指望我再收留你！”衣蝶儿恶狠狠地吼道。

八年前，衣蝶儿失了业，衣宁崎不忍妹妹在超市打工，于是协助她经营起一家甜品店，当初店铺不大，但由于所用的巧克力原料都来自衣宁崎的森岩巧克力，再加上甜品口感确实好，几年下来不仅赚到了钱，衣蝶儿更是一口气开了四家分店。可直到两年前，衣宁崎突然离世，没有森岩巧克力的甜品总是做不出顾客想要的味道，不仅收益没增加，还因为质量问题被投诉。

所以为了保住甜品店，衣蝶儿才迫不得已地收养了衣繁夏，并给她看病，目的就是想要说服她做森岩巧克力的继承人，可两年来衣繁夏跟姑姑的对话少之又少，更别提她最讨厌的巧克力了。

五岁那年，因为巧克力，衣繁夏失去了母亲；十四岁那年，又因为巧克力没了父亲。这被无数女孩视作美味的东西，却像枷锁一样扣在衣繁夏的人生旅途中，给她痛苦与孤独，最终让她独自面对这个繁杂的世界。

衣繁夏虽然讨厌巧克力，可也不愿用父亲的心血来换取寄人篱下的机会，她断然拒绝留在姑姑家。

敖嘉彦将一切看在眼底，包括衣繁夏离去的孤影，他想给予她安慰，可又不敢追上前，唯独在心底好奇道："衣繁夏，这两年你到底经历了什么？"

他深知她的敏感，在被油漆淋身时躲闪的眼神里，更在她在小巷里落荒而逃的脚步中，所以不敢轻易靠近，生怕她会逃得更远。

毕竟，习惯孤独太久的人，会惧怕另一个人的突然接近。

在衣繁夏彻底离开后，敖嘉彦忧心忡忡地走出小区。他微微低着头，正想着无家可归的衣繁夏今晚要如何度过时，右肩膀被人猛地撞击下，力度大到令他整个人摔在石墙上，幸好手臂及时抵住，除了擦破皮外再无其他伤处。

回过神的敖嘉彦只望见了那男生的背影，男生个子略高，穿了件白色的休闲卫衣，蓝色的牛仔裤泛着奶油白，匆匆奔跑的样子像是遇到了急迫的事情，连裤脚被水洼里的污水溅湿都毫不在意。

那男生不是别人，正是斌威。他一口气跑到洋楼，隔着铁门不住地喊道："繁夏你在不在？姑姑快开门，到底发生了什么事？"

片刻的沉默后终于有了回音。

只见衣蝶儿一副不耐烦的样子推门而出，看见斌威嘲讽道："你不是最疼那个疯丫头了吗？我警告你，她跟我已经断绝关系了，以后别来我这儿找人！"

"你可是她亲姑姑！"斌威不相信拥有血缘的亲属间竟会这般冷漠无情。

衣蝶儿转过身，理所当然地说道："是啊，我是她亲姑姑，她都不肯把森岩巧克力的制作配方给我，连继承都不肯。"说话中，语气越发不耐烦："当初要不是我带她回国，她早就死在波西塔诺小镇了！”

两年前在国外具体发生了何事，斌威并不知晓，只知道衣繁夏重新出现在自己面前时，已完全变了一个人，不爱说话，眼神逃避，那时斌威第一次听到一个病理名词——社交心理障碍。

那之后，衣繁夏再也没有提过在波西塔诺小镇发生过的一切，斌威只是在衣繁夏做噩梦时，听到过关于被绑架的只言片语。

没有人知道，独自在国外的警署里呆坐两天是怎样的心情，更没有人会想到，一个十四岁的孩子会有一心求死的绝望之心。

那时目睹父亲死亡，又经历被绑架的衣繁夏，坐在警署的角落里。说着外国话的警察们忙着各自的工作，没人给予过她一分的关心，甚至没人发现两天滴水未进的衣繁夏昏厥在角落里，直到衣蝶儿到来，并以警察失职为由，在警署大闹一场后，才拿着赔偿金带着衣繁夏离开。

在衣繁夏看来，被姑姑带回国真的不算拯救，因为在亲身经历父亲离世的那刻起，她的心就已被掩埋。

失去父母的孩子，内心深处总是布满忧伤。而这种情绪，对父母毫无印象的斌威也深有体会，他知道此刻与跟姑姑的争论相比，找到衣繁夏更为重要。

天边最后的一抹光亮逐渐隐去，迎着微冷的夜风，斌威终于在老城区找到了衣繁夏。

青梅竹马的那些年，他们是彼此童年里的唯一阳光，所以斌威自是知道她去了何处，而对于内向的衣繁夏来说，她常去的也只有那一个地方——永福巷天主教堂。

在永福巷的尽头，有一座刚翻新不久的天主教堂，平日里很少有人进出，只有热衷西式婚礼的新人会来此拍照，所以大部分时候教堂都被上了锁。

斌威寻遍了四周，最后在教堂以北的花坛旁找到了衣繁夏。

“就知道你会来这里！”斌威走上前，满是心疼地盯着她时，教堂响起了整点钟声。

衣繁夏闻声抬起头，淡然地与之对视，缓缓说道：“据说，波西塔诺小镇乡间教堂的午夜钟鸣能带来好运，如今看来，哪里的钟鸣都遗忘了我。”

斌威宠溺地揉揉她的额头，轻声安慰道：“如果真是那样的话，那么我来做你的午夜钟声，做你为数不多的好运。”

那样坚强的衣繁夏，即便被姑姑赶出家门也没有掉下一滴眼泪，但在斌威说完这句话后，眼泪却不争气地落了下来。这些年来，也许只有斌威算得上是她为数不多的好运了。

“你真的不回姑姑家了吗？在这个世界上，她是你唯一有血缘关系的亲人了。”斌威小心翼翼地提醒道。

衣繁夏倔强地摇着头，说：“你与我也毫无血缘关系，但你却是我在这世界上唯一相信的人，所以血缘关系真的这么重要吗？”

斌威比衣繁夏大两岁，但衣繁夏每每说出的话，都成熟得令斌威无言以对。

“你对我来说更重要。”斌威暖暖一笑，将右手臂横在半空中，催促道，“夜风太凉，我们回去吧。”

那时，还在学厨的斌威，跟一名男同学合租在狭小的阁楼里，因为衣繁夏是女生，不便一起合住，他思来想去，只好将她暂时安置在附近的宾馆内。

晚上七点，车流渐少，衣繁夏与斌威一前一后地走在街道上，明亮的街灯拉长了两个人不远不近的身影，两个人无言漫步前行，突然，斌威停住脚步，语气诧异：“你怎么会在这里？”

衣繁夏皱皱眉，这才看清楚街灯下站着的人，她唤道：“蒋如婷，这么晚了，你是怎么出来的？”

蒋如婷家教甚严，母亲又强悍严厉，除了晚自习，从不肯让她夜晚出门，所以对于蒋如婷的出现，衣繁夏很是惊讶。

大概是看到衣繁夏平安无事，蒋如婷担忧的脸上瞬间笑逐颜开，并跑上前挽住她的手臂，不住地抱怨着：“你们两个人怎么都不接电话？害我担心许久，最后骗我妈说今晚补习功课，这才得以脱身来找你。”

蒋如婷的母亲并不喜欢女儿与衣繁夏做朋友，为此没少责怪蒋如婷，所以当听说蒋如婷因为担心她而欺骗母亲时，一股暖流袭遍她整个心房。

“谢谢你义无反顾的友情。”衣繁夏眼噙泪水，她望着蒋如婷与斌威，脸颊上绽放出一抹灿烂的微笑。

那个夜晚，凉风萧瑟，星空寂寥，却让衣繁夏一颗原本跌入冰窖的心，如同她的名字一样，带着炽热的光芒与充满绿色的希望。

3

衣蝶儿经营的甜品店Lucky Cake Shop（幸运蛋糕店）出事了，虽然衣繁夏一直都知道，姑姑希望她成为森岩巧克力的继承人，是想要她交出森岩巧克力的制作方法，以此来保住甜品店的声誉，可衣蝶儿最害怕的事情还是发生了。

衣繁夏接到斌威的电话时，正是午休时间，手机那端传来斌威焦急的声音："繁夏，姑姑的店出事了，听说是使用的巧克力原材料出了问题，吃过甜品的人出现腹泻的现象，好多人围在店门口，姑姑不慎从台阶上摔了下来，扭伤了脚踝，我们要不要去看望下姑姑？"

衣繁夏的内心是想拒绝的，可毕竟是姑姑将她从国外带回，又在同一个屋檐下相处两年，即便她讨厌姑姑，却也做不到绝对冷漠。

衣繁夏不温不火地回答："放学后你能陪我一起去吗？"

"当然，你等我。"斌威爽快地回答道。

下午，衣繁夏是在浑浑噩噩的状态下度过的，那种惴惴不安的感觉像一张网，笼罩着整个心脏，她不知是因为要面对姑姑，还是因为那无法揣测的未来。她总觉得，自己本就充满旋涡的生活，似乎要袭来一场狂风暴雨，她的直觉向来准确。

果不其然，放学后衣繁夏在校门口等了许久，斌威没等来，却等来一条短信：繁夏，我突然有急事，你先去看姑姑吧。

看着斌威的短信，衣繁夏有些气愤，他知道她有多么不愿独自面对姑姑，而那气愤中，更多的是她怪自己不够坚强。

即便万分不愿，可衣繁夏终究还是去了。

在远海市人民医院的急诊室里，衣繁夏远远地看到坐在休息凳上的衣蝶儿，姑姑光着脚，脚踝处红肿着，墨绿的呢子大衣上满是灰尘，左额头上有块瘀青，看来跌下台阶时伤得不轻。

可还没等衣繁夏走上前，一个行色匆匆的男人先她一步走向衣蝶儿，她仔细一看，那男人是甜品店的项目经理。

就在衣繁夏犹豫着要不要跟姑姑打招呼时，周围似乎一下热闹起来，她这才注意到，急诊室里的人都拥向了休息区的一台电视机，衣繁夏也好奇地跟了过去，电视里正播放着一条新闻：

"今日消息，因甜品店Lucky Cake Shop使用问题巧克力，给食客造成健康威胁，现经食品安检人员的取证检查，证实一直对外声称使用森岩巧克力的Lucky Cake Shop，其实是低价采购了云端集团的劣质巧克力，现调查组已进入云端集团进行调查……"

衣繁夏恍然大悟，两年来她从没注意过姑姑的甜品店动向，自从父亲去世后，森岩巧克力就再没人制作过，想不到姑姑不仅对外宣称Lucky Cake Shop一直使用森岩巧克力为原料，还为了自身利益，采用问题巧克力来欺骗消费者。

衣繁夏难以置信地摇着头，转过身时，刚好与姑姑视线相接，姑姑的眼底满是敌意与诧异，这一瞬间，她终于明白了遍布自己全身的刺，正是在每一道充满火药味的眼神中，逐渐坚硬起来。

"衣繁夏，你是不是来看我笑话的？"姑姑衣蝶儿的声音并没因伤势而变弱，她站起身，指着衣繁夏咒骂道，"都是因为你！当初你要是做森岩巧克力继承人，哪怕把制作配方说出来，我也不会变成今天这样！你和你爸都是一根筋！"

衣蝶儿的一席话令衣繁夏成了人们议论的焦点。

在衣繁夏的意识里，人们的味觉即便再挑剔，对于消失两年的森岩巧克力来说也不过是陌生罢了，可她错了。

"她就是森岩巧克力创始人衣宁崎的女儿？都长这么大了。"

"衣宁崎死后就再也没了她的消息，原来一直隐藏起来生活，不过说实话，森岩巧克力真的特别好吃。"

看热闹的人越聚越多，早已将衣繁夏视作罪魁祸首的姑姑愤怒地推搡着她，责备声、议论声以及人们灼热的目光，这一切都让她仿佛回到两年前，回到父亲被推出抢救室时的那一刻，同样的嘈杂与纷扰萦绕在脑海中，濒临崩溃的边缘。

衣蝶儿急红了眼，依旧不依不饶："把我害成这样，全都怪你！"

"够了！"衣繁夏挣脱被束缚的手臂，声嘶力竭地反驳道，"姑姑你所遭受的一切都是被自己的欲望驱使，我和我爸没义务替你的行为埋单！"

在众人惊讶的眼神中，衣繁夏迈着坚定的步伐离开医院。

两年前的经历如同梦魇般，无时无刻不侵扰着衣繁夏，让她心生恐惧，但如今的她，已学会用不符合十七岁的成熟来伪装淡定了。

黑夜与霓虹灯形成鲜明的对比，就像安静与喧嚣永远格格不入一样。

衣繁夏漫无目的地走着，直到人行道被人群阻断了去路，她才从自己的世界里回过神，不远处，二十多名手持录音笔的记者围住一名中年男人，争先恐后地问着关于云端集团问题巧克力的有关看法。

云端集团的办公大厦看上去很是恢宏，衣繁夏努力昂起头，不经意间看到空旷的大厅前站着一个孤独的身影，她上前几步，疑惑地念出一个名字：“斌威？”

光线并不明亮的街灯下，衣繁夏一直注视着脊梁挺得笔直的斌威，她的内心在一刹那变得异常沉重，每一个人都有各自的担忧，明明毫无瓜葛，可总有悲伤的气息，在冥冥中让所有的事变得错综复杂。

斌威并没有察觉身后的目光，就像衣繁夏毫不知晓此刻有个人同样在关注她一般。

冷冽的夜风吹得她皮肤麻木，神情恍惚间整个人便失去了意识，只听见耳边回荡着一个人的呼唤声：“繁夏，繁夏……”

这个人的声音极尽温柔与焦急，扶起衣繁夏身体的时候，她能通过皮肤的接触，感觉到并不陌生的友善，而她竟不抗拒。

与其说不抗拒，倒不如说是身心俱疲。自从衣繁夏雨天救下蒋如婷并因此生病后，身体变得很虚弱，天气稍有降温就会感冒发烧，再加上近期发生的种种事件，紧绷的神经再也支撑不住她的身体。

衣繁夏靠着那个陌生而温暖的怀抱，在这一刻短暂地收起了她的防备、她的恐惧，以及她令人退却的倔强。

Weitian Shaonü
Chuxin Ji

第四章

短暂的快乐，满满的回忆

1

刺鼻的消毒水味，就像衣繁夏神经爆炸的引线，这医院里独有的味道令稍有意识的她瞬间清醒。

“我怎么会在这里？”衣繁夏猛地坐起身，震得病床发出沉重的响声，因为动作幅度过大，使插在手背上的输液针头刺激着血管疼痛不已。她刚要拔下它，一声制止伴随着开门声滑过安静的病房：“别拔针头！”

话音未落，只见端着饭盒的敖嘉彦走到病床前，看也不看衣繁夏，抬手用汤匙敲在她准备拔掉针头的手上，她吃痛着慌忙收回手，不禁低叫道：“好疼！”

“知道疼还乱动，不乖乖输液还要挨更多针！”敖嘉彦边说边从保温盒中倒出热粥，语气和神态就像两个人是多年好友般，没有任何生疏。

衣繁夏盯着忙碌的敖嘉彦，冷冷地问：“我们的关系什么时候变得这么近了？”

“在你不知道的时候。”敖嘉彦神秘一笑，递上热气腾腾的粥。

他像暗夜中的光，蓝色眼眸中分明带着明媚，看得衣繁夏心中一暖。她匆忙躲开他的视线，换上她惯有的冷漠：“你怎么会在这儿？”

“见你晕倒在路边，总要出手相救呀。”

“你又跟踪我！”衣繁夏像只刺猬，提高的分贝吓得敖嘉彦险些撞倒保温盒。

敖嘉彦无奈叹口气，向她解释：“云端集团是我父亲的公司，我出现在那里不很正常吗，那你又为何在那里？是不是该庆幸我在那里救了你？”

衣繁夏恍然大悟，她忘了他是云端集团掌门人的长子，而他的问题竟让她哑口无言，沉默半晌，她突然凌厉地抬起头，满是不悦地说：“多管闲事，我才不需要你这种人救！”

“我这种人？我是哪种人，你说说看。”敖嘉彦着实讨厌她拒人千里之外的冷漠，像是一块冰石头，即便融化了冰层却也凿不开坚硬的石体。

衣繁夏将视线转向窗外，一字一句道：“管好你自己，我的事与你无关。”

“与我无关？如果真的与我无关，你两年前为什么不说我多管闲事，既然当初你是我救下的，你的命就是我的！”争吵总让人失去理智，也让敖嘉彦一句话道出二人两年前的缘分。

而这句话终于让衣繁夏安静下来。

她努力回想着两年前的一幕幕，她很确定关于意大利的一切，从未对任何人提起，连斌威都没有，可眼前的敖嘉彦分明知道些什么。

衣繁夏重新打量起他，蓝色眼眸中分明闪烁着期待，她小心翼翼地问："你为何会提及两年前？你到底知道什么？"

"你难道忘了吗，那个挥着棒球棒的少年，那个在黑暗中让你快跑的少年？"敖嘉彦声音低沉，他垂下眉，盯着她胸前，思绪仿佛回到两年前，"还有那块云崖石吊坠。"

敖嘉彦就是在意大利救她的少年！衣繁夏确定！

直到如今，一想起少年打开大门，清亮的月光照进漆黑的铁皮屋时，恐惧的内心中的绝望便少了几分，那份被救后对丢下少年独自跑掉的内疚，也一直延续到现在。

衣繁夏眼眶噙满泪水，哽咽道："谢谢你……也对不起。"

他微笑着，将手落在她的头发上，打着招呼："嗨，时隔两年，终于见到了你的模样。"

衣繁夏望着他，两行泪水滑过脸颊，如果说在意大利的时光全是灰暗痛苦的，那挥动棒球棒的少年，便是她在意大利唯一牵挂的悸动，她晃着吊坠，问："你是看到了它，才认出了我吗？"

敖嘉彦点着头，说："这个云崖石吊坠，世间只此一个，所以我认得它，自然也认出了你。"

时间终是弥补了衣繁夏的遗憾，面对少年亲口说出了"对不起"，她匆匆解开吊坠的锁扣，将云崖石吊坠递到敖嘉彦面前："如今，该物归原主了。"

"不了，既然当初被你无意间带走了，想必也是一种缘分，这吊坠你留着吧。"敖嘉彦拒绝道，"云崖石是吉祥的象征，一切都会好起来的。"

他心疼她，是从何时开始的呢？在学校被淋一身油漆？还是被姑姑赶出家门？又或是两年前在世界巧克力大会上，面对撕心裂肺叫着父亲名字的衣繁夏，他安慰说"不会有事"的时候？

两年前，极其喜爱吃森岩巧克力的敖嘉彦，满怀欣喜地参加了在意大利举行的世界巧克力大赛，并被安排在儿童座席里。直到衣宁崎出事时，他才知道，身旁哭声撕心裂肺的女孩就是衣宁崎的女儿，可惜那时人多，他只看到了她的背影，而铁皮屋事件里，由于光线黑暗，他并没能看清对方的长相。

好在，云崖石将错过的时光又带回了正轨。

病房里又恢复了安静，衣繁夏自顾埋头戴着吊坠，不知是铁扣太滑，还是面对敖嘉彦有些不自在，细小的锁扣总也扣不上。

“我帮你吧。”敖嘉彦说着接过吊坠，动作轻柔地将云崖吊坠重新戴回衣繁夏的脖颈间。

“想不到当年救我的人是云端集团的长子，你的人生应该还幸福吧。”这大概是衣繁夏第一次敞开心扉与人交谈，想想自己一塌糊涂的人生，她剩下的大多是对他人的羡慕。

然而，顶着云端集团的外壳，敖嘉彦的生活却没那么多奢华，他苦笑着回答道：“两年前，我母亲失踪了，父亲封锁消息，暗中查找却一无所获。”

衣繁夏万万没有想到，他云淡风轻的外表下，竟然隐藏着这般悲痛的过往。这的确是一种悲痛，世间再没有一种痛，能与亲人分别相提并论，她经历过，所以更懂他此刻的心情。她识趣地选择沉默，就在漫无目的地摆弄指甲时，敖嘉彦递给她一块巧克力。

“我……不吃巧克力。”衣繁夏迟疑着，最后还是拒绝了他的好意。

敖嘉彦大概猜出了其中缘由，他并没有再劝解，而是说起了自己的往事：“你父亲做的森岩巧克力是我最喜欢的，对我来说，它充满田园气息与亲情的味道，只可惜再也吃不到了。”

在敖嘉彦的记忆里，最开心的莫过于十岁那年暑假，跟母亲安迪娜去乡下采风。

安迪娜本是大学美术系的绘画老师，嫁入敖家后便辞了职，每年春夏之际都会外出采风。那时敖嘉彦年纪小，总是静不下心等待，安迪娜就分他一块巧克力，没想到敖嘉彦真就不吵不闹，等着母亲画完一幅画，春风和煦、绿意盎然，甜丝丝的巧克力中带些苦涩，如同母亲轻浅的微笑。

“啊……”衣繁夏心头一揪，感叹道，“原来我们同命相连啊。”

“可我们的感受却又不同，我因巧克力得到了甜美和温暖，而你感受的却是无尽的悲伤。”敖嘉彦极尽伤感地看向她。

他的话，将衣繁夏的思绪牵回记忆的深处，她轻描淡写道：“悲伤太多，以至于没有喜欢巧克力的位置了。其实，早些年父亲的巧克力还没有制作成功时，我们一家人还是很幸福的，只是后来，父亲将所有精力都放在研发巧克力上，母亲认为他是个不务正业的男人，几经沟通无果后便抛弃我们父女远走国外了。而父亲对巧克力有着忘我的执着，那些年他与巧克力相处的时间，远远超过陪伴我。所以从记事起，就注定我讨厌巧克力吧，因为它拿走了我所有的幸福。”

敖嘉彦不知如何安慰，只好将巧克力放在衣繁夏的掌心中，说："繁夏记住，你人生的纠结点并不在巧克力，所以你可以试着接受它的味道。"

她痴痴地望着他，巧克力被她死死地攥在手心里。

"这个时间我必须回家了，送你来时，我通知了蒋如婷，你好好休息吧。"敖嘉彦起身告别。

衣繁夏友好一笑，他却忽然折回身，严肃地警告道："病情康复后要来咖啡馆补课，我救了你两次，不许不去！"

这句话虽然有些霸道，却莫名其妙地激起她心底一片涟漪。

"嗯。"简短的声音算是给敖嘉彦的回应，只是这回应连衣繁夏自己都不知道会代表什么。

黑夜中，敖嘉彦的身影很快便消失不见了，可衣繁夏依旧冲着窗外发呆，她突然有些好奇，好奇带有田园和亲情味道的森岩巧克力真正的滋味，掌心的巧克力已经有些融化了，她捧着它看了许久，终是将金箔纸一点点撕开，连空气中都弥散着丝丝香味。

那是一枚酒心巧克力，外皮巧克力微苦，入口咀嚼的瞬间，烈酒酒浆充斥整个口腔，浓甜中夹带着酒的辛辣，醉甜的滋味竟让人有些着迷。

衣繁夏忽然有些质疑自己，这些年来是不是自己太过封闭，以至于抱着痛苦，便看不见明日曙光。

心，埋藏在黑暗中太久，以至于习惯了沉沦，除非有人帮助刨开，否则再不愿破土而出。

而衣繁夏似乎找到了那个帮她刨开黑暗的人——敖嘉彦！

一如两年前，他推开危机四伏的铁屋大门，给她带来巨大的希望。如今，她也愿意抬起头，去寻找光的方向。

2

输液结束时已是深夜十一点，医院的走廊上，透着令人毛骨悚然的寂静与黯淡，衣繁夏努力让自己不去想父亲离去的画面，她裹紧外套，顾不上发软的双腿，一口气跑出了医院。

由于太过慌张，竟没注意前方，猛地撞进一人的怀中，衣繁夏忙着道歉："对不起，对不起……”

“繁夏，发生了什么事？”

她猛然抬起头，在看见斌威那张熟悉的脸后释然地舒了口气，再也压抑不住地抱着他哭诉起来：“我害怕医院，也不愿想起过去，可是……可是我想爸爸……”

是啊，即便在斌威看来，这也是一种纠结，想念一个人，最多的就是回想对方离别时的那刻，然而离别最是痛苦、最是不愿提及的。

斌威紧紧抱住她，想要给予更多的安全感，无奈地安慰着：“再也不会让你一个人了，只要你愿意，我会一直照顾你。”

毫无顾忌地大哭一场后，斌威将一沓钱交给衣繁夏。

衣繁夏眨着通红的眼睛，倔强地摇着头：“你辛苦赚的钱我不要！”

斌威从小就拗不过她，于是拽起她手腕朝住处走，嘴里念叨着：“从今天起你就住在我租的阁楼里吧，合租的几个同学因为找到了工作都去了外地，至于钱你不要就算了，但你必须辞掉那三份兼职！”

衣繁夏突然停下脚步，问：“你是怎么知道的？”

“你因为打工导致睡眠不足而累倒，这么大的事，你觉得蒋如婷会不告诉我吗？”斌威刚走出两步又自语道，“等下，蒋如婷电话里说父母在家出不来，那她是怎么知道你晕倒的？”

斌威的疑惑让衣繁夏整个人忐忑不安，她并不想让过多的人知道自己与敖嘉彦的关系，包括两年前的种种，而斌威定会刨根问底，为了避免过多的解释，她说道：“是好心的路人拨打了救护车，醒来后才通知了蒋如婷，没想到她出不来才通知了你。”

“哇，我真是要吃蒋如婷的醋了，怎么说我也算你半个亲人，有事第一个想到的竟然不是我。”斌威佯装生气地敲了下她的额头，突然换上一副认真的模样，说，“我应聘到一有钱人家的别墅里做主厨助理，所以你无须为我担心，安心地住下来，有事尽管找我，我会照顾你，就像叔叔照顾我那么多年一样。”

衣繁夏慵懒地粲然一笑，欣然接受了斌威的建议。

倒是斌威，看她这副病恹恹的模样，心中隐隐作痛，于是蹲下身指指自己的背，催促着：“上来，我背你！”

衣繁夏犹豫着摆摆手：“你行不行？我很重的。”

他拍拍自己的肩膀，给衣繁夏投去一抹自信的微笑。

寂静的夜路上，衣繁夏将头搭在斌威略有些单薄的肩膀上，不经意间垂眉却望见他脖颈左侧的一点黑痣，不禁惊叹道：“它竟然没有随着时间而长大。”

斌威被她天真的话逗得哭笑不得，可说出的话却又极富深意：“有些东西一开始便已注定，即便时光久远也不能将其改变。”

衣繁夏似懂非懂地盯着前方，在斌威的后背上感受着他步伐带来的轻微颠簸，恬静、可靠，再没有什么比在静悄悄的夜色中，与值得信任的人相互取暖更有安全感了。

到达楼下时，衣繁夏已是睡眼惺忪的状态，斌威轻轻碰触一下，缓缓将她放下来。

衣繁夏站在斌威身后，看他在衣兜里翻找钥匙，突然开口打破沉默：“租房的租金我会还你的。”

“你这倔丫头，我刚才说的话你全忘脑勺后面了吗？”斌威抬手用钥匙扣狠狠敲打衣繁夏的额头，质问，“连我你也要划清界限吗？”

“我不想拖累你。”衣繁夏低垂着头，习惯性地绕着手指。

斌威唇角微动，一副欲言又止的样子，纠结半天还是说出了自己的想法：“云端集团近期要举办一场巧克力大赛，只要能获奖，就能得到一定的奖金。”

早已对巧克力恨之入骨的衣繁夏，怎可能去参加比赛？她高昂起头颅，像位宁死不屈的战士，断然拒绝道：“你比谁都清楚我的过往，也明知道我不会参加，你为什么还要去揭开我心底的伤？”

“我以为，与现实的压力相比，倔强的你不会向痛苦的回忆低头。”斌威重新将视线落在衣繁夏身上，深邃的眼神似陷入久远的回忆中，他说，“记得你七岁生日那年，叔叔忘了给你买蛋糕，你吵闹不依，最后叔叔带着我们两个人跑去工作室，给你做了一个巧克力小熊，那时你还有模有样地调制巧克力粉。”

时隔多年，从斌威口中听到这段过往，衣繁夏竟有些恍惚，她努力回想着，嘴角不禁浮起一抹微笑，不敢置信地感慨道：“哇，我都快忘了自己还有那样快乐的童年。”

在那些还不算太糟糕的岁月里，有那么两年，让衣繁夏感受到了快乐，只是如今想来，那时的自己真有些可悲，因为不懂离别，所以才傻傻地以为妈妈会在未来的某一天，重新将自己拥入怀抱，然而时过境迁，所谓的以为，真就随风飘走了。

“还记得木屋后的水晶草田吗？”衣繁夏小心翼翼地问，生怕自己的声音粉碎了美好的回忆。

斌威点点头："当然记得，日暮斜阳、草长莺飞，你追我逐，真是令人怀念哪。"

那所木屋在远海市北郊的一处花圃旁，虽然这些年她一次都没有去过，虽然一栋栋楼宇在花田上拔地而起，可那里依然是她心底最美的地方。

早些年，父亲衣宁崎为了节省开支，带着衣繁夏和斌威在郊区租了间花圃废屋。花圃主人在园中种了各类品种的百合花，由于干燥花卖价不好，花圃主人干脆将百合花园用篱笆分开，由于心思和精力都用在了百合花上，隔壁大片的水晶草田因无人打理而肆虐疯长，这反倒成了两个人欢乐的天堂。

水晶草花瓣洁白小巧，状如五角星，在六七月盛夏的花期里，它洁如水晶，清香萦绕。傍晚，被夏风拂过的水晶草丛，犹如被黑夜遗落在人间的星星，摇曳出花儿的身姿和星儿的洁莹，因此水晶草还有另一个美丽的别称"彩星"。

每每放学后，衣繁夏总爱在水晶草丛里追逐斌威，愉快的穿梭间，衣繁夏的发梢上总会挂着几朵水晶草的花瓣，斌威总也不舍得替她摘下，望着她，说："你和花都好看。"

想着回忆中斌威的话，衣繁夏不禁痴笑起来，饶有兴致地问："时间太久了，你还记得水晶草的花语吗？"

"是你给了我自信和勇气，也是你带给我一个全新的世界。拥有你，我无比幸福、无比快乐！"斌威有些迟疑地说出水晶草花语。

衣繁夏笑吟吟地赞美道："厉害了，竟然一字不差。"

斌威的神色忽然暗淡下来，他并没有一字不差，水晶草花语的最后还有三个字，就是"我爱你"，当年不说是因为年纪小，现在不说是因为害怕。他望着她含笑的嘴角，似在自言自语地问："你有喜欢的人吗？"

问题太突然，衣繁夏本能地拒绝："当然没有。"再低下头时，脑海中却闪过一个人的模样，她定定神，在心底重复那个人的名字，敖嘉彦。

至于斌威，在衣繁夏否认后，他一直在傻傻地笑，连他自己都没有注意到，这笑容背后到底埋藏着怎样的情感。

而那晚，衣繁夏住在了斌威的卧室里，在两居室中，客厅是没有空调的，在初冬的晚上还是有些寒冷，但斌威执意要睡在客厅。

虽然他们从小生活在一起，可该有的礼节还是不能忘，斌威这样认为。

可衣繁夏却失眠了，脑海中就像被强行安插了播放软件，敖嘉彦的音容样貌越是想要清除，越是清晰可见。她干脆起身靠在窗边，刚伸手打开窗户想要透透气，夜风就霸道地迎面吹来，冻得她不禁缩起肩膀，耳边似乎又响起敖嘉彦的话，跟夜风一样霸道却比夜风温暖的话“病情康复后要来咖啡馆补课，我救了你两次，不许不去”。

敖嘉彦是道光，在她回想他每一个动作和说话的模样时，都洋溢着阳光般的温暖。

正是这样的敖嘉彦，竟让被生活所迫，又被赶出家门的衣繁夏不自觉地笑了起来。

也许十七岁的青春，每个人都有不同的经历，但青春本身的悸动却又是相似的，悲痛来得深沉，欢喜也足够深刻，而想念一个人也是莫名其妙地毫无缘由。

衣繁夏在想，此时的敖嘉彦应该比她想象的要幸福吧，毕竟他是敖家的长子，所谓的云端集团的少爷。

有多少羡慕的眼神下，隐藏着一颗伤痕累累又无可奈何的心。

入夜的敖家别墅灯火通明，与往日的状态似有不同，敖嘉彦表情沉重地站在空寂的院子中，他知道敖瀚来了，云端集团的掌门人，他的父亲。

别墅内厅的装饰算不上奢华，每件摆设却又极其精致，只不过是冷冰精致，如同敖嘉彦决然而平静的面容。

“嘉彦，你父亲来了，只管听他说就好，莫要顶嘴。”门廊前，好心提醒的人是乔姨，她负责照顾敖嘉彦的生活起居，六十二岁的她慈眉善目，很是疼爱敖嘉彦。

他点头示意，刚要进屋时，乔姨抬手轻拍他肩膀两下，无言地给予安慰。

在两个人短暂的停顿时，别墅内传来一阵沉重的咳嗽声，继而传来威严的质问：“为何还不进来？”

敖嘉彦半低着头走进内厅，余光能看得到敖瀚正靠着沙发品尝一杯茶，周围静得像是暴风雨来临的前夕。

“父亲今天怎么会回来？”敖嘉彦决定打破这该死的沉默。

可话音刚落，茶杯碰触玻璃桌发出的刺耳声响就令敖嘉彦心底一颤，再望去，桌上已是洒了一摊红褐色的茶水，看来，父亲生气了。

“我不来你就更不把我放在眼里了！”敖瀚大吼一声，这令他的身体有些不适，扶着沙发深呼吸着。

敖瀚五十三岁，年轻时喜欢体育运动，所以身材自然高壮威武，只是自从经商后，养尊处优的生活状态，让其在六年前患上糖尿病，如今身体日渐消瘦，奈何脾气却有增无减。

大概顺气不少，敖瀚抬手将杯中的残茶一饮而尽，言语犀利地训斥道："放学后半小时必须回家，我说的话现在是不是没用了？你知不知道，作为我的儿子，你的一言一行都会让云端集团受到影响。你是不是觉得我老了，云端就是你的了？"

父亲的疑神疑鬼，已经持续了许多年，敖嘉彦也早就习以为常，辩解的后果只能使矛盾升级，但他也忘记了，有时，沉默在愤怒的一方看来，也是一种默认。

敖瀚猛然站起身，走到敖嘉彦面前，一拳捶在他身上，摆出咄咄逼人的架势："你说说看你去哪儿了，说说你对云端的想法。"

"说与不说都会触怒您，既然如此，还不如省点儿力气。"敖嘉彦不带情感的回答，反倒撕开了敖瀚愤怒的情绪，扬手一个响亮的巴掌落在敖嘉彦的脸颊上。

敖嘉彦捂着脸颊，伤心欲绝地问道："我到底是不是你的亲生儿子？"

这句话后，迎接敖嘉彦的是父亲结实的拳头。

面对父亲的动怒，敖嘉彦依旧挺直了腰板，不惊不悲的脸上好似什么都没有发生一样，然而得不到回应的敖瀚像失去理智的恶狮，将敖嘉彦推到墙角，巨大的冲力使博古架上的瓷器摔得粉碎……

那晚的宣泄是随着敖瀚的甩门离去结束的，敖嘉彦瘫坐在地上重重地舒着气。每一次，敖嘉彦问出这个问题的时候，父子两个人必然会大打出手，并不欢而散。

乔姨站在门外将一切看在眼底，敖瀚离开后她才敢走进别墅，看着敖嘉彦委屈的身影，只好将他抱在怀中，心疼地安慰道："孩子，想哭就哭，这不是你应该承受的苦。"

可即便这样，敖嘉彦也强忍着不哭，这些年被人羡慕的生活却让他学会了隐忍与察言观色，要知道，那不该承受的苦，一旦落在肩上，再也不能轻易卸下。

3

因为昨晚输液，衣繁夏的作业没能按时交上，她本就不爱解释，结果可想而知，就是被老师训斥了一个晨读的时间。

老师说了很多，可衣繁夏记住的却没几句，唯独有句话像刀刻般烙在心上，回想起来总是不舒服。

“作业不写，我问你话也充耳不闻，就你这成绩到底是怎么进入我们学校的？你就算补习三年也不会有所提高的！”

不知为何，老师的这句话让衣繁夏莫名其妙地想起了一个人，一个吵嚷着要给她补习功课的人。

“喂，衣繁夏！”

正沉浸在自己世界里的衣繁夏，被一个不友善的声音唤回现实，她扬眉看去，语气中同样充满敌意：“牧苒，你又想怎样？”

面对牧苒，衣繁夏的确是改变了。毕竟，她是社交心理障碍，只是不爱说话，并不代表软弱。

牧苒也不甘示弱，不可一世地开始质问：“这句话应该是我说吧，你到底想怎样？自从你来到这所学校，敖嘉彦就像丢了魂似的，昨天放学后我问了沅叔，敖嘉彦昨晚分明是去找你了，为什么会弄了一身伤？”

伤？昨晚敖嘉彦离开时还好好的，但牧苒愤愤不平的样子又不像是在说谎，也不知是好奇还是担心，在那一刻她只想去见一见敖嘉彦。

衣繁夏顾不上回答，更对牧苒的叫嚣声充耳不闻，冲着敖嘉彦教室的方向一路狂奔而去。

那会儿正值晨读结束，大部分的同学都坐在各自的位置上看书，而她也不愿在众目睽睽下叫他的名字，只好伸着脑袋寻找，可想要一眼找到敖嘉彦真的不容易。

“嗨，衣繁夏同学，是在找我吗？”耳边突然响起令人心跳的声音。

衣繁夏扭头望去，果然是敖嘉彦，只不过他的唇角带着瘀青，左脸颊也有着被打过的红肿印记，再往下看去，手背上被厚厚的医用纱布包扎着。

看来牧苒没有说谎，但也正因牧苒没说谎，反倒令衣繁夏更加惴惴不安，她轻轻开口问：“你的伤是怎么回事？”

看衣繁夏毫不惊讶的样子，敖嘉彦就猜出定是牧苒去找过衣繁夏，他牵强一笑，只用句“家长里短的矛盾而已”来形容昨晚那场令他极度委屈、崩溃的对峙。

衣繁夏与敖嘉彦对视许久，最后慢吞吞地吐出三个字：“对不起。”

“我的伤和你没有任何关系，你干吗要道歉？”

虽然敖嘉彦不曾透露伤痕的原因，也极力否认与她有关，可在心思敏感的衣繁夏看来，事情并没有他说的那样简单。

她和他，都不是沉浸在糖果蜜罐中长大的孩子，所以心痛时不需要感同身受的安慰，这一点她懂他。

衣繁夏努力让自己的嘴角弯出好看的弧度，这对一个曾经患有社交心理障碍的人来说，是多么不容易，以至于都不敢抬头看他，连声音都温暖了许多："要帮我补习功课的话，还算数吗？"

"嗯，当然，放学后咖啡店见。"

敖嘉彦说完时，上课铃声适时响起，两个人的视线这才重叠在一起，相视而笑间，衣繁夏第一次想要抓住那种美好的感觉。

"这个给你，祝你一天都有好心情。"敖嘉彦神秘地将什么东西塞进她的衣兜里，催促道，"快回教室，不然又要被老师训斥了。"

衣繁夏恍然大悟，朝着教室拼命地跑去。

因为两周换次座位的规定，刚好衣繁夏和蒋如婷之间隔着个过道，见她满脸尽是藏不住的笑意，蒋如婷好奇地问："哇，认识你这么久，你今天的状态很不一样，有什么好事吗？"

"我能有什么好事，快坐好，要上课了。"衣繁夏摆摆手，将衣兜里的东西抓在手中，那是块松露巧克力，拆开包装纸，巧克力上裹着均匀的可可粉，她趁老师进教室前，悄悄将巧克力放入口中，苦甜适中，柔滑细腻，如同她此刻的心情一般。

这真是件奇怪的事情，在重新遇见敖嘉彦之前，衣繁夏对巧克力是恨之入骨的，在她看来，即便一辈子再长久，对它也不会再有其他感情。

她这才发现，原来自己错了，原来比起爱父亲，对巧克力的恨意根本不值一提，当然，也正是敖嘉彦让她明白了这个道理。

那大概是衣繁夏最满怀期待的一天，想着即将要见到那个人，连枯燥的课程都一晃而过。

放学后的校门口被堵得水泄不通，由于高三生要上晚自习，校外两侧的人行道上挤满了小吃摊，三三两两的同学们穿梭在美食摊前。衣繁夏好不容易挤出人群，正打算穿越马路奔向咖啡店时，斌威忽然从人群里跳出来，手中还捧着一束风干的水晶草，脸上洋溢着掩藏不住的期待，他兴奋地叫道："繁夏你看，我跑了四家花店好不容易才找到了水晶草，不过一样很漂亮对不对？"

水晶草很是独特，即便死后花儿仍然不会枯萎凋谢，娇小的花朵反而比新鲜时更加洁白通透，仔细嗅去还能闻到清淡馥雅的香气。

衣繁夏并没有想到斌威会在这个时间出现，看着他一脸期待的模样，想着即将要见到的敖嘉彦，一时间她竟不知如何回应。

“想什么呢？快拿着呀。”

斌威不解地问着，顺势将水晶草递到她身前，然而就在同一时间，人群中突然响起一阵骚乱声，衣繁夏顺势看去，一道耀眼的身影出现在她的视线里，她紧张地念着那个人的名字：“敖嘉彦！”

大概是冥冥中的冲动，衣繁夏未及思索，扭身便朝敖嘉彦的方向跑去，就在她做出选择的那一瞬间，斌威原以为她会接过水晶草。

人与人的相处中，最遗憾的就是错过吧。在迎面走来的时候，你我擦肩而过，在以为走进彼此内心的时候，那个人却又决然离开，这种感觉斌威彻头彻尾地感受到了。他低头望着掉在地上的水晶草，几朵掉落的干花瓣，随着冷风的吹散逐渐消失，束在枝梗上的彩带呼啦一下散开，枝枝蔓蔓就那样四散开去，苍凉而孤寂，如同斌威此刻的心情。

衣繁夏已经消失不见了，她挤出混乱的人群，当视线再次落于敖嘉彦的身上时，她匆忙的脚步突然停住了，她看见一名五十多岁的男人，单手抓住敖嘉彦的衣领，像警察对付穷凶极恶的犯人那样，将他塞进了一辆黑色的轿车里。

衣繁夏脑中一片空白，待她想要追出去的时候，蒋如婷一把抓住她的手臂，阻拦道：“就当没看见吧。”

蒋如婷如此淡定的模样令衣繁夏有些不解，她疑惑地问：“听你语气是知道了什么吗？”

蒋如婷摇摇头：“也不算是知道什么，只是因为你刚转学来，许多传言，我听得比你多一些而已。”

“什么传言？”

“在我们学校里，除了敖嘉彦显赫的家庭背景是同学们永远的讨论话题外，还有便是他暴脾气的父亲。”蒋如婷将脑袋凑向衣繁夏的耳边，生怕别人听到似的，“他父亲上一次也是这样将他带走的，第二天有同学看到敖嘉彦的手臂上全是伤痕。”

衣繁夏忽然惊醒似的问：“所以刚才那个男人就是敖嘉彦的父亲吗？”

蒋如婷微微点头示意：“是的。”话音未落，蒋如婷话锋一转提醒道：“对了，我刚才出校门的时候好像看到了斌威，他应该是来找你的吧？”

这句话像一个警钟，让衣繁夏瞬间想到了斌威，他明明是来给自己送水晶草的，可她却转眼将他忘得一干二净。

衣繁夏拼了命地转身跑回原处，可是傍晚的黯淡天空下，却没了斌威的身影，她匆忙拿出手机给斌威发短信：对不起，我临时遇到点儿事，真的不是故意不理你，你现在在哪儿？

大约等了两分钟，斌威才有了回复：没事，你知道的，无论你做什么我都不会生气。

每一个承受温暖的人，大概都因为得到得太理所当然，以至于回馈得太过肆无忌惮。

想起这句话的时候，衣繁夏的心里涌上莫名的忧愁与内疚，她在心里告诉自己，那么多年的黯淡时光，如果没有斌威的陪伴，也许就没有如今坚强的自己，如此重要的斌威，又是如此宠爱自己的斌威，以后绝不能无视他的存在。

如衣繁夏所听到的那样，敖嘉彦的处境比她想象中更糟糕。

由于敖瀚独自居住在奢华的白马庄园，对敖嘉彦的生活几乎不闻不问，以至于敖瀚每次来敖家别墅都令众人神经紧张，这其中最忧心的就是乔姨。

黑色轿车缓缓驶入敖家别墅院内，乔姨扯了扯身旁的沅叔，六神无主地问道："这可怎么办？老爷一来，嘉彦又要受罪了，你倒是想想办法呀。"

"终归是他们的家事，我们这些做下人的也爱莫能助啊。"沅叔并非冷酷无情之人，如其所说，一个打工领钱的人有什么资格参与主家的家事，沅叔摆摆手，"做好自己分内的事吧，晚上给少爷煮杯热牛奶。"

说罢，沅叔缓缓离开，乔姨又回头看了一眼院内，神色低落的敖嘉彦跟在敖瀚身后，父子二人朝别墅走来，乔姨打开大门，沏泡了一壶好茶后，才担忧地离开。

始终保持沉默的大厅里，终于只剩下敖家父子两个人，敖瀚站在窗边，鬓角的白发与他脸上肃杀的神情形成鲜明对比；敖嘉彦站在沙发一旁，沉静得似在等一场暴风雨的来临。

突然，敖瀚转身朝敖嘉彦走去，在还来不及反应的时候，一个巴掌落在了敖嘉彦的脸上，继而又是一巴掌，速度之快，毫无间隙到无法察觉疼痛，敖嘉彦诧异地抬头看着父亲，可就是那一眼对视，又无端地挨了一巴掌。

敖嘉彦舔去嘴角的血腥，默默闷头一笑，像是自嘲一般："原以为已感觉不到疼痛，看来是高估了我皮肤的厚度。”

“你说什么？”因敖嘉彦淡然的模样，敖瀚更是怒火中烧，冲他咆哮道。

敖嘉彦抬头却不与父亲对视，只轻声回道：“没什么，你继续。”

敖瀚大发雷霆，将桌上的茶具摔得粉碎，继而双手揪住敖嘉彦的衣领，质问道：“我说过多少次，不准你私底下调查你母亲失踪的事，为何你偏要插手？”

在敖家有个不成文的禁忌，那便是不能提起与夫人有关的任何话题。敖嘉彦小的时候时常因为想念母亲而哭闹，有时甚至跑去敖瀚的卧室去追问母亲的下落，但每每都遭到父亲的无端指责或挨打，至于敖家的保姆、管家们更是不敢多言。

面对父亲无数次的咆哮，敖嘉彦这次依旧选择了沉默，只是敖瀚似乎还没发泄完。

只见五十多岁的敖瀚喘着粗气，抱怨道：“我的面子、我的产业不能被任何物品替代！”

只这一句话，就让敖嘉彦对父亲所有的期待荡然无存，他不可置信地看着父亲，问：“失踪的那个人是我的母亲，也是你的妻子，她不是你口中所说的物品。”

话音刚落，重重的一拳便打在敖嘉彦的下巴上，敖瀚丧失理智的声音中夹杂着粗重的喘气声，用高高在上的语气说道：“你的一切都是我给的，吃、穿、住和外人那些羡慕的目光，都是因为我，你才能够得到，否则你一无是处。”

敖嘉彦不敢相信，自己的父亲就是这样冷酷无情的人，冥冥中他觉得自己在过往的那些年中，错过了许多不为人知的事情，他冷笑一声：“啊，怎么办？你给我的那些偏偏都不是我想要的，甚至是我想要丢掉的。”

“你……”从来没有人敢这样跟敖瀚说话，如今竟被自己的儿子这样质问、反驳，即便没有外人在场，敖瀚依然觉得自己失了面子，于是伸出颤抖的手指，像是要用任何手段都要降伏弱者的压迫者，警告道，“从今天开始，除了你的学费我不再给你任何零花钱，上学或是外出不得坐私家车，老沅呢？”

听见敖瀚在叫自己，沅叔丢下擦了一半的汽车，快步跑进别墅内，恭敬地问道：“老爷，您找我？”

“以后少爷外出或上学，没经我同意不准再坐私家车，你负责好好看着他。”敖瀚说这些话时，眼神一直死死地盯住敖嘉彦，似在给他最后的警告与威胁。

而敖嘉彦虽然眼眶含泪，但是眼神却无比坚定，他看着眼前这个不像父亲的父亲，毫不示弱地回道：“好，就按您所说，但是您也不要再限制我的自由！这也是我作为儿子对您最后的请求。”

敖瀚没有再说话，只是那看向敖嘉彦的眼神中，没有一丝父亲的慈祥，反倒更像看到仇人般愤怒，并嫌弃地转身离开。

撩人的月色中，敖家别墅终于恢复了安静，敖嘉彦望向窗外，偌大的别墅里寂寥得令人恐惧。他失落地揉揉酸疼的眼睛，肩膀上突然多出一件外套，转身便看见了满面愁容的乔姨，他不想让乔姨担心，于是努力挤出一抹牵强的微笑。

“别多想了，喝杯热牛奶好好休息吧。”乔姨递上一杯牛奶，安慰的话再也多说不出一句。

敖嘉彦勉为其难地喝下一口牛奶，乔姨才心安地离开。空荡荡的房间里，他独自蹲坐在床边，方才隐忍许久的眼泪，此刻才肆无忌惮地流下。没有了面对父亲时的倔强与叛逆，他双手紧攥，似乎看到了未来更加崎岖的道路，他下定决心，为了母亲，为了寻找真相，他必须要让自己变得更加坚强。

Weitian Shaonü
Chuxin Ji

第五章

最漫长的暗夜

1

晚秋霜降时节，气温骤然下降，斌威裹了件单薄的卫衣坐在台阶上，不多时，衣繁夏端着一个热气腾腾的瓷碗走出房门，她拍了下斌威的肩膀 ，将碗递到他面前，提醒道：“趁红豆粥还没有凉，快点儿喝了吧。”

斌威恍然回过神儿，接过那瓷碗，狼吞虎咽地吃了起来，末了他回味悠长地感慨道：“跟衣叔叔做的一样好吃。”

煮红豆粥算是衣宁崎最拿手的，一粒粒平凡的小红豆经过高温蒸泡后，再用文火煮上半小时，白净的大米被红豆的颜色染得红彤彤的，再趁热放上一把燕麦片，汤水变得黏稠清香，加些白糖，红豆就变身糖果，让喜欢甜食的小孩们欲罢不能。

小时候的衣繁夏与父亲关系很是生疏，但她对父亲不多的好感，多来自那碗带有童年味道的红豆粥。父亲曾说过，在入冬之前的霜降节，吃上一碗红豆粥，既能清心养神，又能强健筋骨，这些年，衣繁夏始终像遵循传统一样按照父亲的方法来制作红豆粥，如今倒也做得有模有样，唯一不同的是，再也不肯放一粒糖。

两个人比肩而坐，斌威捧着那只空碗，与之闲聊：“住在这儿还习惯吗？”

衣繁夏轻轻一笑：“总比住在姑姑家自在多了，谢谢你。”

对于衣繁夏的客气，斌威并没太在意，他懂她的无可奈何与谨小慎微，所以他便不再抱怨她拒之千里的冷漠，他知道，她的内心远比春天温暖得多。

那时的斌威已经开始工作了，因为是在有钱人家做主厨助理，有吃有住，他干脆把房腾出来给衣繁夏独住，每隔三四天会去看望她，顺便带些她爱吃的五香腊肉和酸奶。

“如果以后有时间，我给你做拔丝地瓜好不好？”明明是很普通的一句话，可斌威却问得小心翼翼。

衣繁夏一怔，不自在地回答：“好啊，只要你不嫌麻烦，我当然愿意吃。”

她的回答反倒让斌威目瞪口呆，在衣繁夏母亲离世、与父亲产生隔阂后，她便对所有的甜食产生了抗拒，以至于每年的生日也从未有蛋糕出现，如今竟然愿意吃拔丝地瓜，这的确有些反常。

这其中的原因，大概也只有衣繁夏自己知道了，敖嘉彦给了她对甜味的第二次向往，让她原本硬邦邦的生活变得柔软明媚。

“还记得你第一次吃拔丝地瓜，一口下去把上颚都烫掉皮了，还哭着抱怨我不提醒你，真是特别刁蛮的姑娘。”斌威随口说起一件小事都津津有味，也让衣繁夏恍然回到了记忆深处。

她怎么会忘记呢？当在灰暗的童年里出现那么几次愉快的事件时，每每想起都深觉幸福。

衣繁夏将脑袋一歪，枕在斌威的肩膀上，两腮笑出了好看的梨涡。

斌威侧目而望，凝视着她明媚的笑容许久，欣慰地说道：“看见你笑我就安心了。”

“为什么？”衣繁夏一副永远读不懂他的模样。

斌威宠溺地弹着她的额头，笑道：“看过忧郁的你，我多么希望你的生活中能乌云散尽，阳光满溢。”

在斌威面前，衣繁夏可以卸下自己沉重的面具，这大概就是她愿意与之相处的原因。

又一阵晚风吹来，衣繁夏不禁缩了下肩膀，小小的动作被斌威看在眼中，此时已是深夜十点，斌威拍了下身边的人，提醒道：“天晚了，快回去休息吧。”

衣繁夏懒懒地抬起头，不情愿地问：“你要走了吗？”

斌威点着头，解释道：“明早还要帮主厨打点早餐，不能迟到的。”他刮了下她的鼻梁，算是一种安慰。

衣繁夏靠在门框边，手端着空空的陶瓷碗，一直目送着斌威，直到他消失在暗夜中。

寂静的空房，对衣繁夏来说反倒有莫名的安全感，多少个夜晚，她都这般独自坚持了下来，天边暗了又白，终会迎来明日朝霞，不过晴空白日，于她却总是乌云密布。

隔日清晨，衣繁夏早早来到教室里，如此积极，并不是因为她热爱学习，而是因为不习惯众目睽睽下被注视的感觉。她随意环顾下四周，相隔三排的课桌上放着一个白色书包，衣繁夏冷笑一声，自语道：“看来有人比我来得还早。”

话音刚落，便有人走进教室，衣繁夏轻挑眉头，来的不是别人，正是牧苒。

总是针锋相对，衣繁夏以为牧苒不会放过这次只有两个人相处的机会，可牧苒就像位高高在上的公主，对旁人熟视无睹，看都不看衣繁夏一眼。

这样也好，原本就不想与牧苒有瓜葛，如今视而不见反倒轻松自在。衣繁夏埋头整理课本，心中暗想，不管是校内校外，以后绝不主动与牧苒搭讪。

“最近过得挺好哇。”

安静的教室里牧苒率先开口，音色温暖又柔和，像是与许久未见的朋友嘘寒问暖般，大概是因为衣繁夏见过牧苒往日的咄咄逼人，所以现下倒有些毛骨悚然。她抬头看去，牧苒端正地坐在课桌前，如瀑布般的长发遮住侧颜，许久才回过头，用一双犀利的眼睛盯着衣繁夏。

她与牧苒还没有好到可以互问彼此的生活状态，衣繁夏心底一沉，怎么也猜不出牧苒葫芦里卖的什么药，于是警惕地反驳道：“好与不好，你无须挂念。”

“哼。”牧苒鼻腔中发出一阵嘲笑，眼底折射出胜利的光芒，“是吗，那我们拭目以待，我对你可是很关心呢。”

此时已有同学陆续走进教室，衣繁夏不便与之继续争论下去，只好默不作声地盯着牧苒的背影，整个胸腔因愤怒而上下起伏，她绞尽脑汁也没有想出，牧苒一而再地针对自己的原因何在，而牧苒所说的拭目以待又会是什么呢？

那时校园中很流行玩交流群，以班级和年级为单位，在整个校园中所有的信息大家都可以互相交流，这种被同学们推崇的社交软件，衣繁夏却不屑一顾。

平日里，蒋如婷最爱与衣繁夏在午饭后的操场上睡觉，暖暖的阳光晒在皮肤上很是惬意，衣繁夏总是不爱说话，蒋如婷则喜欢一手托着脑袋、一手捧着手机给她念校园交流群里的趣事，却总也得不到她的回应。

然而正是这个令衣繁夏不屑一顾的交流群，在后来的某一天竟然将她推向风口浪尖。

又一个周一的早上，衣繁夏像往常一样啃着面包走在上学的路上，冷不丁身后走过几名女同学，她无意间听到她们的对话。

“嗨，你们看到隔壁班衣繁夏的那张照片没？”

“什么照片？”

“你竟然不知道，就是她和别人同居的照片呀，那照片现在传遍学校交流群了。”

女同学们越走越远，只留下衣繁夏在原地发呆。同居？照片？于别人口中说出的话，她竟完全听不懂，为了搞清状况，她一口气跑向教室，抓着蒋如婷的手臂，问道：“蒋如婷，你手机呢？让我看下交流群！”

“繁夏，你别激动。”蒋如婷一副担心的模样将手机递给她，像是早已知道此事般。

“换新手机了？”衣繁夏随口一问，继续看着交流群，群中被一条信息反复刷屏，她仔细地看着照片，里面的人的确是自己，而旁边的人竟是斌威，而照片的上方有一行“衣繁夏与校外男生同居”的醒目标题甚是惹眼。

看着照片中的环境，衣繁夏终于想起照片的拍摄时间，应该是霜降那天与斌威坐在房间外吃红豆粥，可是照片是谁拍的？又是谁以同居的标题发到了校园交流群里？这些疑问盘旋在衣繁夏的脑海中。

衣繁夏靠着桌子，手中的手机被攥得死死的，余光在那一刻凑巧落在一个白色书包上，脑海中的画面也变得异常熟悉，她又想起那日清晨牧苒所说的那句“那我们拭目以待，我可是很关心你呢”，牧苒当时的眼神和说话的语气，如今想来都似有蹊跷。

经历过种种不幸的人，通常会是两种状态，一种会自怨自艾、堕落沉沦；一种是敢于面对、迎头痛击。在进入樱院高中之前，衣繁夏或许是软弱的、逃避的，但如今她已明白，逃避是最没出路的办法，所以也无须再畏惧了。

牧苒并没在教室里，那时为了准备樱院高中三十周年校庆，参报节目的表演者，每天利用晨读的时间去多媒体教室排练，作为班里的文艺少女，能歌善舞的牧苒自然不会落下。

衣繁夏气势汹汹地冲出教室，走廊上、楼梯上、教室前，三三两两凑在一起的同学们，像看怪物一样对着她指指点点，并且有人挖苦道：“你看她竟然还好意思在学校里转悠，要是我早就不敢出门了。”

衣繁夏循声望去，盯着两名笑靥如花的女同学，冷冷地反驳道：“让你们失望了，我的内心比你们想象的更强大。”

没错，她比以往任何时候都更加强大，即便满身的刺刺伤了自己，也要挺直脊背，站在嘲笑者的面前！

带着这样的决心，衣繁夏大步朝多媒体教室走去，将人们的议论声和上课的铃声全都抛诸脑后。

多媒体教室在实验室的一楼，面积达三百平方米，参加唱歌、舞蹈、小品表演的同学分成三个大队伍进行排练，周围还围着几十名端着相机的记者。因为樱院高中是远海市名气最高的高中学校，又培育出许多社会精英，因此从报选节目时就备受各家媒体关注，只不过排练的过程中，并不是全部要做记录，这会儿记者们正啃着早餐闲聊。

衣繁夏环顾着四周，并没发现牧苒的身影，正当她以为自己找错地方的时候，麦克风中传来一阵音色不俗的歌声，她循着歌声寻去，在讲台上看到了神采飞扬的牧苒，台下一众围观者满是羡慕的眼神。

歌声唱的什么，衣繁夏一点儿也没记住，满脑海都是“同居”“照片”这样的字眼，她径直走到扩音器材旁，顺手拔下了麦克风的插线。

原本氛围美好的多媒体教室里，瞬间变得鸦雀无声，衣繁夏扔掉手里的插头，脸上的表情如同深冬里的寒冰，她一步步走向牧苒，气势压人。

牧苒也被这突如其来的一幕吓呆了，浑圆的眼底藏满了不知所措，在确认衣繁夏的确是冲自己而来时，牧苒真的慌了，声音颤抖地质问道：“衣繁夏，你疯了吗？”

话音落下时，衣繁夏适时地在牧苒面前停下脚步，她平静地反问道：“疯了？这句话应该是我问你吧？”

虽然衣繁夏并没有具体说明，但牧苒像洞察一切般不再言语。

“照片是你偷拍的对不对？交流群上的信息也是你发上去的，你为什么这么做？就是因为毫无缘由地讨厌我吗？”衣繁夏毫不顾忌在场的人，将自己心中的疑问全都抛给了牧苒。

牧苒倒吸口凉气，为自己开脱道：“你别血口喷人！”

“除了你，没人会做这么无聊的事情。”衣繁夏的语气中透着一股鄙视。

此时的牧苒反倒轻松许多，嘴角也露出一丝不易觉察的笑意，只见她上前一步，将身子贴近衣繁夏耳边，轻松说：“干吗装作无辜的样子，你本来就住在那个男的家里啊。”

牧苒没有否认自己知道此事，反倒继续用言语激她：“我说过，让你远离敖嘉彦，不过现在，他应该也看到了交流群，以后你再也别想黏着他了。”

“还要装作与你无关吗？要不要让我在这儿大声地告诉大家，交流群上的信息都是你一手策划的。”衣繁夏一字一句地说道，但似乎并没有令牧苒感到恐惧，毕竟在大家眼中，牧苒的名字就等同于三好学生。

牧苒嫣然一笑：“与我何干？照片的确不是我拍的，我只不过是在校门口捡到了一部手机罢了。”牧苒说完撤回身子，脑袋一歪，摆出天真的模样，很不友善地提醒道：“你觉得有人会相信你说的话吗？”

对于牧苒的机灵，衣繁夏早已有了对策，她毫不胆怯地威胁道：“有可能，但不知我说出你父亲是花匠，根本不是你所说的律师，大家还会相信你吗？”虽然衣繁夏并没打算将此事说出去，可她并不想害了敖嘉彦，只好解释：“是敖嘉彦介绍你们青梅竹马的关系时，我才知道的……”

“你……”没等衣繁夏说完，她便结实地挨了牧苒一巴掌，看来比被威胁更令牧苒气愤的，是衣繁夏与敖嘉彦的关系。

众目睽睽之下，牧苒打了衣繁夏，这让不知缘由的记者们来了精神，纷纷端着相机争先恐后地拍着。

牧苒气急，还想再打一次，哪想被眼疾手快的衣繁夏擒住了手腕。衣繁夏本想反击，却被一道道闪光灯照得眼前一片空白，刺眼的疼痛感令全身的神经都紧绷如弦，而脑海中又浮现起两年前在意大利的场景，巧克力大赛上父亲倒下的那一幕，医院里自己被无数闪光灯逼进角落里，所有的一切都那样真实，这让此刻的衣繁夏极度恐慌而紧张，她松开钳制牧苒的手，踉跄地退到墙边，围观的人依旧只是看热闹，像当初在意大利一样，没有一个人向她伸出援助之手。

“她怎么了？是不是受刺激了？”

“谁知道呀，看来是个不正常的人。”

喧扰声夹杂着闪光灯，让衣繁夏极度崩溃，即便使劲儿捂住双耳，紧闭双眼，那些令她讨厌的声音和光亮，还是像冤魂一样不散，她大口喘息着，喉咙里发出抗拒的叫声，她告诉自己要逃走，逃出这场心理梦魇！带着对自己的暗示，衣繁夏使出全力朝教室外跑去。

如此失态的衣繁夏，实在让人难以捉摸，这会儿牧苒倒心有不安，自己出手打了她后就发疯一般，定会被别人认为是自己的过错，牧苒可不想把自己辛苦建立起来的良好形象毁在衣繁夏身上。

牧苒盯着教室门口，盯着衣繁夏离开的方向，嫉恨的眼神中印满了不甘心。

2

从多媒体教室出来后，衣繁夏一路朝教学楼跑去，此时晨读已结束，走廊上有结伴的同学们说说笑笑地从她身边掠过，不知是她跑得太快，还是有人故意绊了她一脚，衣繁夏身子一晃，冲着地面摔了下去，幸好她扶住走廊上的栏杆，才避免摔得更重。

衣繁夏舒了一口气，刚将额头冷汗擦掉，肩膀突然被一双手揽住，她抬头唤道：“蒋如婷。”

蒋如婷脸色有些难看，安慰的话语中竟带着内疚：“繁夏，你没事吧？”

衣繁夏摇摇头，这才扶住蒋如婷的手臂直起身子，可正是这一扶令衣繁夏心底一沉。她能够通过与人肌肤接触感受到别人的真实情感，而此刻的蒋如婷双臂微微颤抖，皮肤汗涔涔的透着燥热感，而渗出皮肤的汗液却触摸微凉，再配着不安的表情，衣繁夏似看出了端倪。

“你不舒服吗？要不要带你去医务室？”衣繁夏担心地问道。

被人关心的蒋如婷，表情反倒更不自然，她迅速抽回手，头半低着不敢与衣繁夏对视，并吞吞吐吐地说：“繁夏我……”

蒋如婷声音越来越小，害得衣繁夏什么也没听到，于是追问道：“你说什么？大声一点儿呀？”

蒋如婷的身子颤得更加厉害，并一把抓住衣繁夏：“繁夏，对不起，真的对不起，求求你原谅我，我真的不是故意的。”

这接二连三的事情，让衣繁夏猜出了大概，她小心翼翼地问：“那条所谓同居的新闻与你有关？”

蒋如婷点点头又忽然摇摇头，匆忙解释：“照片确实是我拍的，但新闻绝对不是我发的。”

原本认定是牧苒所为，就在衣繁夏坚定自己想法的时候，自己唯一的好友蒋如婷却突然站出来说与自己有关，这多少让事情变得更加复杂了。

“到底怎么回事？蒋如婷你说清楚，你为什么要偷拍我与斌威的照片？”衣繁夏有些着急，声调不自觉地提升许多，听着让人有些害怕。

事已至此，蒋如婷这才难为情地说出了真相：“我想要参加摄影展，可是参加影展需要提交一份参赛作品，那天我本想去找你商量，凑巧遇见你和斌威坐在台阶上聊天，星光月色下，你们在闪烁的霓虹灯下笑得很美，于是我便用手机拍下了那幅画面，只是……”

“只是什么？”衣繁夏迫切想要知道事情的真相。

“只是我不小心将手机弄丢了！”蒋如婷将头埋得更低。

两个人的对话就这样戛然而止了，衣繁夏没有继续追问，蒋如婷也没有继续解释，但是衣繁夏却在肌肤的触摸中，得知一件令她寒心的事，那便是，蒋如婷说谎了！至少，在已说出的真相里，还有诸多隐瞒的地方，甚至说的这一切根本不是真相。

对于自己能通过皮肤接触感应到对方的真实情感这一特殊能力，衣繁夏的判断从未出过错。但她并不想当面揭穿蒋如婷的谎言，毕竟她相信有时友情也会在生活中暂时迷路，她还想要留一些回旋的余地。

衣繁夏轻拍着蒋如婷的肩膀，声音低沉地提醒道："快要上课了，赶紧回教室吧。"

蒋如婷还想再说什么，可惜衣繁夏已经率先走进教室，蒋如婷欲言又止的样子，像是受了极大的委屈，又像是心底埋藏着无数个秘密。

都说再好的朋友一旦生出隔阂，都会变得陌生与尴尬。衣繁夏与蒋如婷就是这样，整整一天的时间，两个人都没有一次交流。

下午放学时，衣繁夏一刻不停地冲出学校，刚走出没多远，她突然驻足回身望着蒋如婷，说："你快回家吧，我还有事。"

大概是听出了衣繁夏语气中的生疏感，蒋如婷怯生生地问："繁夏，你是不是还在生我的气？"

衣繁夏的确生气，她气蒋如婷的隐瞒，而不是照片事件，但现在再去谈论此事已无任何意义，作为朋友如若想说，不需苦苦追问，而她确实有事要做："事情过去了就算了，我不想再提这件事，我先走了。"

衣繁夏不会隐藏自己的情绪，想要原谅的话她说不出口，只能尽量让眼神变得柔和些，毕竟她相信蒋如婷不会有心害她。

在衣繁夏看来，交流群上的所谓同居照片，与曾经发生在她身上的每一件事相比，伤害值根本不值一提，但作为一名女生，她还是明白名声的重要性。

那天是周五，好不容易挨到一个双休的周末，校外热闹了一会儿后就没了人气，衣繁夏拐进街角，正一门心思地想着事情时，不远处传来呼唤声："衣繁夏。"

她抬头望去，是敖嘉彦！

傍晚霞光弥漫天边，橘色光芒透过咖啡店的玻璃窗，折射到他奶白色的外套上，柔和得像天边的云彩，他盯着她，在等着她的回应。

见衣繁夏不仅仓皇地避开自己的视线，还打算逃走，敖嘉彦赶忙穿过狭窄的小巷，紧追两步拦住了她的去路，质问道：“还要往哪里逃？”

衣繁夏后撤一步，赌气般地回道：“我不是逃，只是觉得太疲惫了。”

“口是心非。”敖嘉彦声音低沉，压制住衣繁夏那仅存不多的倔强，逃！敖嘉彦确定她躲闪的眼底想要逃避什么，他声音忽然一软：“只要你说没有，我就相信你。”

衣繁夏怔怔地看着敖嘉彦，全校的学生都想要看她的笑话，想要看她狼狈的样子，而被大家羡慕，被大家公认为校草的敖嘉彦却说相信她，有那么一刹那，衣繁夏觉得自己产生了幻觉。她像一名被人背叛的士兵，伤痕累累后又重新武装起自己，她满眼委屈地看着敖嘉彦说：“你凭什么相信我？我不需要你的怜悯与施舍。”

“就凭我救过你！”敖嘉彦斩钉截铁地回答，继续说道，“就算所有人都与你敌对，也请你记住，我会一直站在你身后。”

在敖嘉彦说完这句话后，潜伏在衣繁夏心理上的警戒线轰然瓦解，她不知道敖嘉彦在说这句话的时候，下了多大决心，更不知道他早已目睹两年前充满悲伤的她，同样是失去亲人，所以他更加心疼当年小小年纪的衣繁夏。敖嘉彦大概就是那时下定决心：倘若日后还能再遇到那个女孩，他一定竭尽全力地保护她。

“即便保护不了你，我也会一直相信你的。”敖嘉彦给出一个承诺。

像衣繁夏这样历经磨难的女孩，大概很难被言语温暖到，敖嘉彦本想再说些安慰的话，可话还没说出口，整个人就被衣繁夏紧紧地抱住。

这是敖嘉彦第一次与女生如此近距离相处，整个人竟木讷地呆站在原地，任凭衣繁夏在自己的怀中放声哭泣，那哭声听上去极其委屈，像是要将这些年来所遭遇的冷嘲热讽、坎坷经历全都发泄出来一般。

人潮稀少的街角，路灯渐渐亮起，有一对悲伤的少男少女，让自己疲惫的身子隐藏在暗夜灯光下，只为寻找片刻的依靠与宁静。

衣繁夏肆无忌惮地哭着，滚烫的眼泪浸湿了敖嘉彦的外套，晚风一吹，微凉，透着苦涩的味道。他轻轻拍着她的肩膀，打趣地问道：“你到底还要不要我帮你补课？我每天一个人在咖啡店等你，店里的老板都快把我当成神经病了。”

因为他的调侃，衣繁夏破涕而笑，她抹去眼泪点点头：“当然要，我也不想让你失望。”

“好，那说好了，从下周二开始我在咖啡店等你。”敖嘉彦说话的时候，嘴角弯起好看的弧线，因那微笑而折射出的明媚，连这黑夜都无法遮挡。

衣繁夏看得入迷，若不是卖小吃的老板一声吆喝，她真希望时间就此停顿在此刻。

这才发现自己的失礼，衣繁夏匆忙收回视线，脸颊也因害羞而一片绯红，她吞吞吐吐地说道："我要回去了，你说话可要算数。"说罢，她一溜烟儿跑出了街角，那惶恐不安的小心脏，如同奔跑的小碎步，发出"扑通扑通"的跳动声。

那一刻，因为照片事件而紧绷一天的神经，终于得以放松，而因敖嘉彦，她也终于品尝到那一种如糖沁蜜的幸福感。

3

回到住处时，斌威正靠在楼梯旁发呆，看见衣繁夏，他紧张兮兮地跑上前，晃着手机质问道："你这短信什么意思？好好的为什么要搬走？"

衣繁夏咬着下唇，纠结着要如何向斌威解释，短信是在来的路上发给斌威的，大致意思是她住在这多有不便，等联系到住处就会搬离这里。

斌威最了解她，遇到再大的委屈也能隐忍不发，这会儿看她眉头紧皱的样子，便猜出定有事发生，斌威扶住她的双肩，猜测地问道："是不是遇到了什么麻烦？不然怎么会想到搬走呢？你不说出原因，我今天就不走了。"

此言一出，衣繁夏有些慌神，斌威向来说到做到，什么不靠谱的事都敢干。十岁那年，没有零花钱的他，为了送衣繁夏一对水晶发卡，竟然跑去饰品店给老板唱了两个小时的《义勇军进行曲》，最后唱得老板烦躁不已，迫于无奈送了一对发卡给他。

想到这儿，衣繁夏也不打算隐瞒了，于是抢过斌威的手机埋头翻找片刻，又递到他面前："喏，你自己看。"

斌威的眼睛随着交流群的信息瞪得浑圆，他一把抓过手机愤怒地吼着："这是谁拍的？"

衣繁夏不愿把事情闹大，用力制止住斌威挥动的双手："不要再追究这件事了，我想好了，再去找一个住处就好。"

这些年，斌威与衣繁夏一同长大，一起相处的时光里，他见证了她所有的不幸，如今还要承受闲言碎语，斌威恨不得将幕后策划者揪出来，好好给衣繁夏出口气。

"这简直就是给你泼脏水！"因为生气，斌威手里的手机被攥得咯吱响。

倒是衣繁夏，笑吟吟地调侃："不怕，我可以把脏水煮开了再泼回去。"

见整日顶着张扑克脸的衣繁夏开口说笑，斌威消气不少，但还是有些担心：

"你到底有何打算？"

衣繁夏转了转眼珠，说出了自己的想法，"之前我打工的快餐店老板很好，说是现在还缺人……"

"不行！"不等衣繁夏说完，斌威率先打断她的话，"你现在学业重要，更何况你身子病恹恹的，再晕倒可怎么办？不准去！"

"你总是这样，所以别人拍的照片才会以为我们同居呢，虽然我们是亲人，可你也要给我些空间啊。"衣繁夏噘着嘴，试图以这样的方式说服斌威。

说起斌威的倔强，真是一点儿也不比衣繁夏差，即便说得这样直白，他还是不肯松口："打工你别想了，要是想搬出去就用我的钱，我现在找到工作了，养活一个你，哥哥我还是能做到的。"

衣繁夏向来最怕麻烦，被斌威这么一说，干脆放弃了搬走的念头，她摆摆手，一副投降的语气："算了，我还是老实住在这里吧。"

见衣繁夏不再执拗，斌威宠溺地揉揉她的头："好啦，大不了我答应你以后我不进家门，给你送完吃的就走。不过要让我知道是谁这么无聊拍照片、发信息，我绝不饶他。"

望着气呼呼的斌威，衣繁夏似乎觉得心底绽放出一片花田，萦绕着幸福的花田，是啊！漆黑漫长的时光，有这两个明媚少年的牵引，这的确是不可言喻的幸福。

只不过幸福往往稍纵即逝罢了。

对衣繁夏来说，从小到大有两件事最可怕，一是吃巧克力，二是开家长会，巧克力无视就好，可是家长会却会让她想起去世的母亲。

再次听到开家长会的消息时，衣繁夏悲从心来，如今的她父母都已不在，再说起"家长会"连她自己都觉得多余。

反正家长会要到会考结束才会举行，对于走一步算一步的衣繁夏来说，与其杞人忧天，不如顺其自然。

课间休息的间隙，同学们纷纷谈论着如何应对家长会，蒋如婷因为照片事件，害怕衣繁夏还在气头上，不敢上前与之交谈，隔壁不远的牧苒小团队聚集在一起，倒是有说不完的话。

"牧苒，你品学兼优一定不用担心家长会，我要怎么办呀？会考考不好准要被骂了。"说话的黄微微是牧苒的闺蜜之一，家境、外貌、性格样样出众，唯独成绩一塌糊涂。

不知牧苒是不是被夸得有些不好意思了，羞笑半天后也不作答，慌慌地找了个借口：“你们先聊，我去下洗手间。”说着便起身朝教室外走。

衣繁夏本不爱听她们闲聊，可奈何相距不远，听得反倒清清楚楚，更何况自从牧苒有意无意地招惹自己后，她对这个在别人口中品学兼优的女生也产生了好奇，而看到牧苒离开教室时不自然的表情，她总觉得，这惹人喜爱的背后似乎隐藏着什么。

果不其然，在那天中午放学后，牧苒在众目睽睽下彻底失了面子。

那日中午下了好大一场雨，牧苒顶着书包跑出校门时，一辆沾满泥水的电动车将她挡在马路牙边，红色的雨披下，钻出一位面容沧桑的中年妇女，那人递上一把雨伞，冲着牧苒关心道：“下这么大的雨，淋出病来就麻烦了。”

牧苒的脸上闪过一丝不悦，随即推开那女人的手，因为太过用力，雨伞在手中打着晃最终掉进脏兮兮的水洼里，黄色的雨伞立刻被浸染得面目全非。

“你别这样，妈妈看了会心疼的。”中年妇女原来是牧苒的母亲。

只是从牧苒厌烦的言行中，看不出一点儿母女的情分。

“你快点儿走，别让我同学看到你。”言罢，牧苒头也不回地将母亲甩在身后。

许是心里着急，电动车又太过沉重，牧苒的母亲脚下一滑，连人带车摔在了地上。

牧苒的叛逆，似乎让这个上了年纪的女人万般无奈，连她这个母亲都不知，自己的女儿何时变成了这般模样，咄咄逼人到恨不得将别人踩在脚底。

但每一个全身长满刺棘的人，整颗心都曾被浸在狂风暴雨之中。牧苒也不例外。

在牧苒幼年的时候，邻居家的小孩们都嘲笑她是“野人”的女儿，而她母亲因为没有工作，所以在步行街上摆摊卖小饰品，整日跟同行抢生意，躲避城管的驱逐，那样担惊受怕的日子，牧苒实在觉得痛苦。直到后来，牧苒的父亲在敖家得到了一份花匠的工作，那颗蠢蠢欲动的虚荣心再也按捺不住了，自那以后，她便告诉别人，自己的父母都是从事律师的职业。

那日的大雨，与这初冬时节很不相符，硕大的雨滴连成雨帘肆无忌惮地浇灌着整座城市。牧苒在雨中奔跑着，在驻足躲避一辆汽车时，余光刚好落在马路对面，衣繁夏站在公交站台里，与牧苒四目相接。

站台距离学校不过五十米远，所以刚才那一幕衣繁夏看得清清楚楚。

那时的牧苒全身已被淋湿，微卷的长发紧贴在脸颊两侧，流经双颊的液体，看不出是雨水还是眼泪。

衣繁夏以为牧苒会直接离开，不想却径直朝自己走来。

雨雾中，牧苒就站在自己眼前，狼狈的样子不似从前孤傲的模样。

“冬雨伤身，要么进来避雨，要么快些离开。”率先打破沉默的是衣繁夏，她这么说，并不是出于关心牧苒，而是想避免这种对立状态。

牧苒的脸色发白，虽然一副病恹恹的样子，可嘶吼时的气场却很令人震撼：“衣繁夏，这次你满意了吧？”

衣繁夏自始至终都没有想过要将牧苒父母的事公之于众，所以当她看到牧苒和母亲在雨中推搡，占据心头的不是欢喜，而是悲悯。

“我不想跟你吵。”衣繁夏淡淡地说完，却被牧苒一把拉到了雨中。

“你为什么要回来？连敖嘉彦也被你抢走了，而你却整天装作一副无辜的样子。”牧苒毫不在意自己的形象，随意地撕扯着衣繁夏。

装无辜，衣繁夏从来都不会，更不屑做这样的事情，而压抑到极点的她也不愿再隐忍，她甩开牧苒的手，毫不留情地反驳道：“这个世界上最不需要的就是无辜，你以为你最惨，然而比你失去更多的大有人在。”

“你教训我？”

衣繁夏无奈地摇摇头，她实在没有资格教训别人，与牧苒相比，她不是也恨自己父亲许多年吗？

Weitian Shaonü
Chuxin Ji

第六章 我记得凶手的温度

1

为了不让自己的成绩在半月后的会考中一塌糊涂，也为了不辜负敖嘉彦的心意，衣繁夏彻底打消了打工的念头，她按照与敖嘉彦说定好的时间，每天下午都会利用放学与晚自习之间的时间来补习功课。

衣繁夏的英语最差，敖嘉彦就利用半小时的时间帮她讲语法，剩下的时间则逼着她背单词。他则安静地坐在对面，捧着《诗经》《雾都孤儿》等国内外书籍，边读边写，衣繁夏最喜欢看他抄文字，一手规整又俊逸的楷体总让她羡慕不已。偶尔她会忍不住注视他，感觉阳光下的敖嘉彦就像翩翩公子，温润如玉又静谧安好，让人不忍心打扰。

发觉到周身有一股炽热的目光，敖嘉彦不禁抬头，佯装生气的样子警告道："乱看什么？我脸上有单词吗？再不好好背，一会儿罚你做十道数学题。"

被抓现形的衣繁夏调皮地吐吐舌头，识趣地埋头继续背着英文单词。

没什么语言天赋的衣繁夏，面对着陌生的英文字母就像喝了一锅忘情汤，背多少忘多少，实在乏味无聊的时候，只恨不得离开咖啡店。

每每此时，敖嘉彦都一副恨铁不成钢的样子教训道："你英语底子这样差，再不加紧努力，只怕天才也教不会你了，更何况我不惜动用自己的时间来教你，你好歹给点儿面子呀。"

在敖嘉彦的挖苦加吐槽下，衣繁夏不得不静下心来看书。

看她认真的样子，敖嘉彦也会给些奖赏，蛋糕、甜汤。衣繁夏不爱吃甜的，但也不好意思拒绝，偶尔吃上一勺，没几次倒也是爱上了那股清甜的味道，不过衣繁夏最喜欢的还是那杯香气浓郁的百合花茶。

茶汤呈现暖黄色，几片干花瓣在温热的水中慢慢舒卷，在透明的玻璃杯中荡漾出明朗的色调。敖嘉彦将杯子推到衣繁夏面前，语调温暖地说道："百合花有安神的功效，加些蜂蜜味道也不错。"

衣繁夏轻挑眉头，带着不常有的调皮表情，问："这是奖励吗？"

果然，再冰冷的女孩终归抵不过少年温暖的举动。敖嘉彦用笔头宠溺地点了下衣繁夏的鼻尖："所以你给我好好学习！"

半个月的时间真是一晃而过，成绩有没有提高，衣繁夏一点儿也不清楚，体重倒是噌噌增长，临会考的前一天，不知敖嘉彦是不是故意的，竟从隔壁的蛋糕店买来一块手工巧克力。

衣繁夏盯着巧克力看了半天，许久憋出一句话："你明知道我不喜欢的！"

"你还说不喜欢吃甜食呢，不也是吃得挺欢的，就当是预祝你考试进步吧。"敖嘉彦丝毫没有把她当作历经磨难的人，以至于对她的感情中不夹杂一丝怜悯。

而对于被"逼迫"着吃巧克力的行为，衣繁夏竟不觉厌烦，她接过巧克力念叨着："好随意的奖励啊。"虽然言语中带有不屑，但心底却绽放出一朵娇美的花。

时光仿若陷入恬静中一般，只是两个人的美好注定会刺痛另一个人的心。

在咖啡店对面的马路上，他们一定想不到牧苒已将这一切尽收眼底，更让衣繁夏想不到的是，牧苒向她挥来的利刃将一次比一次锋利。

第二天的会考现场，是将全年级的学生打乱后排列考号，可衣繁夏和牧苒偏偏是左右相邻的位置。

连续三场考试都无事发生，直到最后一场英语，那时临近考试结束，衣繁夏正收拾文具盒的时候，脚踝猛然被重物碰了下，她低头查看，落在脚边的竟是一本英语课本，正当她疑惑时，监考老师却抢先捡起，厉声质问道："你叫什么名字？哪个班的？"老师翻开折叠的试卷，扫了眼填写姓名的地方，"衣繁夏，名字这么好听的一个小姑娘怎么还学着作弊呢！"

衣繁夏眼中闪过一丝诧异，再望向邻桌，从牧苒得意扬扬的笑容中，她便明白了一切。

"这不是我的。"衣繁夏不卑不亢地解释，却并没得到老师的信任。

"坏人永远不会说自己是坏人的！这场考试判零分。"老师说完拿走了衣繁夏的试卷。

这一次衣繁夏真的是百口莫辩，她也不打算再做任何解释，只是那一刻不甘的心，彻底被激起了斗志，对于牧苒，她绝不会一再忍让下去！

衣繁夏提前离开了考场，那时关于她的作弊通报已经公布在了信息栏上，对于这般不光彩的事，围观的同学们各抒己见，却无非是冷眼旁观。

然而在一众围观者中，衣繁夏一眼便看见了气宇轩昂的敖嘉彦，他站在人群中，蓝色的眼眸散发着暖化人心的温柔，他走向衣繁夏，在她未开口之前率先说道："什么都不要说，我相信你。"

即便在被老师冤枉的时候，衣繁夏都没有委屈流泪，可在敖嘉彦说出这句话后，眼泪却不争气地潸然落下，她沉闷地低着头："你都不问问发生了什么吗？"

"我说过，只要你说没有，我就相信。"敖嘉彦说得坚定，怕她难过，还不忘反问，"就你那对万事都不屑一顾的态度，会为了分数而作弊？你应该也看不上分数吧。"

敖嘉彦挖苦的话语倒是逗乐了衣繁夏，她叹口气："虽然成绩不会太好，但至少不像以前那样差了。"

"好了，别闷闷不乐的，陪我再去喝杯百合花茶好吗？接下来的一周我可能没办法再去了。"敖嘉彦脸上洋溢的笑容，丝毫没能遮掩掉那抹不易觉察的失落。

衣繁夏一愣，终是没能抵住好奇心地问出口："发生什么事了吗？"

敖嘉彦轻淡一笑，也不回答，只是迈着闲散的步伐朝校外走去，衣繁夏跟在他身后，视线中的敖嘉彦看上去很是寂寥。

"繁夏。"

突然响起的呼唤声将衣繁夏的视线拉回，她歪着脑袋，隔着敖嘉彦的身体看到了正朝她挥手的斌威。

"你认识他？"敖嘉彦一脸疑惑地看看衣繁夏，又看看眼前的男生，自语道，"好面熟，似乎在哪儿见过他。"

斌威手中拎着一个购物袋，直接绕过敖嘉彦冲到衣繁夏面前，兴冲冲地举着手嚷道："今天放半天假，特地买了你喜欢吃的蔬菜，晚上我亲自下厨，管你到饱。"

因为默许了与敖嘉彦去咖啡店，所以对斌威的热情，衣繁夏一时半会儿也找不到一个合理的理由拒绝，她正寻思着合适的说辞，不想敖嘉彦却率先开口："我已经先约了她。"

衣繁夏的朋友屈指可数，而且斌威全都认识，眼前的这个混血男生虽也有些面熟，可他并不相信，曾经患有社交心理障碍的衣繁夏会与男生有约。斌威充满敌意地瞥了一眼敖嘉彦后再次看向衣繁夏，谨慎地问道："你认识他？"

"他是我的同学，叫敖嘉彦。"衣繁夏简单地介绍道。

听到"敖嘉彦"三个字，斌威怔怔地将他上下打量了一番，神色不太友善："你是敖嘉彦？远海市还真是小。"斌威所工作的地方就是敖家别墅，虽然他只是帮主厨料理杂活，活动场所几乎只局限在厨房里，可敖嘉彦的名字却不是第一次听到。

而面对斌威奇怪的眼神，敖嘉彦恍然大悟："你不就是交流群照片上的那个男生吗？不过……我们是不是还在其他地方见过？”

“敖家别墅，主厨助理斌威。”斌威不愿输了气场，在衣繁夏开口前率先做起了自我介绍，不过为了不让衣繁夏被别人误会，他还是加以解释，“我是衣家收养的孩子，算起来是她哥哥。”斌威手指着衣繁夏。

“难怪，看来以后要时常见面了。”敖嘉彦的表情有些不自在。

斌威也不谦让，昂起头回道：“虽然你是我主家少爷，但出了敖家别墅我可不会对你毕恭毕敬。”

敖嘉彦满不在乎地一笑，跟父亲相处的这些年里，见多了低声下气、恭维谄媚之人，金钱的那股铜臭味令他无比厌倦，更对所谓的富家生活不屑一顾，与其被人阿谀奉承般地吹捧着，他倒更喜欢简单直白的相处，像斌威这般耿直的人，他反倒不讨厌，只不过有些嫉妒而已。嫉妒过去的那些年里，斌威可以以哥哥的身份陪在衣繁夏身边，而他自己却只能去想象那个被救女孩的模样。

有时，敏感并不是女孩子的特质，站在青春尾巴上的少年同样细腻敏锐。

敖嘉彦与斌威对立而站，谁都不愿先行开口，似乎都能感觉到彼此对衣繁夏的关心。

两个人的状态让衣繁夏有些无所适从，她扯了扯斌威的衣袖，低语道：“我晚些回去好不好？”

认识这臭丫头这么些年，永远都是一副万年冰山脸，这会儿竟然为了敖嘉彦撒起娇，虽然并不是发嗲，可对于患有社交心理障碍的她来说，这种温柔的程度还是第一次出现。斌威在心中暗暗感叹：“傻丫头，恐怕还没注意到自己的变化，也罢，既然能让她从心理障碍中走出来，让他们当个朋友还是可以的。”

斌威的脸在转向衣繁夏时勉强挤出个微笑，宠溺地说：“好，别太晚就行。”斌威环顾下四周，建议道：“繁夏，去帮我叫辆出租车。”

斌威一直望着衣繁夏跑远的身影，敖嘉彦似看出端倪般开口问：“你故意支走衣繁夏是想做什么？”

看敖嘉彦开门见山，斌威也直奔主题：“敖家只有你一位少爷吗？”

这个问题着实震惊了敖嘉彦，他怎么也想不通，斌威支走衣繁夏后问的问题竟是这个。

“这不是你该关心的事，还是做好你主厨助理的工作吧。”敖嘉彦答非所问，却也是不想回答。

那时的斌威刚过完二十岁生日，虽然只比敖嘉彦大两岁，可看上去成熟稳重得像个历经世事的大人，如此被敖嘉彦这般反驳，心底怒火不减反增："既然这样，那以后请你离衣繁夏远些！"

自己是否是敖家唯一的少爷，这跟衣繁夏有什么关系？斌威这前后不搭调的问题，让敖嘉彦有些摸不着头脑，更让他不爽的是，总有人在耳边嚷着要他远离衣繁夏，牧苒是，眼前的斌威也是，然而他并不打算跟从别人的说法，一阵冷笑后，回道："别教我怎么做，我的朋友我自己选择，还有……"敖嘉彦停顿片刻，"我与衣繁夏结下的缘分比你想象中的要更早。"

都是青春年少，也自是少年气盛，斌威箭步上前，揪住敖嘉彦的衣领，一句话不说就扭打在一起，像两个随时准备拼杀的战士，气势骇人。

衣繁夏闻声赶来时，敖嘉彦和斌威的脸上全都挂了彩，敖嘉彦毕竟是有钱人家的孩子，力气稍弱了些，所以伤得也更重些，除了满脸的瘀青外，鼻梁上还擦破了皮，整个人被斌威按倒在地。

"你们俩有什么深仇大恨？大家都在看着你们呢。"两个人第一次见面就剑拔弩张，几乎把对方视作仇人般，看得衣繁夏既担心斌威出手太重，又不忍敖嘉彦受伤，着急得只好将胳膊挡在两个人身前，怎奈何他们正在气头上，她也无法将两个人分离开。

斌威打急了眼，正要再挥起拳头时，人群里突然响起威严的呵斥声："还不住手！"

三个人定神回望，一个身材魁梧的男子挤出人堆，只用一只手便将两个人隔离开，顺势将敖嘉彦挡在身后。

"沅叔，你怎么来了？"敖嘉彦走上前，不解地问，"父亲不许我外出用车，我自己能回去。"

沅叔虽然冷着脸，但面对敖嘉彦却是一如既往地毕恭毕敬："老爷说了，还是要确保您的安全，今天差点儿就让那小子欺负了少爷。"说着恶狠狠的眼神扫向斌威。

毕竟是敖家的长子，斌威又出手那样重，衣繁夏很担心他会因此惹上麻烦，更何况如今还在敖家做主厨助理的工作。

衣繁夏想了想，硬着头皮上前道歉："叔叔，对不起，我替我哥哥道歉，求您……"

"繁夏你干吗？"衣繁夏话没说完就被斌威打断，她向来不喜与陌生人多说话，现在倒愿意委屈自己跟别人道歉，他是宁肯自己受罪，也舍不得看她委曲求全的样子。

敖嘉彦同样不想衣繁夏为难，大度地解释道："沅叔，我没事，这个年纪的男生不都是打打闹闹的吗，不打不相识，我们也算是朋友了。"

男孩子的自尊心向来重要，更何况斌威也看不上敖嘉彦的好意，毫不领情地回道："不需要你的好意，我们永远做不了朋友。"

一场看似幼稚的打架，因两个男生斗嘴而开始，又因两个人斗嘴而结束，只是这些幼稚的背后却潜伏着无法重见天日的东西。

2

既然敖嘉彦不再追究，沅叔也只好听从，但看着那一脸的伤，还是建议道："少爷，还是先去上些药吧，万一被您父亲知道，到时候……"

到时候自然免不了一场打。父亲只想他安静地待着，学习好不好，生活得快不快乐，有没有朋友，这些全都不重要，很多时候敖嘉彦都觉得自己生活得像个活死人，顶着"敖嘉彦"这三个字，只需要在父亲需要的场合出现，扮演一出慈父孝子的样子就够了。倘若出现像打架这样会招人耳目的事情，等待敖嘉彦的必然是质问与拳头。

敖嘉彦望着衣繁夏，朝她招招手："看来今天喝不到百合花茶了，下次好不好？"

衣繁夏愣愣地点着头，好像敖嘉彦的那双蓝色眼眸拥有蛊惑人心的魔力，至少令她波澜起伏的内心有了片刻宁静。

既然不打算屈服于父亲敖瀚，敖嘉彦自然不愿享受以前的待遇，他倔强地说："沅叔，你先回去吧，我坐公交就行。"

"不去医院吗？"

"医院人多，只怕消息会更快传到父亲耳朵里，回去让乔姨帮我上些药就行了。"敖嘉彦缓缓离开，悲伤的气息像化不开的浓雾，一直笼罩在他离去的背影上，久久不散。

而热闹看完了，围观的人群也一哄而散，斌威拍拍衣繁夏的肩膀，垂眉看见她小手臂上挂着个书包，疑惑地问："这是谁的？"

衣繁夏恍然大悟，方才两个人打得不可开交，她只好先捡起敖嘉彦掉落的书包，然而发生的事情太多，一时竟忘了还给他。好在沅叔还没走多远，她紧跑几步唤道：

“叔叔等下。”

沅叔一副生人勿近的冷漠表情，诧异地看着她：“有事？”

衣繁夏收回紧盯沅叔左脸颊伤疤的视线，礼貌地将书包递上前：“是敖嘉彦的，麻烦叔叔还给他。”

“好。”沅叔惜字如金，面无表情地接过书包。

可正是那一个小动作，令衣繁夏整条神经都紧绷了，就在沅叔伸手接书包的瞬间，让她不小心碰触到沅叔的手掌，同样的粗糙感透着从血液里流出的冰冷，那种触觉一下将她拉回到两年前的意大利铁屋，那个绑架她的男人，那个在黑暗中看不见面容却说着“总要承担恶果”的男人也有着这样一只粗糙、强壮而冰冷的手。

衣繁夏紧张地攥住衣角，连喘气都极尽小心，毕竟是历经生死与恐惧的事，短短两年依旧驱散不了心里的恐惧，以至于她颤抖着身子跌坐在地上。

见衣繁夏神情有些不对，斌威匆忙上前扶住她的肩膀，关心地问道：“刚才还好好的，你这是怎么了？”

衣繁夏紧咬着嘴唇，声音颤抖：“那个人，那个人……”

两年前，姑姑衣蝶儿将衣繁夏从意大利带回国的时候，每晚睡前她都是这副全身颤抖的模样，而这两年虽然性格依旧孤僻，可是情绪已经相当稳定，像此刻这样情绪失控的时候几乎从未出现，他既着急又奇怪，这突然之间到底是被什么刺激到了？

斌威轻拍她的后背，安抚道：“没事，还有我在这儿，你到底看到了谁？”

衣繁夏大口喘息着，抬起的手，指向一辆开走的黑车。

而黑车的司机正是沅叔。

斌威很是不解，脑袋里的问题像麻花一样拧在一起，但他又不敢问出口，生怕再次刺激到衣繁夏。

终于，恢复平静的衣繁夏再次开口：“他的手很像两年前绑架我的人。”

听闻衣繁夏还对两年前的事耿耿于怀，斌威不禁劝解道：“事情过去两年了，你就别再折磨自己了，忘了那些悲伤好不好？”

两年的时间对衣繁夏来说是很难熬，支撑她走到今天的，正是当年绑架者那令她终生难忘的手，以及那句“Deve assumersi La Totale delle consequenze”，当然还有她想要寻找的父亲死亡的真相。所以，衣繁夏不敢忘，也不能忘。

对于斌威的劝解，她很是生气，一双充满委屈与倔强的眼，无助地看着前方：“你让我忘了，难道你就能忘掉你的父母吗？谢谢你的安慰，但作为我唯一的亲人，我希望你以后能够给我走下去的勇气，而不是劝我放弃。”

斌威被说得哑口无言，自然不敢再阻拦下去，于是帮忙分析道：“你之前不是说过，当年在铁屋由于没有光线，对方的长相你丝毫没有看到，如今怎么就这么确定绑架者就是只有一面之缘的沅叔呢？”

关于自己能够通过与他人皮肤接触，继而感知到对方善恶的能力，衣繁夏从未对斌威提起，她并不是不相信他，只是不知如何向他解释，毕竟这个能力是一种感觉，连她自己都觉得神奇，别人大概会以为是天方夜谭吧。

不过既然斌威问起，她便不能不回答，思索片刻才毫无底气地回答道：“当年我触摸过那只手，而在最后逃离铁屋的时候，隐约中看见那男人的身形，与方才那位沅叔十分相像，不过……”

斌威本想等她继续说下去，她却突然摆了摆手：“算了，我们还是回去吧。”

那晚，任凭衣繁夏如何催赶，斌威都没办法放心离开，他做好饭，亲眼看她吃得干干净净，又将碗盘清洗干净后，这才搬着被褥跑到客厅的地板上睡下。

衣繁夏拗不过，也只好随了他，只是那晚，一个客厅一个卧室，两个人却都失了眠。

再美的夜色也都不属于衣繁夏，因为两年前所发生的一切全都历历在目。她靠着床角，手里捏着一张海报，将身体蜷缩起来，在脑海中将沅叔与两年前那个黑影一遍遍做着对比，一遍遍地回忆着当年碰触绑架者皮肤的感觉。

她也不想贸然断定，沅叔就是两年前的绑架者，虽然相信自己对皮肤的感知能力，但心底依旧有所顾忌，只不过压抑两年的探索欲望，在今天终于像冲破枷锁的洪水猛兽般冲击着她的理智。

衣繁夏相信自己的感知能力不会错，可冥冥中又觉得少了些什么，她眉头紧锁着思索到了深夜，在手指擦过冰冷墙体的时候，惊醒般想到了遗失的感觉是什么了。

“冷暖！没错，就是冷暖！”衣繁夏反复念着这两个字，终于在支离破碎的记忆中寻找到了关键性的线索。她记得，两年前在铁屋自己从昏睡中醒来后，第一下触摸到绑架者的手时，同样一根手指却有着冷暖两种温度。

整整一夜，衣繁夏都在纠结造成冷暖两种温度的原因是什么，而想要去找沅叔确认又有什么方法。

她不愿坐以待毙，终是想不明白造成冷暖的原因，那便想办法接触沅叔，倘若是自己的直觉出了错，她也好去寻找其他方向。可是，想要接触到沅叔并不容易，他毕竟只是敖嘉彦的司机，如今敖嘉彦外出又被禁止用车，她不想让敖嘉彦牵扯其中，所以想要正常接触沅叔并不容易。

但事情总是有解决的办法的，绞尽脑汁想了一整夜，直到天边泛起了鱼肚白，疲惫的衣繁夏终于来了精神，她双眼炯炯有神地盯着窗外，兴奋地自语道："对，我要参加比赛，只要赢了比赛就能见到沅叔了！"说罢，她将手里的海报丢在床上，匆匆跑出房门，而那张海报上写着"云端集团寻找这个时代最值得回忆的巧克力"。

正在厨房做早餐的斌威听见响声后探出头，没等他问出口，衣繁夏就跳到厨房门框旁，郑重其事地说道："我要参加巧克力比赛！"

衣繁夏毫无缘由的一句话，让斌威彻底摸不着头脑了，从小到大都对巧克力恨之入骨的人，只是经过一晚上的时间，就能改变十几年的厌倦对象。

斌威将一只胳膊撑在门框上，像打量神奇物种般将衣繁夏仔细打量了一遍，许久才把手放在她额头上，开口问道："你是不是哪里不舒服？到底知不知道自己在说什么？"

虽然衣繁夏从不敢怠慢关于自己的任何事，可参加巧克力比赛在她的心里还是有些力不从心，只不过，作为能够接触沅叔而不被人特别关注，她只想到了这个方法。

没错，在衣繁夏的思路中，想要多次接触、观察沅叔，她就只有进入敖家别墅，而云端集团此次举办的巧克力比赛不仅有高额的奖金，还能够成为敖家巧克力制作师，虽然她不知晓敖家不招厨师、用人、保镖，偏偏要招一个巧克力制作师的原因，但为了寻找真相，她也顾不得那么多了。

看衣繁夏愣在原地，斌威很不放心地伸出五根手指在她眼前晃了晃："喂，你别吓我啊，该不会是中邪了吧，怎么净说些奇怪的话呢？"

衣繁夏打开他的手，一字一句地回答道："我现在很清醒，也知道自己在做什么。"她重新握住斌威的手臂，央求着："你不是在敖家工作吗？今天帮我报名好不好？我先去学校了。"

有了参加巧克力比赛的想法，衣繁夏第一个想到的就是敖嘉彦，不知为何，她想要与敖嘉彦分享这个消息。

她一刻不敢耽搁，只想赶在上课前见上敖嘉彦一面。

已是入冬的清晨，寒风凛冽刺骨，衣繁夏站在教学楼的楼梯口，静静地看着过往同学，整个人冻得瑟瑟发抖，时间也一分一秒地过去，直到上课铃声响起，她都没能等到敖嘉彦出现。

衣繁夏若有所失地走回教室，她不知那样期盼敖嘉彦能够出现的自己，到底是怎样的心态，就像她不知云端集团每年举办巧克力大赛的真正原因，其实是几年前敖嘉彦以放弃寻找母亲为代价，才得到父亲敖瀚的同意，而目的是寻找能够做出森岩巧克力的人。

毕竟，那能够让敖嘉彦想起母亲的味道。

3

对于没怎么学习过巧克力制作工艺的衣繁夏来说，想要制作一块成品巧克力简直困难重重，但事到如今，她也别无选择了。

巧克力比赛定于半月后，也就是圣诞节前夕，为了不在比赛上输得太惨，衣繁夏跑去父亲的旧屋，并在布满灰尘的抽屉里找到了父亲留下的巧克力制作手册，与其说是制作手册，倒更像是创作心得。

衣繁夏记得，父亲总喜欢在深夜里，靠着设备书写他的巧克力制作总结，那时父亲总是逗她："繁夏啊，巧克力的甜蜜是属于每个女孩的，以后我这本秘籍可就要传给你喽。"

可惜当时的衣繁夏还沉溺在失去母亲、怨恨父亲的情绪当中，对于父亲视作珍宝的制作手册她却毫无兴趣，并摆出一副冷漠的样子："它是你的心肝宝贝，于我算什么？你自己好好留着吧。"

衣繁夏每每说出的话总能刺入人心三分，以至于父亲无言以对。

带些霉腐味道的旧屋里，衣繁夏再也按捺不住思念之情，抱着父亲的小册子号啕大哭着，仿佛是在向父亲诉说着声声抱歉。

而从旧屋回来已是傍晚六点，天气渐冷，天色也渐晚，衣繁夏估算下时间，左右是赶不上晚自习的时间了，自己又顶着双红肿的眼睛，干脆向老师请了假。赶回住处时，斌威正忙着往客厅搬运东西，成袋的可可粉、可可脂、糖粉、表面活性剂等原料被他一一摆在桌上，地上横七竖八地放着夹层锅、保温槽、精磨机等制作巧克力的设备。

"你从哪里弄来的这些东西？"衣繁夏目瞪口呆地盯着这满满一地的东西，很是不敢相信自己的眼睛。

斌威乐呵呵地看着衣繁夏，解释道："学习当大厨那么久，认识的人还是很多的，这些物品虽然是借来的，但你随便用。”

这些物品衣繁夏从没使用过，但对它们并不陌生，毕竟从小跟随父亲耳濡目染，对这些烦琐的制作机器的使用还是略知一二的。

“太感谢了！我现在就试试，不过……你要先离开。”衣繁夏开始动手将斌威推出屋外。

“好好好，我走，制作秘籍还不能让我看，真是小气。”看着衣繁夏恢复了些女孩该有的模样，斌威很是欣慰地离开。

待房间安静下来后，衣繁夏小心翼翼地掀开父亲留下的巧克力制作手册，那是她第一次认真地看它的内容，通过熟悉的字迹仿佛看到了父亲慈祥而专注的脸庞，而制作内容也记录得极为详细。

牛奶巧克力最初是瑞士人发明的，味道甜淡、丝滑浓郁，制作的过程中要严格控制炼乳的计量，控制好水温，待水温六十摄氏度时将原料入碗，隔水融化可可液块、可可脂……

衣繁夏一向喜欢牛奶的味道，再看看桌上的材料，最终选择将牛奶巧克力作为自己第一次的实验品。

她按照手册上的方法，先将可可液块、可可脂装入碗中，反正不排斥苦味，于是将炼乳的计量又减少20g，此时锅内渐渐冒出热气，衣繁夏没有专业针式温度计，只好将手放在锅面上感受温度，适合融化可可液块的温度会有灼伤皮肤的感觉，她逐渐感觉到掌心传来些痛感，于是赶忙将装有可可液块和可可脂的碗放入水中，只等它们慢慢融化。

洗好的模具擦干备用，等待时间很长，衣繁夏漫无目的地翻阅着手册，字里行间藏着父亲对巧克力的挚爱，她轻叹口气，自我嘲笑道：“我竟与不会说话的巧克力争宠那么多年。”如今想来，竟然觉得自己有些幼稚。

时间大概过了二十分钟，周围的空气中萦绕着可可淡淡的苦味，衣繁夏将锅盖打开，早已融化的可可脂呈现深褐色，表面透着幽幽的光亮，很是诱人。她用筷子挑起些吹凉放入口中，绵软、丝滑又清甜微苦，看来自己第一次制作巧克力所放的原料比例刚刚好。

衣繁夏将巧克力液倒入心形模具内，虽是初冬，可是气温还不足以使巧克力冷却成型，只好将模具放入冰箱内冷冻。按照父亲的记载，最佳的成型时间是冷冻1至2小时。

埋头忙碌了两个小时，衣繁夏这才环顾下凌乱不堪的厨房，斌威带来的专业制作巧克力机器基本都没用上。想想也是，自己这种还没出师的小将，能做出成型的巧克力已是不易，虽然对自己的制作能力有自知之明，可衣繁夏还是对那未成型的巧克力充满期待。

她捧着手机，数着时间一分一秒地度过，直到凌晨一点，困意全无的衣繁夏才满怀期待地打开冰箱门，然而当拿下模具时，令她失望的事情发生了，没了模具的束缚，巧克力很快便松软了，跟平常见到的巧克力一点儿也不一样。

“看来制作巧克力比想象中要难许多。”衣繁夏失落地抱着托盘，委屈地咬了口软绵绵的巧克力，自己吐槽道，“怎么这样难吃，我果然是没有什么天赋的。”

看着一无是处的自己和一片狼藉的现场，衣繁夏游魂一样走回卧室，这第一次的实验给了她很大的打击。毕竟，想到和得到之间，还有个做到，只是这个做到是何其困难。

忙碌了一天，对衣繁夏来说似乎毫无意义，还令自己筋疲力尽，她突然对这样的自己好失望，即便困意袭来也丝毫不敢睡去，只怕那一睡，所有的斗志都化为虚无。

凌晨的夜色不同于黑夜，墨色中透露些许蓝色，映衬着天边的繁星晶莹闪烁。那一夜，对衣繁夏来说，既是漫长的，又是苦恼的。因为这一开始的希望就已被击碎，而她还没有找到重拾信心的方法。

就这样，衣繁夏一夜未眠，直到晨光微露，她拖着疲惫的身体走出屋门，左脚却踩到了什么东西，只听哗啦一响。她低头望去，竟是一束风干的水晶草，洁白的花瓣在晨风中轻舞摇曳，煞是美丽。

她知道，定是斌威来过了。

而花束中还夹着一张卡片，这也是斌威哄她时惯用的招数，卡片上写着简单的一句话：听说九十九次的失败，才能换来一次成功，所以像你这样笨的人，我估计要失败几百次兴许才会有点儿进步，所以你千万不要放弃！

看完卡片，衣繁夏彻底无语了，这到底是鼓励还是打击，在这个世界上大概也就只有斌威敢这样对她直言不讳，丝毫不会顾虑她的感受，当然她也从不会怪罪于他。

风干的水晶草并没有使衣繁夏的心情变好，就像是现实中的我们在阅读一本童话，同样都是灰姑娘，我们的人生中却很难出现一位王子。不过对于收到花这种事，在很少与异性接触的衣繁夏，心情倒是变得暖暖的。

只是她这份暖暖的心情，却挡不住这初雪的寒冷。

那是入冬以来的第一场雪，以至于显得愈发刺骨。经过一夜的时间，城市的地面已被白雪覆盖，衣繁夏一路沿着别人的脚印走进学校时，她的帆布鞋已经湿透了，整个人冻得缩起肩膀，她只想快些跑进教学楼，偏偏在楼梯前被人叫住。

“衣繁夏。”

只听这唤声衣繁夏便知晓是何人，她回过身不耐烦道：“牧苒，你又想怎样？”

“听说你要参加巧克力比赛，你知道吗？我也会参加！”牧苒高傲的眼神像是对她的警告。

牧苒很小的时候就学习制作巧克力，而且近两年来一直在参加云端集团举办的巧克力比赛，原因一目了然，只是因为敖嘉彦对巧克力的喜爱。这些衣繁夏早有耳闻，所以对于牧苒要参加比赛的说法，她并不觉得惊讶。

衣繁夏耸耸肩膀，云淡风轻地吐出一句话：“关我什么事？”

衣繁夏一贯对不在意的事情和人持冷漠态度，可就是这种态度，在牧苒看来却是一种挑衅，一种毫不把她牧苒放在眼里的挑衅。

牧苒气得眉头皱在一起，刚想要再说反驳的话时，衣繁夏却率先开口：“我这人不爱管别人的事，你想要做什么由你自己，不必向我汇报。”说罢，她裹紧外套钻进了教学楼，再也不愿多看一眼牧苒被雪花打湿的愤怒的脸庞。

可是，衣繁夏低估了一个女孩的嫉妒心！

衣繁夏万万没想到，牧苒会用一些幼稚低劣的手段来阻拦她。

那天是英文课，代课老师是一名体型彪悍的三十岁女性，嗓门大，脾气也火暴，只见女老师夹着课本风风火火地走进高三（3）班，后面跟着的是抱着作业本的牧苒。

“衣繁夏，你过来！”女老师不悦的声音，把正埋头发呆的衣繁夏拉回现实。

衣繁夏糊里糊涂地站起身，在同学们诧异的注视下不安地走向讲台，女老师手臂一挥，一本作业本被翻开，摊开的页面上满是用红笔涂画的线条，从一片杂乱中，她还依稀看到了敖嘉彦的名字，再定睛看去，上面写着“敖嘉彦，我喜欢你”。

女老师恨铁不成钢的样子，说：“衣繁夏，你能不能让老师省省心？”

衣繁夏疑惑地抬起头，执着地解释道：“这不是我的字迹。”

“你看看封面！”面对衣繁夏的否认，女老师嗓门提高了许多。

此时的衣繁夏心底有些忐忑，她捡起作业本，封面上果然写着自己的名字，是她的无疑，可里面的字迹和涂污……

“这一周放学后你要留下来打扫卫生。”女老师发话后，教室里变得骚乱起来。

衣繁夏深吸一口气，转身走回座位，只是眼神落在牧苒身上时，那一张笑若桃花的脸，让她气不打一处来。

诬陷这种事最不适宜解释，而解释也是最无用的一种方法。至少在衣繁夏看来是这样！

那一节课过得度秒如年，关于讲课内容衣繁夏丝毫听不进去，眼睛里除了牧苒再无其他，直到下课铃声响起，她才跟着牧苒走出教室。

老师的办公区域很少有学生出入，衣繁夏靠在楼梯口的栏杆上，等着去送作业的牧苒回来。其实她也没想好要对牧苒说些什么，只是内心有个声音告诉自己，无底线的忍让和无视只会让自己深陷沼泽，而这次她也想做一次坏人。

衣繁夏正想着，一道清甜的道别声从教师办公室传来，继而是一串愉悦的哼唱声。

“看来心情不错嘛。”

突然响起的声音和拦住自己去路的手臂，让牧苒瞬间谨慎起来，待看清是衣繁夏后，脸上再次绽放出不屑的笑容，极力反驳道：“只要你不好，我心情自然好喽。”

衣繁夏冷哼一声：“你所谓的手段也就只有这些吗？诬陷我作弊，在作业本上涂污？你真是比我想象中更幼稚。”

眼看自己做的一切全被衣繁夏识破了，牧苒窘迫得不知如何应对，只好继续放狠话：“即便这样也没人相信你呀，因为你赢不了我的。”

这样的小事，衣繁夏自是不愿过多纠结，她冷眼看向牧苒，一字一句地说道：“那就比赛场上见！”

“你以为巧克力那么容易做出来吗？我学习了两年才能参加比赛，你还是趁早退出吧。”牧苒结合自身处境来打击衣繁夏的自信，只是又一次打错了算盘。

衣繁夏向来是个做事看心情的人，心情好时多么重要的事全都不上心，可要有人存心算计，她必然不会退让，衣繁夏伸出手指晃了晃，霸气地说：“我这个人啊死心眼儿，认定的事就算撞了南墙也不会放弃的。”她轻笑一声，继续道：“南墙算什么？撞碎后也不过是一堆瓦砾。”

牧苒站在原地怔怔地望着离开的衣繁夏，这样神采奕奕的衣繁夏很是陌生，在牧苒的脑海中，她应该是个被欺负而束手无策的人，可如今她的气场却让人倍感压力。

而那一周的时间，衣繁夏因为要在放学后打扫卫生，回去又要温习功课，又怕第二天上课精神不振，她干脆先放弃制作巧克力，转而全力查找文字资料，斌威偶尔也会来给她些建议。

看着衣繁夏一副勇往直前的样子，斌威往往就不自觉地笑出了声。

Weitian Shaonü
Chuxin Ji

第七章

被两道光包围着

1

总有一天，你会遇到一个心动的人，他不是盖世英雄，也没有超级能力，却能够照亮你黑暗的世界，给你温暖，给你希望，就像一道明媚的光。

距离巧克力比赛还有一周的时间，衣繁夏除了上课外，便是把自己关在厨房里，一遍遍做着实验，没有一次成功，却经历了无数次失败，或甜或苦，或松软或坚硬，她总是找不到巧克力该有的味道与温度。

斌威去看过她几次，她双眼布满血丝，愁眉不展，为了确认沅叔是否是当年绑架她的凶手，为了接近沅叔，为了进入敖家，他实在不忍看她将自己逼近情绪的死角。

但斌威比任何人都清楚，没人能改变衣繁夏认定的事情，所以每一次，他都选择默默地坐在一旁看着她忙碌。

和斌威偶尔来看望衣繁夏相比，同在一所学校的敖嘉彦倒是方便许多，不论是下课后的走廊上，还是在上学的路上，敖嘉彦都雷打不动地跟在衣繁夏身旁。

周一的早上，衣繁夏顶着黑眼圈朝学校走去，身后突然响起敖嘉彦的呼唤声："嗨，繁夏，等等我。"

这段时间，为了做出味道可口的巧克力，衣繁夏耗费了大量的精力，而这会儿，她只想自己安安静静地待着，对于敖嘉彦的热情，她拒绝道："你为什么每天都要跟着我？快去做你自己的事情吧。"

听了这样的话，敖嘉彦并不气馁，反驳道："你我都在这所学校，又这么多学生，你怎么就确定是我跟踪你呢？不过话说回来，我跟着你也是我自己的事啊。"

敖嘉彦一副耍赖的样子，气得衣繁夏着实无言以对，只剩下唉声叹气了。

敖嘉彦怎会不明白她的疲惫，面对这份冷漠，他反倒更加热情，并从书包里掏出一个饭盒迅速塞到衣繁夏手中，提醒道："海虾煎饺，一定要趁热才好吃。"许是怕衣繁夏会拒绝或是有负担，敖嘉彦话音刚落就快速跑开，慌乱的样子像是一个小丑，而不是被女同学崇拜的混血王子。

那天的敖嘉彦穿了一件蓝白相间的衬衣，衬得他皮肤白皙帅气，一束阳光照下来，刚巧落在棱角分明的侧脸上，好似如沐春光的向阳花令人心动。

那时，距离上课还有段时间，衣繁夏跑到篮球架下准备享用美食，谁知刚一打开饭盒，便看见盒盖上贴了一张字条，上面写着：人是铁饭是钢，只有填饱肚子才有力气做出好吃的巧克力。

看完字条的衣繁夏有些哭笑不得，嘴角含笑地自语道："天天见面不说话，偏偏要写在纸条上，斌威这样，敖嘉彦也这样，这些家伙真是好奇怪。"

虽然觉得敖嘉彦有些多事，可看着饭盒里饱满喷香、油光闪闪的海虾煎饺，还真被勾起了食欲。

衣繁夏吃了一口，虾肉的鲜味和韭菜的独特味道令人满口生香。反正没有吃早餐，衣繁夏一番狼吞虎咽后，饭盒空空如也，吃饱饭的身体似乎也恢复了能量，脑袋和心情也变得舒畅起来，失败的阴霾也渐渐散去。

"没错，只有吃饱才能有力气去做自己想做的事情。"衣繁夏收好饭盒，以一种从未有过的昂扬精神奔向教室。

教室的人不算多，衣繁夏坐在座位上，开始回想做巧克力的每个流程，正想得入神，有个人忽然坐在她前排的座位上。

"繁夏。"

衣繁夏恍然抬起头，看着欲言又止的蒋如婷，她并没有做出回应。

自从交流群照片事件后，衣繁夏与蒋如婷的关系变得有些微妙。

蒋如婷半低着头，不时又偷瞄着衣繁夏，似乎自己正在隐瞒着一个天大的秘密，而此刻正在为是否要说出口做着最后的斗争。

衣繁夏的沉默令蒋如婷按捺不住，支支吾吾地说道："你一定要参加那个比赛吗？"

"那你一定要对我有所隐瞒吗？"衣繁夏有些失望，蒋如婷不是不知道她参加巧克力比赛意味着什么，而问出这样的问题，她心底着实有些不高兴，为了尽快结束对话，她提醒道，"快上课了，你赶紧回去吧。"

关于校园交流群的事，衣繁夏没有更多的质问，在她看来，蒋如婷需要一次解释的机会，并且是她亲口说出真相。

至于学校的生活，对于衣繁夏来说只剩下按部就班，抛开整天找碴儿的牧苒、偶尔令她心动的敖嘉彦外，她的生活真就如同一潭死水。

不过好在，现在的衣繁夏有了另一个目标，制作巧克力便是当下她要做的事情。

现在的衣繁夏制作巧克力劲头十足，好似连她自己都忘了曾经是多么讨厌巧克力。

而所谓功夫不负有心人，即便衣繁夏执着制作巧克力的真心并非那般高尚，可努力终究没有白费。

那是参加比赛的前一天，刚好是周六，衣繁夏定了凌晨五点的闹钟，一刻不敢耽误地钻进厨房，再也不肯出来，匹配原料、混合比例，一次次试验，一次次失败，终于在她即将崩溃的时刻，再次从冰箱取出巧克力竟然成型了，她迫不及待地掰开一块品尝，舌尖在微苦清甜的温润下，似乎经历了一场旅行，这正是她所期待的味道！

而第一次成功地做出巧克力，衣繁夏更想与敖嘉彦和斌威分享。

正是午休时间，衣繁夏给斌威发了条短信：一个小时后在你工作地方附近的便利店门口见面，有惊喜哦。

那个时间，斌威已经收拾完餐具，正兀自站在敖家别墅的走廊上发呆，他盯着走廊上的一幅向日葵油画，总觉得这画像仿若埋在他记忆里的种子，他情不自禁地伸手触摸那画，口中莫名其妙地念道："妈妈……"

斌威被短信声悄然拉回现实，对于自己此刻的举动，他觉得不可思议。而正好看到衣繁夏的信息，索性甩甩头，跑去找主厨请了半天假，一刻不敢耽搁地朝便利店赶去。

午后的便利店外，衣繁夏抱着一个小方盒坐在长椅上，看见斌威来，脸上露出阳光般的笑容。

"这么着急叫我来有什么事情吗？"斌威一路跑到衣繁夏面前。

衣繁夏举起小方盒，神秘一笑："我成功了！"

不用多想他就知道衣繁夏说的是什么，斌威迫不及待地跳到她面前，嚷道："巧克力吗？快让我尝尝。"

斌威掰下一小块放入口中，只等它慢慢融化，衣繁夏盯着他表情奇怪的脸，心里很是没底。

"味道怎么样？很不好吗？你倒是说话呀！"衣繁夏被折磨得忐忑不安，抓着斌威的手臂晃来晃去。

斌威一副捉摸不透的模样，直到巧克力在口中散尽最后一丝苦涩，他才疑问道："这个味道跟衣叔叔做的不太一样，但又……"

"又怎样？"

“那个苦味很香很香。”斌威对巧克力的味道有些意犹未尽。

衣繁夏很是神秘，面带窃喜：“我尝试了许多次，才拿捏到添加咖啡粉的最佳计量，不会太难吃吧？”

斌威竖起拇指，赞不绝口：“虽然比衣叔叔的手艺是差点儿，但这个味道还是很醇香的，我觉得只要你再加紧练习，一定能获得肯定。”

能够想到在巧克力中添加咖啡粉，是因为衣繁夏路过咖啡馆时看见店老板正在研磨咖啡豆，而且在与敖嘉彦一起补习功课时，她曾经闻到过邻座飘过来的咖啡香味，那为什么不能放到巧克力里面呢？

人有时候的希望往往就来自他人的一句肯定。

在得到斌威的认可后，衣繁夏这才鼓起勇气央求道：“你能帮我个忙吗？”

沉浸在巧克力美味中的斌威，并没在意她说的话，而是径直从她怀中拿过盛放巧克力的小方盒，边吃边问：“那手提袋里装的什么？”

“是巧克力。你能帮我送给一个人吗？”衣繁夏的眼底闪着期待的光芒。

听闻衣繁夏要送东西给别人，斌威立刻恢复一本正经的样子，她没什么朋友，而且与蒋如婷的事他也有所耳闻，思来想去就只剩下一个人了：“该不会是敖嘉彦吧？”

衣繁夏怯怯地点点头，解释道：“听说他请假了，我不方便去找他，而你刚好在敖家工作，求你帮我带给他吧。”

衣繁夏撒娇的机会并不多，可这仅此一次却用在了敖嘉彦身上，这让斌威心里很不是滋味。

见斌威冷着张脸，衣繁夏的小脸忽然一皱，央求道：“去嘛，我也想把自己努力的成果与别人分享，如果你不帮我的话，我就无法专心准备明天的比赛了。”

衣繁夏软硬并施，最终还是说服了斌威，他略带不悦地叹口气：“真是被你打败了，真不知道让你参加比赛是不是正确的选择。”

“既然是我选择的，不管对与错，我都要走下去。”衣繁夏斩钉截铁地说道，不带一丝胆怯。

在斌威的眼里，如今的她再也不是喜爱躲在黑暗角落里的小女孩，他可以放心看她独自前行，却终究会为她牵肠挂肚。

他看她着急离开的背影，兀自念道：“衣繁夏，你要加油！”

的确，衣繁夏在心底暗自发誓，这一次的比赛无论如何都要赢，并不是她多么看重输赢，而是为了父亲的死亡真相。

回到住处后，衣繁夏便开始准备第二天比赛时需要用到的材料。

可可液块、可可脂、糖粉……因为比赛的举办方会提供制作器材，所以衣繁夏将全部精力都集中在原材料的准备上，为了不被打扰，她连手机都调成了静音，以至于敖嘉彦的短信都没能看到，甚至忘记了时间。

那时刚过傍晚五点，天空灰蒙蒙的令人压抑，准备完比赛材料的衣繁夏正揉着酸痛的脖子，突然响起一阵敲门声。

衣繁夏疑惑地想，这个时间会是谁来呢？今天已经见过斌威了，况且他今天还需要上班，至于同学们几乎没人知道她的住处，而正当她想开口询问时，门外忽然响起一个熟悉的声音：“繁夏，你在家吗？”

“蒋如婷？”衣繁夏在心底嘀咕着，慢吞吞地打开门，只见蒋如婷一脸的焦急，她问道，“你怎么会来这里？”

衣繁夏侧身将蒋如婷让进屋内。

也许是没想到衣繁夏的语气会这般生硬，蒋如婷站在门口竟被问得哑口无言。

衣繁夏更觉奇怪，忍不住再次发问：“你来找我有什么事吗？”

“我……”蒋如婷吞吞吐吐半天，终于开口道，“你不要做森岩巧克力，也不要参加这个比赛好不好？”蒋如婷说着，两手紧紧地抓住衣繁夏的手臂，目光中透着祈求。

作为朋友，在比赛的前一天，不是来鼓励加油，反而说服放弃，本就对蒋如婷留情面的衣繁夏，此刻在与蒋如婷的皮肤接触间，再次感知到因说谎致使皮肤温度上升而产生的灼热感。这一次，衣繁夏不愿再隐忍了，她想要问一问，这些事情的背后到底隐藏了什么。

“我很好奇，你当初偷拍我与斌威的照片，根本不是为了参加摄影大赛，你当时说了谎，我都知道，可并不愿戳穿你。我给你机会等你解释，可你从没打算说出事情的真相，而你此刻又来说服我，你到底怎么了？或者你是知道了什么又或是被别人威胁？”衣繁夏将自己心底的疑惑和委屈全部诉说出口。

蒋如婷怯懦地摇摇头，看得出来，她在极力压抑自己的痛苦，甚至不敢直视衣繁夏的眼睛，话语在口中挤出：“真的，这次巧克力比赛你不要参加，你不是最讨厌巧克力吗？也许会输得很惨。”

人往往会有逆反心理，听到“输”字，衣繁夏心底很不是滋味，她一字一句地说道：“我自己认定的事情，不管对错，不管是否喜欢，都会一路走到底！”

衣繁夏的话，令蒋如婷无言以对，只是还不愿放弃劝服，而情绪也似乎到了崩溃的边缘，一番沉默后，蒋如婷突然激动地吼着："你为什么一定要参加比赛，安安稳稳做原来的自己不好吗？"

原来的自己。衣繁夏一愣，她在想原来的自己到底是什么样子呢？仔细回想，在自己的所有记忆中，似乎并没有哪件事特别值得怀念的，而她也十分讨厌曾经的自己。

衣繁夏知道，再与蒋如婷说下去也毫无结果，于是开口下逐客令："不管是原来还是现在，我都是我自己。所以，你别再说服我，离开我的住处吧。"

一句冰冷的话语，能够切断一段坚固的友谊。在衣繁夏说完这句话后，两个人都沉默不语，气氛变得异常尴尬。

那天蒋如婷离开时，衣繁夏倔强地直接走回了卧室，她以为自己可以狠心，至少在经历父母离世后，可以对任何事都能保持淡漠的心，原来人心真的是世间最难控制的。

哭泣了一整晚，衣繁夏才真正明白，她与蒋如婷之间的友谊，或许真就此而终了。

第二日，天刚蒙蒙亮，衣繁夏被一阵闹钟铃声吵醒，那时晨光从窗外折射进来，刚好落在她的脸颊上。为了给比赛留出充足的准备时间，她来不及仔细梳洗，便带着准备好的原材料冲出住处。

衣繁夏一路跌跌撞撞，刚跑到楼下时，就看见斌威靠在一辆脚踏车旁朝她挥手，不住地唤道："繁夏繁夏，我的姑奶奶，给你打了十几通电话都不接，可把我冻死了。"

衣繁夏这才注意到，清晨的寒风虽不至于刺骨，可长久地站在其中却也会令人瑟瑟发抖，她不禁裹紧外套，一溜烟跑到斌威面前，疑惑地问："你怎么会在这儿？"

"难道让你一人去吗？"斌威拍拍脚踏车的后座，催促道，"特地请假陪你去比赛，还不快上车！"

这个时候，没有比这句话来得更及时，衣繁夏跳上脚踏车的后座，一手抱着材料，一手抓着斌威的衣角，清晨六点，晨曦恍恍，凉风拂面，老街上的行人甚是稀少，整条街看上去虽然寂静，却并不寂寥。斌威努力蹬着脚踏车，迅速穿过老城区的青石马路，路两侧的杨树落叶已尽，骑车走在凹凸不平的路面上，颠簸得就像湖中泛舟般左右摇曳。

那样的清晨给了衣繁夏一种别样的感觉，舒畅、轻快，好像连比赛的紧张感都因此被缓解了。她以为，关于比赛只要正常发挥就好，可事实上真会如她所愿吗？

比赛地点在云端集团十楼会议室内。

衣繁夏与斌威赶到比赛现场时刚好八点半，楼道上挤满了等待入场的观众，偶尔有一两名身穿白色厨师服的参赛者，正忙碌着将比赛用到的材料搬进赛场。

衣繁夏顺着人群朝比赛会议室走去，直到站在会议室的门口，她才意识到这间所谓的会议室，与我们所认知的开会场所有所不同。它宽敞的程度好似一个足球场，会场中间摆着一列列红色的固定软椅，此刻为了方便比赛，工作人员正在拆卸红色软椅，整个会场看上去更加宽敞，而最前方的主席台上摆满了花束。

这样大的场景对于患过社交恐惧症的衣繁夏来说，有些不太自在，斌威见她呆愣在门口，不禁安慰道：“是不是紧张了？别担心，我会一直坐在观众席中给你加油的。”

衣繁夏轻笑着冲他点点头，抱紧自己的比赛材料就往签到区跑去。

经过一轮参赛者身份核查登记后，比赛正式于九点开始。

衣繁夏被排在了倒数第二名，因此她的制作班台更靠近观众席，在很多人看来，这样的位置太吵，会影响到比赛的质量，但在衣繁夏看来，这样的位置反倒离斌威更近些。

衣繁夏缓缓走到比赛区域，她这才看清一起参加比赛的人，除了她和牧苒外，大多是上了年纪的叔叔或阿姨，站在这些人中间，感觉自己就像是乳臭未干的毛头小孩，单单从年纪上她就觉得自己输了一半，而更让她措手不及的是，自己准备的原材料里，糖粉却不知为何变成了颗粒较大的白砂糖。

衣繁夏惊得一身冷汗，虽然她制作巧克力的经验并不多，但这段时间按照父亲的笔记实践，她发现纯可可脂和可可液块做的手工巧克力中是不能加入白糖的，不仅不熔化，巧克力凝固后糖还是呈现白色颗粒状，十分影响巧克力的口感。

“嗨，衣繁夏你怎么了？”见衣繁夏盯着材料发呆，坐在观众席中的斌威关切地提醒道，“比赛是有时间限制的，你别发愣呀。”

衣繁夏回头望向斌威时，刚好看到斜后方同样参加比赛的牧苒，正靠在制作班台旁笑得面若桃花。

毋庸置疑，比赛材料被调包肯定与牧苒有关！

可衣繁夏转念一想，这些日子，自己跟牧苒几乎没有见面的机会，而且比赛材料都是亲自准备的，到底是哪个环节出了错呢？她怎么也想不明白。

2

得意扬扬的牧苒冲着衣繁夏的方向昂起胜利的头颅，声音未发，嘴唇却按照字音的形状变换着：“你输定了！”

而在观众席中，衣繁夏看到了坐在最后一排的蒋如婷，两个人视线相对，她便明白了一切。

衣繁夏仔细想了下，昨天傍晚自己在整理原材料的时候，只有蒋如婷来过自己的住处，而蒋如婷也的确进过厨房。

虽然原材料被调包这件事有了眉目，可眼下对衣繁夏来说，如何顺利完成这场比赛更为重要。

如今手里只剩下白砂糖，倘若想继续完成比赛，衣繁夏必须将这些白砂糖熬成糖浆，只是要做好糖浆对制作者来说，把控时间的能力必须分秒不差。

倘若时间不够，砂糖未全部熔化，那么做出的巧克力便有颗粒感，而如果熬制过头，糖浆则会变成焦糖，这两种结果都会使巧克力的制作被判失败。不过，此时的衣繁夏已经别无他法了。

原本衣繁夏准备制作黑巧克力，可因为这突如其来的状况，她反倒想迎难而上，况且她不愿与牧苒制作相同的东西，于是临时决定制作白巧克力。

衣繁夏毫不示弱地看向牧苒，嘴角挑起一抹示威的笑，仿佛是一种宣战。

比赛的时间只有一个小时，衣繁夏先取出一只小锅，先后加入了45g淡奶油、砂糖和奶粉，然后小火熬煮奶油糖浆，为了防止煳锅，她一刻不敢马虎地搅动着，时间大概过了五分钟，衣繁夏用汤匙舀出一勺糖浆，细细品味一番后感觉糖渣还未完全熔化，她只得看着时间继续熬煮，其间不断观察，直到口感变得细腻柔滑她才将冒着热气的糖浆倒进可可脂块中。

可可脂块在80℃的水中加热，其间要一直搅拌，直到可可脂块全部变成透明液体；再加入奶油继续搅拌，并利用热水继续调温，直到混合物变得细腻。

这一系列程序做下来，衣繁夏只觉得右手臂酸痛得抬不起来，她咬咬牙，坚持着将巧克力液倒入塑形模具中，为了能在有限的时间里完成制作，她将模具放入冷藏室冷却成型。

比赛的评委都是年纪略大的长辈，而在衣繁夏的记忆里，这些人都与父亲有过交集，只是上一次见到这些人时还是在两年前的意大利。

如今再想到两年前的事情，衣繁夏的悲伤已经减少许多。她将思绪从回忆中抽离，余光刚好看到不远处的牧苒，正在为巧克力做最后的摆盘，那是心形巧克力，看牧苒桌上的材料，她做的应该是酒心巧克力。

能在比赛场上做酒心巧克力，可见牧苒是做足了准备，而再看看自己刚从冷藏室取出的造型普通的白巧克力，衣繁夏的心里变得不自信起来，只是这种不自信，有时候偏偏迎头而来。

刚从冷藏室取出的白巧克力不过几分钟的时间，形状便松垮下来，模样一看便知是出自业余选手之手。衣繁夏半低着头等待评委前来品尝，内心是前所未有的忐忑不安。

四人的评委队伍中站在最后面的是敖嘉彦，衣繁夏紧盯着评委品尝时的表情，可他们时而点头时而摇头，偶尔还会私下低语几句，看得衣繁夏在心底都为自己判了失败，直到敖嘉彦尾随而来，只见他吃下一口白巧克力，满眼都闪烁着惊讶和喜悦，他竖起大拇指，小声赞叹道："我很久没吃过这么香醇的巧克力了。"

衣繁夏噘着嘴，完全无视了他的赞美，在她看来，敖嘉彦不过是为了安慰她而说好话罢了。

然而那天的比赛却让人出乎意料！

待评委们将十组选手制作的巧克力全部品尝完毕后，又经过一番商讨，评委组给出的最高分数，竟然是衣繁夏做的极为普通，甚至说是失败的巧克力。

所有的选手都提出了质疑，这其中情绪最激动的就是牧苒了。

牧苒直接冲到衣繁夏面前，指着她质问评委组："你们看她做的巧克力根本不成型，怎么就能是这次比赛的冠军呢？这也太不公平了！"

此时，一位面容和善的女评委站起身，这人看上去四十岁有余，透着淡淡酒红色的卷发塞在耳朵后面，衬得珍珠耳环很是洁白，而身上是一件墨绿色的呢子大衣，看上去很是知性。女评委推推鼻梁上的眼镜，解释道："鉴别巧克力需要四个步骤，看、听、闻、尝，好的巧克力的确是表面光泽、平整，我承认好的卖相很重要，可是不要忘了，我们这次比赛的主题是寻找这个时代最值得回忆的巧克力。"

女评委的话还是无法令牧苒信服，牧苒继续反驳：“每个人的回忆都不同，你怎么知道衣繁夏的巧克力，就是大家甚至是这个时代所回忆的味道？”

“因为森岩巧克力！”另一名男评委补充道，“在巧克力行业里，衣宁崎的森岩手工巧克力，在海内外都享有知名度，而它的味道苦甜适度，多少一分都是多余，而衣繁夏今天做的巧克力，虽然卖相不好，可味道却是我两年来品尝到的最像森岩巧克力的，而且也很符合这次比赛的主题！”

果然，付出努力必有回报。虽然衣繁夏对于获得冠军充满喜悦，但一想到自己即将进入敖家别墅查找父亲死亡原因时，她整个人就像进入战备状态的战士。

那场比赛是在牧苒的愤然离场下结束的，待参赛选手和观众散尽后，衣繁夏迟迟不愿离开，斌威从观众席上走下来，拽拽发呆的衣繁夏，问：“得了冠军为什么你还一副失魂落魄的样子？”

“你知道吗？有时想要发掘真相的决心，与得知真相后的恐惧感是成反比的。”衣繁夏眉头凝重地说道。

斌威知道，人生中的有些事，只有当事者自己才能做决定，旁人无法给予帮助。他抬手拍拍衣繁夏的肩膀，安慰道：“不论你做什么决定，我都会站在你这边。”

两个人站在空旷的会议室里说着话，敖嘉彦适时走来，热情地打招呼：“嗨，你们怎么还在这儿？”

“倒是你，怎么会跟在评委们后面，这个冠军该不会是你故意放水让我得到的吧？”衣繁夏又端起往日的冷漠，她讨厌亏欠别人，更讨厌被别人照顾，所以她要问清楚。

敖嘉彦一愣，匆忙解释道：“即便这场比赛是我父亲公司举办的，可是你觉得，我有能力去控制四名评委的想法吗？”

敖嘉彦话音刚落，斌威便补充道：“我觉得他说的有道理。”

这两个曾经水火不容的人，此刻倒一唱一和地很有默契，令衣繁夏无从反驳。

然而对敖嘉彦来说，更重要的事是向衣繁夏告知她的去处，他一脸兴奋地说：“你应该知道，这次比赛的冠军会进入敖家，成为专职的巧克力师傅，主要工作就是为我制作巧克力，如果云端集团有大型会议时，也需要你制作巧克力送过去。”

那天衣繁夏才知道，自从敖嘉彦的母亲去世后，父亲敖瀚便答应他为其寻找能与森岩巧克力相媲美的味道，所以云端集团才会每年举办一次巧克力比赛，而过去的那些年里，竟然没有一种巧克力能得到敖嘉彦的青睐。

如此想来，衣繁夏反倒觉得自己有些幸运，紧皱的眉头这才略微舒展，轻声问道："我还要上课，可能不能每天都去你家制作巧克力。"

敖嘉彦双手一摆："这个你放心，平时你照常上课，只需要在周六周日来就好。"

见敖嘉彦这般照顾衣繁夏，斌威匆忙插嘴道："繁夏你放心，忙不过来的时候还有我。"

斌威说完，突然觉得身旁投来一道寒冷的眼神，他迎上敖嘉彦的目光，两个人之间的战火似乎又要蔓延起来。

衣繁夏不愿夹在两个人中间，于是捏起一块剩下的巧克力兀自嚼起来，边吃边嚷道："你们消停一会儿吧，巧克力还剩下不少，大家快来分一下，不然真的会浪费的。"

衣繁夏的话很奏效，三人围在桌台旁吃着白巧克力，一会儿闲聊一会儿斗嘴，于三人而言，这都是彼此人生里为数不多的一次轻松的聚会。

既然有了进入敖家的机会，那么衣繁夏与敖嘉彦的见面场所，也由学校延续到了家里。

一周后的周末，衣繁夏首次进入敖家别墅，那天刚好斌威上班，听说她要来，来不及换掉厨师白大褂就跑到大门外，不住地抱怨："要来怎么不提前说一声？"

"我是来工作的，又不是来住宿的，你别小心翼翼地把我当温室的花朵好不好？"从小就被斌威宠溺着的衣繁夏，不止一次告诫过他，可下一次却被宠溺得更加厉害，生怕她会被别人伤害。

而且斌威更担心的是，衣繁夏与敖嘉彦以后见面的机会更多了，更何况他的直觉告诉他，衣繁夏并不讨厌敖嘉彦。

可是怕什么来什么，刚补课回来的敖嘉彦看着两个人站在门口，一溜烟儿地跑了过来，说的话竟然和斌威的一样："怎么你要来也不提前告诉我一声？"

只这一句话，令衣繁夏略微尴尬，也令斌威气不打一处来。

斌威将衣繁夏掩在身后，冲着敖嘉彦用警告的口吻说："你就做好你的少爷吧，她我会照顾好的。"

人最怕被比较，尤其像斌威这样毫不怯懦的对手，更是激起了敖嘉彦的斗志。

"既然你也知道我是这家的少爷，你应该服从我的安排，现在我命令你，赶快回到你的工作岗位上去，我立刻要吃午饭！"敖嘉彦拿出从未有过的霸气指示着斌威。

衣繁夏左右看看两个都不愿服输的人，丢下一句“你们真的好幼稚”后，便径直走进敖家别墅。

3

那是衣繁夏第一次进入敖家别墅，别墅内回廊蜿蜒，房间众多，装饰考究，一时间竟让她迷失了方向，只得凭感觉朝别墅深处走去。

此时在别墅外，还互不相让的斌威与敖嘉彦二人，正好碰到了外出归来的沅叔。

“还不快进去，老爷在里面会见客人呢，要是被撞见只怕又是一番责备。”沅叔语重心长地说着，手拿一摞文件朝别墅顶层走去。

敖嘉彦与斌威就此不欢而散。

父亲在家，敖嘉彦虽偶尔会反抗，可实在不敢时常忤逆他，只得先乖乖回卧室，至于斌威，除了找衣繁夏，其他的一切都不重要。

衣繁夏其实并没跑丢，而是被乔姨带去了厨房，说是老爷在会见客人，需要做些甜点招待，刚好听说她是巧克力比赛中的冠军，乔姨怎么也要她露一手。

厨房中，主厨吴先生正在忙着做午饭，他看上去不过三十岁的模样，身材高大魁梧，一身洁白的厨师服很是干净帅气，为人也很是热情友善，看见衣繁夏，吴先生乐呵呵道：“太好了！我最不擅长做甜品，以后可有人来帮我喽，不过……你年纪不大，真的可以吗？”

说到做甜品，衣繁夏的确是个外行，不过通过这次巧克力比赛，她倒是发现了钻研的乐趣，那种通过自己努力而得以收获的心情，第一次占据了内心，久久不散。

衣繁夏深知自己的能力有限，谦虚道：“我参加比赛的巧克力做得都很失败，不过我很喜欢琢磨。”她又看向乔姨，问：“今天来得匆忙，没有什么准备，不如我做些巧克力饼干如何？”

乔姨想了会儿，点头应允。

衣繁夏支起锅，用厨房剩下的材料制作起巧克力饼干，软化黄油，加糖粉、鸡蛋、面粉揉成面团并擀压成面饼，一切准备就绪后，她跑去向吴先生学习烤箱的操作方法。

敖家别墅的厨房是用玻璃围成的开放式风格，透过玻璃能够看到二楼的会客厅，衣繁夏看见客厅有个人影一闪而过，继而坐在沙发上，再定睛看去，沙发一面坐着敖瀚，而对面的那个人，竟惊得衣繁夏手一抖，直接贴在了滚烫的烤箱上。

她本能地叫出声，吴先生匆忙上前帮她用凉水冲洗，又顺手涂了些橄榄油。

那一瞬间的疼痛并没有抵消衣繁夏的震惊，视线再次穿过玻璃，她真切地看清了那张熟悉又陌生的脸，口中念出那个人的名字：“衣蝶儿。”

姑姑怎么会出现在敖家别墅内？与敖瀚见面的理由又是什么？这一切就像是未知的大陆，令衣繁夏无比好奇。

见衣繁夏一副出神的模样，乔姨很是担心，毕竟敖嘉彦曾嘱咐过，要对她多加照顾。

“女孩子烫伤若留下疤痕可就麻烦了，我带你去搽些药膏。”乔姨将衣繁夏拉到客厅，正要转身去拿急救箱，敖嘉彦与斌威各自从卧室和别墅外走来，听闻乔姨的一番话，二人面露急色。

敖嘉彦与斌威凑上前，你一言我一语地问道：“怎么烫伤的？让我看看。”二人争抢着，险些撞到衣繁夏。

这窘迫的状态令衣繁夏无所适从，毕竟朋友突然的关心，在她的生活中是那样屈指可数。

“斌威，这是我家！”敖嘉彦像个孩子一样气鼓鼓地说道。

斌威自然不愿服软，不假思索地反驳：“她是我家人！”

沉默半天的衣繁夏终于开口道：“你们都给我走开！”说罢，愤然离开。

“你们都给我回到各自该去的地方！”乔姨抱着急救箱站在楼梯上，居高临下地呵斥这两名行为幼稚的男孩子，见敖嘉彦与斌威依然没有散去的意思，乔姨走下楼梯，问道：“少爷，你不是要学习管理课吗？还不快走。”说完又转身看向斌威：“你的午饭做好了？还是要我叫吴先生来带你走？”

平日里的乔姨很是和善，但若遇到正事，满脸严肃的样子却也总能镇住周围的人。

敖嘉彦虽然是少爷，可面对此时的乔姨还是有所顾忌，恋恋不舍地转头看向衣繁夏离开的方向，求道：“让我看一下她的伤情好不好？”

“再不走，我可要叫沅叔来了。”乔姨威胁着拿出手机，敖嘉彦只好悻悻离开。

所有人都很在意衣繁夏的伤情，可她自己却毫不在意，她一个人游荡在楼梯口，刚想走近听一听姑姑跟敖瀚谈话内容时，一个高大的身影突然横在她身前，制止道：“闲杂人不能进这里，请认清你的身份。”

待看清此人是沅叔后，衣繁夏不自觉地后撤了下身子，与之保持在安全的距离外。可见当年的绑架事件，在她心里留下了不可抚平的创伤，时至今日都令她谨慎难安。

可眼前的沅叔是她目前揭开真相唯一的希望和线索，所以她必须迎难而上！

衣繁夏努力挤出微笑，抱歉地说：“抱歉，我还不太熟悉别墅内的房间走向。”

“你跟好乔姨，听她安排就好。”沅叔说话的语气冷冰冰的，不带一丝情感。

跟沅叔说不上话，更别提去寻找关于真相的蛛丝马迹，她甚至不敢断定沅叔就是绑架凶手。衣繁夏并不敢轻举妄动，鞠躬道别后便缓缓朝一楼走去。

衣繁夏在脑中不停地想着如何进行下一步，乔姨冷不丁地从厨房走出来：“繁夏，你手受伤了，要不今天就休息吧，甜品我交给吴先生来做就好。”

因为自己的失误而受伤，衣繁夏可不想无端受他人照顾，连忙解释：“伤并不严重，这点儿伤都忍不了，我以后还能做什么？我这就进去做甜品。”

此时，吴先生已经将饼干烤好，见衣繁夏进来，不住地夸赞她调制的面粉松软适度，甜味刚好。

“那我端上去吧。”衣繁夏抓到机会，自告奋勇地去端盘子，却被乔姨拦住。

乔姨接过托盘，告诫道：“想要在敖家别墅工作下去，就要记住要各司其职。”大概乔姨自己也觉得语气有些严肃，转而笑语：“如今像你这样勤快的女孩也是不多了。”

在敖家每个人必须按照分工工作，不可逾越，更不可脱离自己的工作区域，所以衣繁夏的工作范围就只有厨房，其他地方一律不可随便进入。

衣繁夏尴尬一笑，应承道：“好，我知道了，以后会注意的。”

不过也只有衣繁夏自己心里清楚，这所谓的勤劳不过是她的障眼法，她不过是想接近客厅，听一听姑姑与敖瀚的交谈内容，只可惜这一次她的计划落空了。

穿过厨房的玻璃窗，衣繁夏看到姑姑满面笑容地朝门口走去，乔姨也叹口气：“看来这甜品不用送了，留给少爷当夜宵吧。”

乔姨说完转身就走，吴先生则聚精会神地切着一块生鱼片，整间厨房变得异常安静，所有的人都按部就班地做着自己的事，只有衣繁夏像打了败仗的小孩，失魂落魄地推开厨房大门。

“繁夏。”

听到呼唤声，衣繁夏从失落的情绪中抬起头，只见斌威手拿烫伤膏，怜惜地盯着她看。

“看你眉头皱的，该不是又闯什么祸了吧？”斌威胡乱猜测着。

衣繁夏没有心情开玩笑，闷闷不乐地摇摇头：“我看到姑姑来敖家别墅了，还跟敖瀚聊了许久。”

“姑姑？她来这里做什么？”斌威被衣繁夏说得有些疑惑不解，绞尽脑汁也想不出姑姑与敖瀚会有怎样的交集。

每一件看似平常的事情，在肉眼无法识别的地方，总有暗流在伺机涌动。

衣繁夏敏锐的直觉告诉她，姑姑衣蝶儿这次来敖家必定有着不为人知的秘密。

“快别皱着眉了。”斌威伸手抚平她的眉头，继续打趣地说道，“年纪轻轻的模样，怎么看上去像个小老太婆，先别想那些烦心事了，现在最重要的是涂烫伤膏。”

说罢，衣繁夏被斌威扯到了台阶旁，只见他手法娴熟又小心地将药膏涂在她的手背上，两个人沉默不语而看上去又十分默契。只是他们并没注意到，站在楼梯口的敖嘉彦面色凝重，极其不自然地将手中的烫伤膏塞进衣兜里，而他离开的背影中也夹杂着落寞。

沉默的气氛是被斌威打破的，他猛然抬头，恍然大悟：“前几天姑姑来找过我，想让我去她的Lucky Cake Shop帮忙，还问了我是否会制作森岩巧克力，不过我当场就拒绝了。那时听店员闲聊，好像是制作甜品的巧克力出了问题，难道姑姑是为了这个才来敖家的？”

衣繁夏是知道的，姑姑的Lucky Cake Shop的巧克力一向是用森岩巧克力为原料的，不过在她的意识中，一种巧克力没了，大可换另一种品牌。而敖瀚的云端集团也一直在做巧克力，自从问题巧克力事件后，云端开始主打巧克力高端品牌。

不过，眼下最重要的事是先查清沅叔的底细，衣繁夏左右衡量了一番：“先不管姑姑了，眼下我有更重要的事做。”

斌威知道，她所谓要做的事就是查出真相，而倔强如她，断然不会听取旁人的劝解。他只希望，她身上的负重能在日后的某一天全部卸下，还她一个少女该有的青春模样。

那些日子衣繁夏迷上了制作巧克力，反倒是敖嘉彦，不知是不是父亲的原因总是请假。

那天午后，吃过饭的衣繁夏刚走进学校大门，就看见了前方的敖嘉彦，她喊了两声，他却没有要停步的意思。

“敖嘉彦，敖嘉彦……”

见敖嘉彦终于要回头了，衣繁夏开心地跑到他面前，问："你不是请假了吗？怎么又回来了？"

敖嘉彦明显一愣，额头上也渗满了汗水，看上去有些紧张，他回答道："我忘了拿课本。"

其实衣繁夏一直想问一个问题，毕竟是快要参加高考的学生了，关于敖嘉彦会考取哪所大学她也有些好奇，她想了会儿还是问出了口："报考的大学我想好了，就是远海大学，你呢？"

敖嘉彦支支吾吾半天，末了这样回答道："你去哪儿我便去哪儿。"

虽然是简短的一句回答，却撩拨起衣繁夏的小小心脏，她羞红了脸颊，从书包里拿出一个小锦盒塞进敖嘉彦的手中，说："这是我新做的抹茶巧克力，送给你！"

对于送礼物这件事，女孩子似乎更容易害羞，所以衣繁夏这会儿就像小偷遇见警察一样，疯了一般地跑向教学楼。

入冬后的远海市雨水反倒增多。

衣繁夏最讨厌下雨天，淅淅沥沥，淋湿了发梢、浸灌了鞋袜，湿乎乎的，总是很不方便，而更让她心生烦躁的是，一再延后的家长会将在这个周六举行。

而家长会，对于一个孤儿来说，是承载所有痛苦的词语。

放学后，衣繁夏独自朝校外走，身后跟着的蒋如婷关心地问："今天还要去敖家工作吗？"

那时，衣繁夏与蒋如婷的关系已经很是疏远，只是面对问候时，出于礼貌予以回答罢了。

衣繁夏未抬眉眼，只是轻点着头。

见雨水淋湿了衣繁夏的衣服，蒋如婷好心地将自己的伞让给她："去敖家还有段路，伞你拿着。"

衣繁夏抬手阻挡住蒋如婷的好意，说："没关系。"

看出她坚决的态度，蒋如婷也识趣地不再跟上前。

入冬的雨不比春雨，落在皮肤上都带着冰霜的温度，衣繁夏淋了一路，待她赶到敖家时，衣服边缘都在滴着水，因为斌威请了假，厨房里因为要赶制敖家晚宴的菜肴忙得不可开交，还来不及换下衣服，她就被指派到厨房帮忙。

主厨吴先生是对工作一丝不苟的人，见衣繁夏狼狈的样子，不悦地甩过一条毛巾：“赶紧擦干净，对我来说厨房就是战地，必须严谨利落。”

衣繁夏强装淡定地擦干净身上的水珠，心底却冒出一丝委屈，只是为了不影响工作，她拿出了自己为数不多的热情。

晚宴的菜式制作得很精巧，这也是衣繁夏第一次见识到吴先生的厨艺，果然名不虚传！她曾听斌威说过吴先生的事迹，吴先生原名吴帅，出生于美国，成长于新西兰，在十八岁那年才真正接触中国，不过作为一名中国人，吴先生很快适应了中国生活，让本就热爱烹饪的他更加痴迷菜系庞大的中国菜。

但也正是因为对菜肴的这份热爱，吴先生全程都不肯让衣繁夏进入后厨，只给了她一些洗菜、刷碗的活，衣繁夏自知能力有限，在认真干活的同时，也慢慢在吴先生身上发现了作为厨师的执着。

那天的工作，让衣繁夏一直忙碌到了晚上八点，准备离开的时候，原本淅沥的小雨变得更加急骤，衣繁夏站在敖家大门内，冷风一吹竟忍不住打了个喷嚏，半湿的衣服令身体微微颤抖着，再望一眼夜幕中的雨帘，她开始纠结今晚到底要怎样回家。

正在衣繁夏不知所措的时候，手机传来一条短信：今晚上课出不去，我在花房的薄荷丛下放了送你的礼物，快去找找看。

这段时间，敖嘉彦被父亲逼得紧，学习的课程也从学校文化课、管理课转移到企业经营，自然与他见面的机会也少之又少。

不过衣繁夏烦躁的心情，倒因敖嘉彦的这条信息而变得欢愉许多，即便经历了沉重的过往，可女孩子心中还是需要被人呵护的。

来敖家有段时间，衣繁夏对别墅的构造也有了一些了解，花房是敖家种植花卉的地方，虽然说不上是奇花异草，可也算得上是品种繁多。

衣繁夏穿过花园，一路小跑着赶到花房，打开木门的瞬间，花的芬芳和泥土的清润气息扑面而来。

这是衣繁夏第一次来花房，只这一次便让她深深喜欢上了这处地方。因为在敖家别墅的每一个地方都充满冰冷的铜臭味，而只有花房温暖芳香、绿意盎然，恬静得犹如静待云端的精灵。

花房内有两处园地，园心种植着各种说不上名字的花草，园四周则是一簇簇绿油油的薄荷草，衣繁夏伸手在薄荷草中摸索片刻，突然碰到一个硬物，拿出一看竟然是一把水蓝色的折叠雨伞，伞面上点缀着细小的碎花，很是好看。

看着这份礼物，衣繁夏心中一暖，她将伞抱在怀中怎么也舍不得用，走出敖家别墅时还忍不住埋头闻了闻，伞面上还沾染着薄荷草的凉凉幽香。

敖嘉彦由二楼的窗户望去，将她羞涩的模样尽收眼底，他知道，她是喜欢这份礼物的。

雨雾中，衣繁夏沿着敖家别墅外的空旷大道走去，头顶的伞布折射出街灯橘黄的光线，星星点点的雨滴肆意地落在伞面上，化成一粒小水珠。

许是因为富人区，又是雨夜，行人和车辆几乎绝迹，以至于那条路异常寂静。衣繁夏在雨中迈着愉快的步伐，高兴得一路哼着小曲，耳边由远及近地传来一阵摩托车的轰鸣声。

那刺耳的声音在雨夜中像一颗随时会爆炸的炸弹，令人感到不安。

摩托车的发动声似乎就在耳边，衣繁夏停住脚步，回身望去的时候，一个黑影飞速从她眼前掠过，不等她回过神，雨中一道银色的影子直奔她而来，锋利的刃口不禁令她心头一缩："是匕首！"

危险中的自我保护意识让衣繁夏抬手一挡，蓝色的雨伞瞬间被划破，而她也被一股巨大的冲力推倒在花丛里，掌心被灌木丛划出了道道伤口，浸着雨水疼痛难忍。

然而驾驶中的摩托车并没有停止，那个身穿黑色衣服、戴着头盔的人似乎很怕被人抓到，甚至都没有确认衣繁夏的安危，便只顾疾驰而去。

回过神的衣繁夏捡起掉落的雨伞，心疼地抱在怀中，不禁自责道："第一次收到敖嘉彦的礼物，我却没能保管好它，我真是太没用了。"

顾不上自己被淋雨，衣繁夏扯着被划破的伞布仔细寻看着，想着用什么方法能够将它修补好，可也正是这一看，令她不禁倒吸一口凉气，整把伞不仅伞布被划破，连伞骨上都留下了一条深深的划痕。

"这是有多大的仇恨啊？看来这并不是一场普通的抢劫。"原本以为不过是一场抢劫的衣繁夏，现在看来的确是有蹊跷，或者说这是一场蓄谋已久的谋杀？

她不敢再往下想，也许以后还会发生这样的事情，也许会比这更恐怖。

在这样一个雨夜中，衣繁夏再一次与生死相交，这不禁让她想起了两年前的意大利，只是相比于当年，如今的她更多了一份沉稳。她紧紧抱着那把蓝色雨伞，用颤抖的双脚艰难地朝前走，她在心里告诉自己："这一次不管遇到何事，都要勇敢地面对，决不逃避，绝不让真相再次被埋没！"

Weitian Shaonü
Chuxin Ji

第八章

落在掌心的薄荷草

1

关于那晚被袭击的事情，衣繁夏对任何人都未再提及，而最先发现她伤情的是敖嘉彦。

那是周二的下午，衣繁夏所在的班级好不容易迎来了一堂体育课，同学们都兴高采烈地在操场上你追我赶，或闲聊或玩耍，只有她，满腹心事地坐在校区的花坛下，而别人的欢笑声则更显出她的孤独。

衣繁夏望着那些熟悉而又陌生的同学们，忽然视线中出现了敖嘉彦的身影。

敖嘉彦的班级临近操场，而想要离开学校，必定要穿过校区花园，两个人的视线也在不经意间碰撞在一起。

“上课的时间你要去哪里？”衣繁夏疑惑地提醒着，看他紧皱的眉头，似乎是发生了什么重大的事情。

敖嘉彦向来是个稳重的人，可他蓝色的眼眸中却透露出一丝惊慌，但很明显又在极力压抑着自己的情绪。他走到衣繁夏的面前，只一垂眉便看到了她掌心的伤痕，忧心地问：“这是怎么了？刚烫伤没多久怎么又擦伤了？生命是自己的，万不可轻易受伤。”

今天的敖嘉彦与往日有些许不同，连说的话都似有暗喻，只是衣繁夏知道自己不善说谎，又不愿让他知道自己所经历的事情，于是假装无所谓的样子，说：“走路的时候不小心摔倒了，手刚好擦到了地上，不碍事的。”

敖嘉彦心中似埋藏着千头万绪，伸手揉了揉衣繁夏的长发，用极小的声音说道：“真想好好保护你，保护那些我在乎的人。”

大概是他的声音真的太小了，衣繁夏探头问：“你说什么？”

“哦，没什么。”敖嘉彦尴尬地低下头，又突然看向她，郑重其事地说，“繁夏你记住，不论发生何事，我都会站在你身边的。”

说完，敖嘉彦便匆匆地跑出了校园。

那时，衣繁夏便猜出敖嘉彦家中定是出了事，只是那些天她因家长会无人参加，而被老师天天叫去办公室了解家庭情况，一连三天她都没能去敖家。

衣繁夏正站在原处发愣，有名同学在远处唤她道：“衣繁夏，牧苒，班主任叫你们两个人去办公室。”

衣繁夏看了眼在操场上聊天的牧苒，她不愿与之同行，便率先离开。可不知牧苒是否故意，没多大会儿就跟了上来。

上课期间的走廊上，静得令人不敢大声说话。

牧苒压低了声音，问："没有父母来参加家长会是蛮尴尬的吧。"

这种层面上的挖苦，对衣繁夏来说毫无杀伤力，她随之冷笑一声："你那样对待自己的父母，难道就不尴尬了？"

一句话将牧苒说得无言以对，在漫长的沉默中，两个人终于走到了老师的办公室。

衣繁夏礼貌性地敲一下门，然而在推开门的瞬间，身后的牧苒突然开口道："你怎么会在这儿？"语气中带着不耐烦与厌恶。

在场的所有人，都被牧苒的状态吓到了。衣繁夏顺势望去，坐在班主任对面的是一位中年男人，头发半黑半白，看上去虽然苍老不少，可身子骨却十分健壮，而眉眼间与牧苒容貌相似，这让衣繁夏猜测到，这个男人就是牧苒的父亲。

"老师，你别怪我的孩子，牧苒平时很懂礼貌的，只怪我不太顾家。"牧苒的父亲谦卑地打圆场，不希望将自己女儿不好的一面展露给别人。

后面的对话衣繁夏再也没有多听，因为她所有的精力，都落在了牧苒父亲的身上，她总觉得，在这位谦卑的父亲身上，有种说不出的别扭感，衣繁夏正想再仔细看看他的面容，却被班主任打断道："衣繁夏，你先出去，等我们谈完话再进来。"

衣繁夏只得默默地退出办公室，隔着半开的木门也能将里面的谈话听得一清二楚，当然她要听的并不是谈话的内容，而是牧苒父亲的声音，真是异常熟悉。

衣繁夏聚精会神地听着，走廊的一端却传来一阵脚步声，她好奇地看去，来人是两名身穿警服的警察。

两名警察在衣繁夏面前停下，又看了看手中的照片，其中一人问道："你是衣繁夏？"

衣繁夏弱弱地点点头，警察找自己会有什么事情呢？

"敖家别墅的沅叔你可认识？"其中一名年轻的警察厉声质问道，声贝大到连年纪大些的警察都看不下去了，圆场道："注意态度，这是学校。"

沅叔？为何警察来找她讯问沅叔？衣繁夏心中升起无数问号。

她迟疑片刻，谨慎地回答："认识，是与我一起工作的人。"

警察从衣兜里拿出一张照片递到衣繁夏面前，说道："崔沅已于昨晚十一点死亡，我们在他房间找到了这盒巧克力，据说这巧克力是你亲手做的。"

沅叔的死令衣繁夏无比震惊，她好不容易才在沅叔身上找到了些当年的蛛丝马迹，刚想要更深入地查找时，沅叔的死让线索戛然而止，更断了衣繁夏寻找真相的希望。

她深吸口气，让自己从混乱的思绪中回过神儿，这才强装镇定地问道："你们这是怀疑沅叔的死跟我制作的巧克力有关系？"

两名警察相视片刻，解释着："我们在巧克力上发现了有毒物质，所以麻烦你配合我们调查。"

巧克力的确是衣繁夏亲手制作的，并且分给了敖家别墅中的每一个人，虽然她送巧克力的初衷是找机会从敖家工作人员那里打探出和沅叔相关的信息，可巧克力中她并没有做任何手脚。

被认为是凶杀案的嫌疑者，任凭衣繁夏经历过大风大浪也无法平静，她声音颤抖地辩护着："我没有杀沅叔，巧克力是安全的，整个敖家别墅的人我都送了，为什么别人吃没事？"

衣繁夏毕竟是个孩子，虽然还在强装镇定，可内心却已经乌云密布。

年长的警察有些于心不忍，忙安慰道："现在只是在调查阶段，你别太害怕。"

终归需要去趟警局了，衣繁夏只能收拾好心态，在与班主任做了交涉后，跟着警察离开了学校。

整个下午，衣繁夏都坐在警察局的审讯室中，昏暗的视线里，她看着两名警察不停忙碌，时而翻阅着案卷，时而抬头讯问她案发时的行踪。

见衣繁夏一副委屈的模样，好心的女警察给她送了一杯热水和一块饼干，而这些并不贵重的东西，却在那一刻安抚了她不安的心。她突然想起两年前在意大利的警察局里，没有一个人过问她的状况。

时间一分一秒地过去，关于案情的细节，衣繁夏一头雾水，直到一名警察走进审讯室，并将一份文件交给了那名女警："报告出来了。"

女警仔细地看了一番，抬头盯着衣繁夏，说："你的嫌疑现在被解除了，虽然可以离开这里，不过有需要的话，你还要回来协助我们做调查。"

衣繁夏悬着的一颗心终于在这句话后稳稳地落下，虽然自己没有了嫌疑，可她更想知道沅叔的死因，于是忍不住好奇地问道："沅叔到底是怎么死的？"

方才态度还算平和的女警，这会儿突然严肃起来："案情细节无可奉告，小姑娘，你快回去吧。"

衣繁夏也猜出不会得到什么有效信息，所以也并未一再纠缠。

回去的路上，她将自己遇袭和沅叔被杀的事做了联想，总觉得事情凑到一起并不是巧合。

原本只是想查出父亲死亡的真相，可如今又无端多出许多事情，袭击自己的幕后凶手是谁？伤害沅叔的凶手又是谁？这一切都让衣繁夏没了头绪，虽然前行的道路被阻，可她并没有退缩的打算，那份不甘心让她决定要一点点地去拨开真相，眼下就从查找沅叔死亡真相开始。

关于案情一无所知的衣繁夏，在思索一番后，想到了去沅叔的房间寻找线索。

那日的敖家别墅笼罩着一层诡异的气氛，使本就冰冷的大宅更加毫无生气。自家中出了凶杀案，敖瀚作为一家之主也早早地赶了回来，十几个人围在客厅中不知在商谈着什么，敖家的用人和清洁人员都聚集在客厅，衣繁夏仔细地寻找着，并未在那些人中看到敖嘉彦的身影。

也好，既然大家都聚在前厅，自然不会有人注意到她的举动。

衣繁夏轻手轻脚地离开，朝敖家别墅的后院走去。

后院有一栋独立的两层小楼，是给敖家别墅工作人员居住用的，因为多数人都是下班回家，所以这栋楼里只住着沅叔一个人。

小楼的正门已被查封，所有的窗户内都透着无底的黑暗，傍晚渐渐来临，冷风也肆虐而来，地上的落叶被吹得乱糟糟的，发出哗啦啦的响声，而再想到昨日还好端端的一个人，今天却无端死亡，到底是一件令人不舒服的事情。

要说不害怕必然是假的，衣繁夏带着一颗发毛的心，硬着头皮在四周寻找可以进入的地方。好在天无绝人之路，在小楼的背阴面，有一扇半打开的窗户，也不知是本就坏了还是被人破损过，巨大的防护窗竟然掉落一半，刚好可以使人从半打开的窗户里钻进去。

衣繁夏顾不得许多，脚下踩着几块碎石，吃力地爬上了窗台。室内一片黑暗，更让人觉得心里不踏实，而这片黑，总是让她无缘无故地想起两年前在意大利自己被绑架在铁皮屋的情形。

衣繁夏蹲在窗台边上，跳与不跳在心底纠结着，她双手紧攥成拳，自我告诫道："衣繁夏，你已经没有退路了，更没有可以依靠的肩膀，你要凭借自己的力量前行，靠自己克服心底的恐惧，所以跳下去吧，不管面对的是什么。”

衣繁夏下了极大的决心，眉头一皱，从一米高的窗台上跳了下去，大概是因为太过紧张，跳下时的动作幅度有些大，她只觉手臂瞬间传来撕裂般的疼痛感，下一秒就有黏稠的液体滑落而出，想来是被破损的玻璃片划伤的，她随手用衣角按压住伤口，又打开手机的照明灯，缓慢地在杂物房中寻找出口。

沅叔居住的房间在二楼的尽头，衣繁夏从杂物房中出来，一路顺着幽暗的走廊前行，向阳的一面房间，由窗外射进来一丝惨淡的月光，这样的场景令衣繁夏想到了无数恐怖的画面，她不禁加快步伐，想快些离开这看不见尽头的走廊。

在一路摸索中，终于找到了楼梯口，衣繁夏刚要抬脚，一个低沉的声音不知在黑暗的哪个方向中传来：“繁夏……”

衣繁夏头皮一紧，整个人僵直在黑暗中，屏住呼吸不敢回应。

“衣繁夏，是我……”

她循着声音的方向抬头，楼道的铁栅栏上有一个黑影在晃动，衣繁夏抬起手机照明，小心翼翼地问：“是谁？”

借着照明灯的光亮，衣繁夏终于看清了那个人的脸，她不禁惊讶地唤道：“敖嘉彦。”

看到是敖嘉彦，衣繁夏心里的恐惧感散去了多半，她抓着他的手臂，问：“你怎么会在这儿？”

敖嘉彦欲言又止，沉默半晌还是说出了原因：“还记得我告诉过你，我母亲失踪的事情吗？”

上次谈到母亲失踪的事，还是敖嘉彦在咖啡馆帮衣繁夏复习功课时，闲聊着说出的。那时衣繁夏觉得这是他的隐私，他不愿多说，她便也没再多问。

“难道你母亲失踪与沅叔有关？”衣繁夏大胆猜测着。

敖嘉彦点点头又摇摇头，若有所思地回答道：“我也不知道，但沅叔是我们家的老人，很早之前就跟着我父亲，即便母亲失踪与他无关，可我觉得他应该会知道些内幕，只是想不到没等我去问他，沅叔就……所以我才想来他房间找找看。”

敖嘉彦来此的原因合情合理，可衣繁夏却有些尴尬。

“对了，你怎么也在这儿？”对于衣繁夏的出现，敖嘉彦也很惊讶。

关于查找父亲死亡真相的这件事，衣繁夏自然不能告诉敖嘉彦，不是不信任他，而是无凭无据，她怕再生出其他事端，于是谎称道：“沅叔平时虽然严肃，却是个热心肠的人，帮我做了不少厨房粗重的活儿，而且警察在我送给沅叔的巧克力中发现了有毒物质，虽然已经排除了我的嫌疑，可我也想查出事情的真相。”

敖嘉彦认真地看着衣繁夏，说：“好，不管是为了我母亲还是你的清白，就让我们一起查出真相吧！”

衣繁夏用力地点点头，应允了他的提议。

失踪的母亲和去世的父亲，让这两个面容还显稚嫩的孩子，背负着沉重的枷锁，也让他们更加惺惺相惜。

虽然不过是两个孩子，可又有谁能够猜测到，他们的身体里到底蕴藏着多大的能量，又能挖掘出怎样惊人的真相呢？

2

那晚，两个人在沅叔的房间内一无所获，除了收归整齐的报纸和废弃的烟盒，便只有一本记录开销的笔记本。

两个人从小楼的后窗跳了出来，在扶衣繁夏的时候，敖嘉彦不慎抓到了她受伤的手臂，她吃痛地叫了一声，吓得敖嘉彦匆忙松开了手。

“受伤了？”

衣繁夏弱弱地点点头，整条手臂被他托起来仔细观察：“还好伤口不深，血也止住了，回去我帮你包扎一下。”

“不碍事。”衣繁夏边笑着摆摆手，边往回走。

看着她的背影，敖嘉彦的心底说不出是什么滋味，他讨厌她的故作坚强，也讨厌她遇事时的冷漠淡定，可也正是这种假装的坚强，总令他想要予以保护。

只是有些话不说，当事者就永远也不会知道。就像衣繁夏转身离开时，在心里告诉自己的那样：“不能对敖嘉彦产生依赖。”

这样想着，衣繁夏冷不丁地开口祈求道：“敖嘉彦，你以后能不能不要对我好？”

“我什么时候对你好了？即便是朋友，这样的照顾也是应该的啊。”敖嘉彦对她所说的好，有些不理解。

衣繁夏痛苦地摇着头：“什么都不要做，任何温柔的话、任何的帮助都不要对我说、对我做！”

晶莹的眼泪在衣繁夏的眼眶中打转，敖嘉彦抬手想替她抹去眼泪，她却警惕地后退了一步，距离敖嘉彦远远的，木讷地盯着他。那一刻，衣繁夏觉得自己像个冰块人，不需要别人的保护与温暖，也更学不会与人示弱。

“你应该学着去接受别人。”敖嘉彦建议道。

是啊，衣繁夏也明白自己应该学习与人沟通，可学需要时间，她有点儿自暴自弃：“可我就是学不会，我能怎么办？”

敖嘉彦将本想替她擦眼泪的手放在她的额头上，轻轻地抚摸着：“对不起，是我没站在你的角度想问题，你经历了那么多事。还有你要记住，我对你的好，你不需要有任何负担。”

这样的话，在敖嘉彦说出口的瞬间，衣繁夏竟听到了自己的心跳声，于是她匆忙岔开话题：“你能先离开吗？我想一个人待会儿。”

敖嘉彦一愣：“好的。”

在衣繁夏的视线里，敖嘉彦走进了敖家别墅，而她则漫无目的地走在敖家别墅的花园内，花园有处鹅卵石小道，她跳在上面胡乱地摩挲着石子，突然又停住了脚步，整个人僵直在原地。

透过敖家别墅的落地窗，衣繁夏刚好看见敖瀚的书房内，有个人在胡乱地翻找东西。她悄悄跑过去，小心翼翼地趴在窗户的外沿往里望去，只是那一望让她心头一紧，她怎么也想不到，偷偷潜入云端集团董事长敖瀚房间的人，竟然是斌威！

此时的斌威眉头紧锁着捧着一张照片，照片中的小婴儿与他记忆中的自己颇为相似，斌威的心底如同大海般翻涌着，他似乎确认了些事情。

其实衣繁夏一早就有所疑惑，以斌威做料理的天赋，去一家高级料理店做学徒，都比在私人别墅做主厨助手有前途，而他却偏偏选择工资减半的敖家。

如今看来，斌威来敖家工作是另有目的的。

衣繁夏心事重重地离开敖家，她打算将斌威潜入敖瀚书房的事情隐瞒下来，等问清事情的缘由再做打算。

回家的路上，星月当空，衣繁夏的心头却异常沉重，一波未平一波又起，这样一个晚上让她突然明白，原来每个人都有旁人所看不到，更不能被暴露的伤痕。

那几日因为沅叔的事情，敖家的用人们被通知休息三天，不过为了探知消息，衣繁夏每天放学后，都会准时来厨房帮吴先生整理食物。

一向视斌威为徒弟的吴先生，破天荒地吐槽道：“这个斌威，厨艺刚有些长进就学会了偷懒，已经连着五天没回来工作，还好有你来帮忙。”

衣繁夏莞尔一笑，打着圆场：“或许有什么重要的事，他也挺不容易的。”

“是啊，这世界上最可怜的就是没有父母的孩子，而他还是从小被抛弃，一个人这些年到底是怎么过来的呀！”吴先生是个感性的人，说到深情处竟然还红了眼眶。

提及父母之事，衣繁夏也感伤起来，她不再与吴先生对话，埋头拨弄着手里的洋葱。

衣繁夏的不自在，让吴先生突然意识到什么，抱歉着说道：“真是对不起，提起你的伤心事了。”

关于衣繁夏的事，吴先生是听斌威说的，但也只是粗略地知道她父母双亡，具体情况斌威也没有多言。

虽然吴先生偶尔严厉，但却是个正直善良的人，每每看他在厨房认真工作的模样，衣繁夏都会想起自己的父亲，他们都是专注于工作而忘记自我的人。

面对吴先生的道歉，衣繁夏投去一个温暖的微笑，说：“过去许久，虽然偶尔想来还会心痛，但我已经学会自我调节了，所以吴叔叔不用在意，我没关系的。”

吴先生抬手揉了揉她的头，心疼道：“真是个傻孩子。”说罢，他叹了口气，抢过衣繁夏手里的洋葱：“厨房我自己能忙得过来，你回去休息吧，听说要给沅叔办葬礼，这些天敖家都不会有什么人。”

“葬礼？不是说沅叔没有家人吗？”一提到沅叔的事，衣繁夏就来了精神。

吴先生边清洗刀具边回答着：“沅叔确实独自生活，听说是董事长敖瀚准备将他的尸体认领回来，并为他举办葬礼，毕竟跟了董事长那么多年，看来董事长还真是一个好人。”

听到此，衣繁夏有些坐立不安，噌地从木椅上站了起来：“吴叔叔，我突然想起来有急事，我先走了。”

衣繁夏一口气跑到花园里，冲着敖嘉彦的卧室窗户丢小石子。

作为敖家厨房的工作人员，衣繁夏只能在别墅一楼活动，而为了避嫌，两个人约好倘若有事，就朝他卧室的窗户丢小石子，并在花房见面。

连续丢了三次，敖嘉彦果然从窗口探出头。

“方便下来吗？有事找你商量。”

敖嘉彦做了个OK的手势，转身便冲出了房间。

敖家的花房除了每天清晨有专人来浇水照看外，其余时间甚少有人出入。

衣繁夏蹲在地上，手指毫无规律地拨弄着一簇薄荷草出神，连敖嘉彦的脚步声都没有察觉到。

“是不是发现了线索？”敖嘉彦问得着急，吓得衣繁夏险些跌坐在地上，幸好被他眼疾手快地扶住。

她失落地摇摇头：“没有，什么都没有发现，不过听说你父亲要认领沅叔的尸体，如果举办葬礼的话，是不是要被火化？”

“这是当然。你怎么突然问起这个？”

衣繁夏再三思索着，决定将自己的想法全数告诉敖嘉彦，她吞吞吐吐地说道：“其实……在沅叔去世的前两天，我在别墅外的长街上遇到一个拿匕首袭击我的人，所以我觉得……觉得这一切都不是巧合，也觉得沅叔的死并不那么简单。”

听了衣繁夏的一番陈述，敖嘉彦震惊不已，一把抓住她的肩膀，仔细询问着：“匕首？那你有没有受伤？”

衣繁夏挣开他的束缚，怕他过度担心，匆忙解释道：“我没受伤，只是你送的那把雨伞被划破了，怎么也修不好。”

敖嘉彦舒口气，生气中却带着宠溺：“发生这样危险的事，你竟然还关心那把伞，还有为什么不告诉我？”

被敖嘉彦质问到哑口无言，衣繁夏憋屈半天，最后吐出一句话：“这不告诉你了吗？”

敖嘉彦怎么忍心再责怪她，于是拍了拍她的肩膀，问道：“那你现在有什么打算？”

“我想……想去看一下沅叔，看看会不会有什么发现。不过以我的身份只怕是见不到的。”衣繁夏脸上尽是失落。

倒是敖嘉彦，眉头深锁，绞尽脑汁想着办法，眼神里突然就闪亮起来：“也不是没有办法。”

衣繁夏瞪大了眼睛，等着他继续说下去。

敖嘉彦一边用手指摩挲着鼻尖，一边将办法在脑中过滤一遍，这才说道：“这件事必定是我父亲的秘书来操办，而沅叔生前又是我的私人司机，我想去见沅叔最后一面应该没问题，认领尸体的时候应该能带你进去见一下。”

两个人相视点头，都希望那一天不会出现什么意外。

沅叔的尸体一直存放在殡仪馆，前去认领的人是敖瀚的秘书和两名司机，当然还有敖嘉彦和衣繁夏。

两个人跟在一众大人的身后，走到殡仪馆大门前，秘书回身望着两个人，恭敬地问道："少爷，你们真要进去吗？"

敖嘉彦点点头："沅叔平日很照顾我们，他又没什么亲人，这最后一面还是要见的。"

存放尸体的冷柜间气温极低，并且散发着一股说不出来的气味，衣繁夏是经历过父亲死亡的，可再次身处这种地方，心里还是有些不舒服，眼睛只好紧紧盯着自己的脚尖。

"繁夏，快过来。"趁着秘书和司机在办理手续，敖嘉彦叫上衣繁夏，偷偷观察着冷柜中的沅叔。

从表面上看，沅叔的身上并没有伤口和瘀青，衣繁夏继续往下观察，她注意到沅叔的右手指甲里有绿色的物质。

衣繁夏用事先准备好的棉签，取出沅叔指甲里的绿色物质，并放入塑料袋内。

见衣繁夏有所举动，在门口看守的敖嘉彦好奇地扭着头问："是不是有发现？"

未等得衣繁夏回答，司机一行人已经折回身，敖嘉彦着急提醒着："快点儿，来人了。"

为了不引起他人注意，衣繁夏立刻停止手里的动作，与敖嘉彦一起站在门口。

认领完尸体还需要进行火化，这个过程敖嘉彦与衣繁夏并没有一同前往。

两个人并肩走在回别墅的路上，衣繁夏这才将自己找到的线索拿了出来。

"这到底是什么？"敖嘉彦端详许久，怎么也猜不出这物质来自哪里。

衣繁夏也好奇，不禁打开塑料袋闻了闻，大概是因为时间太过久远，只能闻到一股清清浅浅的草香味，她又用手指捻了捻，再放到鼻前仔细嗅了嗅，香味更加浓烈了些，她这才恍然大悟道："这是薄荷草！"

敖嘉彦左看右看，实在是无法把这些绿毛毛一样的东西与薄荷草联系在一起，兀自嘀咕着："哪里像薄荷？你确定吗？"

"确定！薄荷草的香味还是很独特的，揉捻过后气味会更浓郁一些。"衣繁夏娓娓道来。

"那就奇怪了，沅叔向来不喜花鸟鱼虫，那他指甲里的薄荷草是从何而来的呢？"敖嘉彦若有所思，衣繁夏突然接口道："你家花房不是有很多薄荷草吗？"

在他们生活且熟知的范围内，能见到薄荷草的地方就只有敖家别墅的花房，所以衣繁夏在听了他的疑惑后，竟不觉脱口而出，再后来，两个人便都沉默不语了。

正是下午四点，街道上行人与车辆川流不息，衣繁夏半低着头走在最前面，经过步行街的小广场时，音乐喷泉突然喷射出巨大的水柱，四溅的水花落在她的长发上，下一秒她整个人便被拉进了一个温暖的怀抱中，抬头看去，敖嘉彦撑起双手，替她挡去落下的水珠。

他比她高出许多，两个人一抬头一低头间四目相接，他蓝色的眼眸盯着衣繁夏，使她的一颗心如同小鹿乱撞般。

衣繁夏匆忙收回视线，心里虽然有些不安，但她必须承认，在被千斤之石压得喘不过气时，敖嘉彦的每次出现，都会令她怦然心动。到底为什么会有这样的感觉，她自己也想不明白，只能在敖嘉彦的视线中落荒而逃。

3

无论时间过去多久，无论情感改变多少，所有的真相在重见天日的那一刻起，就注定只剩下伤害。

而衣繁夏想要揭开的真相这才刚刚开始，而真相就像一颗腐烂的洋葱，永远也不会猜到下一个真相会害你流多少眼泪。

周一早上的第一节课是英语小测试，所有的座次全部被打乱，而坐在衣繁夏前面的刚好是蒋如婷。

看见衣繁夏时，蒋如婷主动打了声招呼，不过尴尬的是并没有得到任何回应。

考试按时进行，试卷从第一排逐一传下来，到蒋如婷时，她还特地提醒衣繁夏试卷少了一张。

衣繁夏一愣神儿，在蒋如婷转身的瞬间，竟然闻到了巧克力甜饭的米香与可可的味道。

那是姑姑衣蝶儿的Lucky Cake Shop中最有名气的一道甜点，也只有那里才能做出这种味道。

衣繁夏轻拍了下蒋如婷的后背，小声问道：“你去过Lucky Cake Shop？”

“啊？没有啊。”

蒋如婷矢口否认，但衣繁夏还是能从惊讶和迟疑的表情中，看出蒋如婷说谎了。

衣繁夏心中有数，便不再多问，待两场考试结束后，已经是中午放学的时间，她用余光看了一眼正忙着收拾书包的蒋如婷，一个想法在她脑海中闪过。

放学后的校门外交通有些拥堵，蒋如婷随着人潮挤过一众小吃摊，顺着长街拐进了繁华的商业圈。

衣繁夏跟在身后，生怕被蒋如婷发现，在保持五米左右的距离走走停停后，终于到达了目的地。

果然衣繁夏猜得没错，蒋如婷来的地方，正是姑姑的Lucky Cake Shop。

为了查清蒋如婷与姑姑的关系，衣繁夏戴上连体衣帽，就近找了个角落的座位坐下，与蒋如婷之间只相隔了两张木桌。

大概等了五分钟，一身洋装的衣蝶儿才从二楼走下来，看见蒋如婷，脸上立刻堆满笑容，热心地招呼道："孩子，你来了，想吃什么随便点。"

听到这样的话，衣繁夏不禁冷笑一声，对自己的亲侄女从来都是冷嘲热讽，对陌生人却有这般热心，她自语道："看来于利益而言，亲情真的不堪一击。"

至于蒋如婷，整个人蜷缩在座位上半低着头，直到衣蝶儿将餐食推到她面前，头才稍微抬了下。

"你不是最喜欢吃巧克力甜饭吗？快吃吧。"衣蝶儿的热情之下，透露出一种贪婪之色。

衣繁夏大概猜测出，两个人在此之前就已有联系，而且定是有什么交易，毕竟像姑姑衣蝶儿这样将利益视作生命的人，怎会轻易对一个人好。

果不其然，在蒋如婷刚吃了一口巧克力甜饭后，衣蝶儿试探性地问道："事情进展得如何？"

蒋如婷放下汤匙，怯生生地摇摇头。

此时衣蝶儿的脸色有些难看，在深吸一口气后，努力压抑住自己的愤怒，语气却依然平静："你可要快点儿帮我完成任务，毕竟你现在也高三了，想让我帮你出国留学，你就得有所作为。"

蒋如婷哭丧着脸，委屈地说："衣繁夏现在都不理我了，我还怎么帮你找森岩巧克力的制作秘籍。"

达不到自己目的的时候，人往往会露出自己的本来面目，衣蝶儿也一样。

衣蝶儿晃着一双做了美甲的手指，眼中的嫌弃代替了方才的热情，并轻瞥一眼蒋如婷，说："那只能说明你笨，当初我让你留意衣繁夏的行踪，是你自己不小心弄丢了手机，害得照片被上传到交流群。至于让你阻止她参加巧克力比赛，你竟然蠢到去偷原料，那种东西随便在比赛场上借点儿都能做出来。”

蒋如婷被说得无地自容，甩下手里的汤匙就要起身离开，却被衣蝶儿呵斥住。

“你站住。”

蒋如婷乖乖地停住了脚步，侧身望着衣蝶儿。

“我话还没说完，你想去哪儿？”

“衣繁夏对我那么好，我却一再伤害她，所以以后我不会再帮你做事了。”蒋如婷说得坚决，以为这样就可以跟衣蝶儿划清界限，可大人的世界并没有那样单纯与简单。

衣蝶儿精明地晃着食指，似笑非笑地威胁道：“你也不想我把这件事告诉衣繁夏吧？也不知你父母知道这件事会是什么反应？所以你现在想收手已经晚了。”

即便再叛逆的高中生，也无法与一个久经商场的成年女性相对抗。所以，蒋如婷被衣蝶儿的话唬住了。

衣繁夏没有再听两个人后面的对话，她一个人游荡在街道上，方才的那番话凉透了她整颗心。

蒋如婷想要出国留学这件事，衣繁夏早有耳闻，至于想要出国的初衷，那是因为蒋家父母对其太过严厉，为了面子逼迫蒋如婷考取名牌大学，而不愿再被束缚的蒋如婷才想到出国留学，彻底逃离父母与家庭。

只是衣繁夏没有想到，蒋如婷会因此而选择与衣蝶儿合作，以至于让牧苒钻了空子，才有了交流群事件。

至于姑姑衣蝶儿与敖瀚签约，衣繁夏这会儿才想明白事情的始末。

自从父亲去世后，姑姑的甜品店就断了森岩巧克力的货源，没有森岩巧克力做出的甜品总是差强人意，但因为森岩名气高，衣蝶儿为了保住自己生意的客源，对外声称采用的依旧是森岩手工巧克力，所以只要衣繁夏做出森岩巧克力，或是交出巧克力的制作工艺，就能提高甜品店的盈利，可惜衣繁夏从始至终都是拒绝的。于是，衣蝶儿开始寻找巧克力的供应商，而云端集团知名度高，不过为了降低成本，她便购买了云端集团一批问题巧克力，而出事后，在与敖瀚的交涉中，衣蝶儿获得了一笔不菲的赔偿，这才有了与敖瀚签约的一幕。

所有的事情就这样聚集在一起，一面要调查父亲和沅叔死亡的真相，一面又对斌威的行踪心生疑惑，那段时间的衣繁夏甚是崩溃，除了兼顾学习外，流言蜚语也肆虐袭来。

衣繁夏在学校中被警察带走的这件事，已经成了同学们平日里谈论的热点。

而向来看不惯衣繁夏的牧苒，怎会放弃这样一个挖苦她的好机会呢？

那日正好大扫除，由于下着小雨，满教室被踩得到处都是水渍，正拖着地的衣繁夏突然被人挡住了前行的路，有只脚还踩住了她的拖把。

果不其然，在樱院高中里除了牧苒，大概没人会无聊到一次次地找她麻烦。

衣繁夏索性丢掉拖把，不耐烦地问："几天不见，你这是又无聊了吗？"

"无聊我也不敢来找你呀，听说你送给人家几块巧克力，结果人就死了，你还真是个扫把星。"

牧苒的这副嘴脸真是越看越生气，即便衣繁夏从一开始就是故意接近沅叔的，可对于一个去世的人，她还是抱着一颗敬畏的心。

"我再说一遍，沅叔的死跟我没有关系，也不要再拿过世的人做文章，否则我不会放过你的！"衣繁夏说着，向牧苒面前走了一步。

大概是将衣繁夏视作敌人，她的靠近让牧苒充满抵触，并用力地推了一下，突如其来的推力，加上脚下拖把的牵绊，使衣繁夏摔倒在地，凑巧窗台上的一盆盆景被碰了下来，瓷花盆摔得粉碎，散乱的泥土和植物摊了一地。

衣繁夏觉得掌心有些疼痛，起身查看时，竟发现自己的指甲里有黑黑的泥土和植物的残渣。

牧苒没想到自己会迸发出这么大的力气，不禁有些担心会弄伤她，可到嘴边的话却变了味道："你可没这么柔弱，少在这装可怜。"

虽然牧苒这句话带有敌意，却让衣繁夏灵光一闪，她望向窗外，突然想起，在敖家别墅花房中，她拿到敖嘉彦送的雨伞时，好像也听到了东西被打掉的声音，而她脑海中又冒出一个更可怕的想法，袭击自己的摩托车手会不会就是杀害沅叔的凶手呢？

想到这儿，衣繁夏像发现新大陆般兴奋地跳起来，抓着牧苒的肩膀："今天真是谢谢你了。"说完就跑出了教室。

没头没尾的一句道谢，实在弄得牧苒摸不着头脑。

而衣繁夏一口气跑到了敖嘉彦的教室门口，冲着他吆喝道："快出来下。"

衣繁夏每次这般激动时，一定是有了重大发现，敖嘉彦跟在她身后来到了教学楼顶层。

衣繁夏将自己方才的猜想，全部告诉了敖嘉彦后，郑重地问他：“在敖家谁是真正负责花房的，又很清楚沅叔的作息时间？”

听完衣繁夏的分析，敖嘉彦若有所思地说道：“我想到了一个人，或许他能够帮助我们，走，先跟我去个地方。”

“去哪里？”

“问轩阁茶馆。”

第九章

逃不过的危机

1

在远海城市花园的一角，坐落着一家装修考究的茶馆，正门的上方挂着一块复古的牌匾，上面写着“问轩阁茶馆”五个大字。

除了休息日外，平日里茶馆里的茶客并不多，而此刻除了一名女服务在打扫卫生外，再无其他人。

“请问川叔在吗？”敖嘉彦礼貌地问道，示意衣繁夏快些进来。

然而没等女服务员回话，柜台里边站出一个人，看见敖嘉彦，先是毕恭毕敬地鞠了一躬，又匆忙解释道：“刚才在收拾柜子呢，没看到少爷你来真是抱歉。”

敖嘉彦毫不在意地摆摆手：“川叔您是长辈，不用对我这样客气。”两个人客套一番，他这才想起要介绍一下，扭身指着衣繁夏刚想介绍时，却看见她神色呆滞地愣在原地，于是担心地拍拍她的肩膀，问：“你怎么了？”

衣繁夏死死地盯着川叔，答非所问道：“他是牧苒的父亲！”

“你们认识？”敖嘉彦有些惊讶，但出于礼貌还是介绍了一下，“没错，他就是牧苒的父亲牧江川。”

牧江川一脸祥和地走上前，边回忆边问：“我们是否在哪里见过，看着你有些面熟。”

衣繁夏浅笑回道：“是的，川叔，曾在班主任的办公室里见过您一面。这次来我们想问您一些事情。”

“好好好。我去给你们倒些水，坐下好好聊。”说罢，牧江川转身去准备冲泡茶叶的器具，口中还不忘询问着，“像你们这个年纪的孩子，应该不喜欢喝茶吧，我给你们做一壶樱花蜂蜜水怎样？”

泡制茶水的过程很是烦琐，牧江川娴熟的动作看得两个人眼花缭乱，敖嘉彦轻声说道：“川叔是个古道热肠的人，而且很好接触，他一定会帮我们的。”

衣繁夏默许地点点头，她对牧江川的第一印象并不差，而想起他极力在班主任面前维护女儿牧苒时的场景，甚至是有些心酸，川叔分明就是一位为孩子操碎心的老父亲形象。

两个人没说几句话，川叔便端着两杯樱花水走了过来，抬头冲衣繁夏笑了笑，问：“你叫什么名字？”

“衣繁夏。”

在衣繁夏报出名字后，牧江川脸上和煦的微笑瞬间凝固，连眼神也变得躲躲闪闪，还险些碰掉了桌上的茶具。

两个人都看出牧江川的表情变化，敖嘉彦问：“川叔是哪里不舒服吗？”

敖嘉彦的话将牧江川从震惊中拉回现实，为了缓解尴尬，他努力使自己的表情变得和缓些，并解释说：“有点儿头晕，不碍事。”

衣繁夏一眼便看出牧江川的不对劲儿，为了能探知他的情绪，她故意起身想要搀扶住牧江川，不想却被他抬手阻拦掉。

为了打破这尴尬的气氛，牧江川问道：“你们找我是想问什么？”

“我们是想问关于沅叔……”敖嘉彦一句话未说完，就被一个充满戾气的叫声给打断了。

“衣繁夏，你来我们家茶馆干吗？”突然出现的牧苒像一个被抢掉心爱布娃娃的小女孩，完全将衣繁夏视作仇人。

敖嘉彦怕衣繁夏吃亏，一个箭步挡在她身前，安抚着牧苒的情绪：“是我带她来的，找川叔问些关于沅叔的事情。”

看着敖嘉彦如此袒护衣繁夏，牧苒更是怒火中烧，言辞犀利道：“谁都能来，就她不行！”说罢，就要伸手将衣繁夏往茶馆外推去。

茶馆柜台紧邻木门，两个人争执中，衣繁夏的手臂磕在了柜台角上。

看此情景，牧江川与敖嘉彦赶忙上前将两个人分开。

“少爷，也不知她二人怎么就有了矛盾，我看你们今天还是先回去吧。”牧江川如此建议。

衣繁夏不愿打草惊蛇，于是选择忍耐，她冲敖嘉彦示意一番，在牧苒气喘吁吁的吼声中，两个人离开了问轩阁。

出了茶馆后，衣繁夏不禁问：“牧苒家原来这么有钱啊？”

“这家茶馆是我父亲出钱替他开的。”

衣繁夏瞪大了双眼，一脸不解：“这是为何？”

“其中原因我也不太知晓。”敖嘉彦摇着如拨浪鼓般的脑袋，一低头却看见衣繁夏手腕处的鲜血，“你又受伤了？”

并没有感觉到丝毫疼痛的衣繁夏随手一抹，血液有些干结，她仔细回想一番，惊觉道：“是刚才在茶馆柜台上碰到的。”

茶馆、鲜血，这一切让心思缜密，又擅长推理的敖嘉彦冒出一个可怕的想法，沅叔的死会不会跟牧江川有关？

“别墅花房是川叔负责照看的，只是有空时才会来。”敖嘉彦如实回忆道。

见敖嘉彦这样说，衣繁夏也说出了自己的想法：“其实我方才也看出川叔表情很不自然，总觉得他想隐瞒什么。”

在敖家别墅，沅叔除了接送敖嘉彦上学外出外，所有的时间都几乎是在敖家别墅中度过的，而自从敖嘉彦外出被禁止用车后，沅叔就像失业人员一样，每天不是在别墅内闲逛，就是坐在花园中的藤椅上晒太阳，而别墅里唯一有薄荷草的地方就是花房。

“我想再去花房看一看。”虽然衣繁夏并不能确定血液就是沅叔的，但心底总觉得有些奇怪的地方，倘若不再去核查一遍，总是心有不安。

沅叔葬礼结束的三天后，敖家别墅内便恢复了以往的宁静，但花园和二层小楼却再也没人敢走近。

衣繁夏与敖嘉彦在小楼门前停住，他问：“害怕吗？”

衣繁夏摇摇头：“有你在，自然不害怕。”

小楼电灯已经被损坏了，敖嘉彦这次特地准备了一把超强照明灯，这次两个人决定不放过任何一处地方，任何蛛丝马迹。

不过几天的时间，小楼内布满了灰尘，掉落的横木挡在门框前，两个人一前一后地钻了进去，再次查看沅叔居住的卧室。

卧室除了有些杂乱外，并没有打斗的痕迹，两个人查找一番，终究是一无所获，敖嘉彦不甘心就此离开，他往门外的方向又仔细查找着，在墙角里竟然发现了几片水仙花的花瓣。

衣繁夏诧异道：“你不是说沅叔不喜花草吗？”

“不是不喜欢，是对花草有洁癖。”敖嘉彦小心翼翼地将花瓣收在手掌心中。

衣繁夏对他的举动很是不理解，推了下敖嘉彦的肩膀，问：“要这些花瓣做什么？”

敖嘉彦不愿多做解释，收好最后一片花瓣后，说：“走，我们去花房！”

花房距离沅叔居住的小楼，只相隔一个小花园，两个人走进花房内，薄荷地干涸得不成样子，而摆在两侧的几盆绿萝叶子也已泛黄。

衣繁夏看着心疼，不禁感慨道：“前几天来还好好的，怎么就变成这样了？”

“自从沅叔出事后，川叔就没再来过。”敖嘉彦解释着，仔细地查看着一株株薄荷草是否有被折断的痕迹。

两个人分工合作，衣繁夏负责寻找其他蛛丝马迹，待她寻找到花房末处的水仙花丛时，她突然唤道："快来，敖嘉彦，快看这是什么？"

水仙花丛后面有一片空地，暗灰色的地砖上有几滴暗红色的印记。

敖嘉彦用手指沾了沾那些红色印记，观察半天，郑重其事地说："是血！"

两个人倒吸一口凉气，当衣繁夏移动脚步时，惊觉被什么硬物硌了下，她低头查看，是一枚铁质钥匙扣。

敖嘉彦从衣繁夏手中接过钥匙扣，无须多加查看，说出了一个人的名字："川叔。"

"你确定吗？"牧江川的行为表情，本就引起了衣繁夏的注意，而这枚钥匙扣更让两个人对沅叔之死的真相存有怀疑。

敖嘉彦点点头："这钥匙扣是特地定制的，川叔随身带了许多年，小时候我想要，川叔总也舍不得给。"

"难道川叔是凶手？"衣繁夏说完这句话时，两个人面面相觑。

"花房里的人是谁？"

随着疑问声，乔姨从花房外走了进来，看见他们不禁责问道："这么晚了不回去休息学习，跑这干吗，怎么看都很可疑，你不会早恋了吧？"

"早恋"这个词吓得两个人面容失色，衣繁夏一时语塞，好在敖嘉彦比较镇定，顺势问："乔姨，听警方说沅叔死于自杀是吗？"

乔姨向来不是一个爱八卦的人，听见敖嘉彦问这件事，突然严肃起来："你们两个小孩子别多问这些事，快回去。"

敖嘉彦将钥匙扣藏在手心里，出了花房，他冲衣繁夏指指手机，又使了个眼色，意思是晚上手机沟通。

衣繁夏点点头，离开了敖家别墅。

许是想事情太过投入，衣繁夏并没注意到路边的一辆货车正在搬运货物，她刚走过去身后便突然发出一声闷响，循声看去，一个一米高的木箱从货车上掉下，若不是她快走一步，木箱便会砸在她的身上。

"对不起，没伤到你吧？"一名搬货的大叔关切地问道。

衣繁夏惊魂未定地说："没……没事。"刚说完，她看见两名工人抬着箱子往外走，此刻她灵光一闪，没错！沅叔的卧室并不是第一案发现场，很有可能是被人移动过的。

想罢，衣繁夏给敖嘉彦发去一条短信息，还没等多久，他却回了条这样的短信：以后记住，千万别独自去问轩阁茶馆。

“这是为何？你是不是又想到了什么？”

“倘若牧江川就是凶手，你就会变得很危险！”

敖嘉彦的话让衣繁夏有些摸不着头脑，更挑起了她的好奇心，于是一个电话打过去，径直问：“为何我会有危险？”

“你忘了，警察在你制作的巧克力中找到了有毒物质，借刀杀人，你觉得他会放过你吗？”敖嘉彦的想法和推理，让衣繁夏彻底沉默了，她怎么也没想到，借刀杀人这一招会发生在自己身上。

2

人往往会被好奇心所驱使，越是模棱两可，越是想要一探究竟。

为了调查沅叔的事情，衣繁夏每天放学后都急着赶去敖家别墅，对于牧苒的冷嘲热讽和斌威的关心，她都不愿多做回应。

刚好那天凑巧，衣繁夏在敖家别墅门前遇到了牧苒，两个人间的怒火一触即发。

牧苒嘲笑着走上前：“看来你跟敖嘉彦相处得不错嘛。”

这还是两个人第一次在敖家别墅相见，衣繁夏将视线避开牧苒，一言不发地朝别墅内走去。

不过刚走进花园，迎面便撞上了行色匆匆的牧江川从花房内跑出来。

“爸爸，你不是说今天茶馆很忙，不出来了吗？”牧苒也是一脸惊讶。

牧江川极力掩饰住自己慌乱的神色，笑容可掬地解释着：“前段时间来这里丢了些东西，今天没事特地过来找找。”

父女二人说着话，便朝别墅外走去，自始至终衣繁夏都在观察牧江川，她觉得自己的直觉没有错，沅叔之死一定和他有关。

衣繁夏想要去找敖嘉彦，一番寻找后，在乔姨那得知敖嘉彦被锁在卧室里。

“为什么要锁他？他做错了什么？”衣繁夏缠着忙着工作的乔姨，一副打破砂锅问到底的架势。

乔姨也被问烦了，嫌弃地说：“还不是因为你们暗地里调查沅叔的事情被老爷知道了。”

原来，敖嘉彦平日在别墅内向云端集团里的老人问询关于沉叔的过往，后来这事便传到了敖瀚的耳中，于是便将敖嘉彦锁在了卧室中，禁止他外出，甚至连学校都不准他去，手机也被没收。

衣繁夏想去敖嘉彦楼下丢石子，可到了才发现，两名身着黑色西装的保镖正守在楼下。

就这样，与敖嘉彦失去联络的三天后，衣繁夏再也按捺不住那颗想要寻找真相的心，不过她也担心会发生危险，思前想后，只能去求斌威帮助。

傍晚的时间，正是斌威最忙碌的时候。专心准备晚餐的斌威，被冷不丁跑进厨房的衣繁夏吓了一跳。

看着衣繁夏气喘吁吁的样子，他疑惑地问：“你这是怎么了？”

“你能陪我去问轩阁吗？”

见衣繁夏如此紧张兮兮的，他便猜出了她的意图，这两年来，她最上心的事情无非就是查找父亲死亡的真相，但斌威并不想她活在两年前的痛苦中，更不想让她置身危险中。

斌威沉默片刻，劝解道：“勿要执念过去，只有看着前方才能继续远行。”

衣繁夏实在听多了他的念叨，不耐烦地低吼着，问：“一句话，你到底陪不陪我去？”

斌威摇摇头：“我建议你什么都别做，回到学校做一名学生该做的事情。”

衣繁夏轻叹一口气，失望地看着斌威：“我以为你会一直站在我这边，无论我做什么事你都会支持，看来事实并非如此。”

“繁夏你听我说。”斌威想再次解释，却已没了机会。

衣繁夏甩开他的手，厉声吼道：“我的事你再也不要管了，我会自己看着办，即便有危险我也不会再来找你帮助。”说完衣繁夏转身扬长而去。

即便没人帮助也要靠自己！所以衣繁夏决定独自前往问轩阁茶馆。

入夜后的远海市，飘起了白色的雪花，寒气让整座城市陷入一片宁静之中。

为了不引起他人注意，衣繁夏偷偷去往城市广场，果然问轩阁茶馆里还亮着灯。

茶馆的大门并没有上锁，衣繁夏蹑手蹑脚地推门而入，大厅内空无一人，几盏壁灯发出幽暗的光芒，中间的八仙桌上，摆放着两个存有茶水的茶杯。

衣繁夏停在大厅中间，小声询问：“有人吗？”

然而除了长久的沉默，便没了任何声音给予回答。她不禁再次提高声音问出声：“川叔你在吗？”

这一次紧随她的问话之后，突然传来东西摔碎的声音，而这声音就从茶馆隔间里传来。

衣繁夏好奇地一步步朝隔间走去，昏暗的视线，说不清的危机感，令她的心怦怦直跳，整个人的神经都紧绷着。眼看距离隔间只剩下不到三米，她不禁放慢脚步，待到再近一些的时候，刚要伸手开门锁，隔间的房门突然被打开，衣繁夏心头一紧，条件反射地后退两步，这才看清走出隔间的人。

衣繁夏调整好情绪，恭恭敬敬地叫了声：“川叔好。”

牧江川摩挲着双手，从黑暗的小隔间里走出来，满脸堆笑地招呼道：“繁夏来了啊，上次因为牧苒乱发脾气，我们都没好好聊天，今天我代女儿向你道个歉，想喝什么随便点。”

牧江川说着，走到柜台准备泡茶，而他从衣繁夏面前走过的时候，她隐约从他身上闻到了一股苦苦的药味。

“川叔您言重了。”衣繁夏说完四处打量着，再次问，“这么晚了，川叔您怎么还在工作？”

牧江川放下手里的茶具，紧皱一下额头，笑道：“你这不也没回家吗？”

果然应了那句古语，姜还是老的辣，衣繁夏被反驳得一时语塞，但还是强装镇定地解释：“刚好路过，天又下起了雪，所以才想找个地方避一避。”

牧江川将冲泡好的茶水端到桌前，这才恍然发现衣繁夏游走到隔间门口，他一个箭步冲上，一改常态地抓住衣繁夏的肩膀，语气变得很是严厉：“站住！”

衣繁夏定定地站在原地，神情复杂地看向身后的牧江川，她能感受到肩膀上那只手掌的力度，甚至能从那力道中感受到粗糙的掌纹和透着杀气的执念。

“是你！”衣繁夏语气坚定地吐出这两个字，她察觉得到，此时感受到的一切都与两年前在意大利绑架自己的人一模一样。

牧江川的脸上闪过一丝不自在，他长舒一口气，冷着一张脸，用意大利语说道：“Deve assumersi La Totale delle conseguenze.”

两年的时间对于普通人来说不过是穿梭而过的平凡生活，而对衣繁夏来说，每一个夜晚都是度日如年，都是活在痛苦回忆中。所以，对于两年前的点点滴滴，衣繁夏都铭记于心。

只是一直以来，衣繁夏都认为当年绑架自己的人是外国人，却不想就是眼前的牧江川，更是牧苒的父亲。

衣繁夏极力平复自己的情绪后，质问道："当年绑架我和我父亲死亡的事，是不是与你有关系？两年前在意大利到底发生了什么？"

牧江川终于露出狐狸尾巴，一声冷笑后，抓着衣繁夏肩膀的手，反倒更用力了，他用低沉的声音说："两年前你不知道，今天你也不会知道的。"

在说完这句话后，衣繁夏感觉到了气氛的异样，她挣脱那双手，一步步向后退，隔间的房门半开着，后退中的衣繁夏被房门挡了下，整个人跌坐在地上，慌乱中她打量了下隔间四周，木橱中摆放着各式各样的瓶瓶罐罐，靠近桌子的地方，摆着一个铁桶，明亮的火苗映满了整个房间，而空气中充满药水味。

再望向牧江川，他步步紧逼，整个身子堵住隔间的出口。

"你想怎样？"衣繁夏恐慌地问道，又极力使自己保持冷静。

牧江川长叹一口气，缓缓地将隔间木门关上，并上了门锁。

3

与此同时，自从跟衣繁夏吵过架后，斌威的心里七上八下，总也无法安稳下来，而且她离开时的状态，也着实令人担心。

在敖家别墅工作那么久，斌威是知道问轩阁的，既然衣繁夏要去问轩阁，那这件事必定跟牧江川有关。

斌威实在担心衣繁夏的安危，便跑去吴先生那里打探牧江川的身份。

吴先生正忙着研制新菜谱，对斌威的一再追问很是恼怒，于是批评道："你天天净管这些闲事，什么时候能做些正事？"

"哎呀，这就是正事。"斌威拖住吴先生的手臂，着急地叫嚷着，"我这是为了救衣繁夏。"

最近敖家别墅发生了太多事，这会儿又说为了救衣繁夏，吴先生也被弄得神经紧张起来，忙问："她怎么了？"

"您先告诉我关于牧江川的身世背景。"

见斌威急得全身颤抖，吴先生这才松口：“我也是很久前听沅叔说起的，牧江川年轻时，曾在国外做过一段时间的打手。”

“打手？”斌威意味深长地念着这两个字。

吴先生无奈，只好说得更直白些：“也就是只要给钱，就帮人用武力解决麻烦的人，这在国外也算是一种职业。”

斌威的心一下提到了嗓子眼，如果真像吴先生所说的这样，那衣繁夏前去找他岂不是很危险。

斌威发疯了一样冲出敖家别墅，鹅毛大雪已不知不觉地将整座城市覆盖，夜幕中一片白雪皑皑，在斌威奔跑过后，雪地中留下一串深浅不一的脚印，那脚印中夹杂着担心与焦虑。

而此时，在问轩阁茶馆的外面，有一个黑色的人影倏而闪过，并停在隔间的后窗外。

后窗因为锁扣已坏，寒风呼啸而过便将窗户吹开了一半，而被捆住手脚的衣繁夏坐在角落里，冻得瑟瑟发抖。

衣繁夏努力几次，想要解开捆住双脚的麻绳，可惜双手被反绑在身后，哪怕一个移动的动作都无法做到，她抬头盯着窗外，那是唯一逃生的出口，要怎样出去？这个问题一直在衣繁夏脑海中回荡着，她多希望此刻的窗外能够出现一个人，救她于危难之中。

然而事与愿违，就在衣繁夏挪动身体的时候，隔间的房门在“吱呀”的刺耳声中被打开，牧江川高大魁梧的身体一点点从黑暗中走来，威胁道：“怎么，还想逃跑？你最好打消这个念头，不然你会更痛苦的。”

“你到底想怎样？至少应该说清楚当年的事。”衣繁夏愤愤不平，“我父亲一向正直，他到底哪里招惹了你，而我又哪里得罪了你。不……应该说你们父女两个人。”

牧江川一阵冷笑，边从衣兜里拿出东西，边走到桌边，手法娴熟地将一包药粉倒进茶杯里。

这期间，衣繁夏一直注意着牧江川的一举一动，她似乎猜想到了牧江川的想法。

果然，牧江川转过身时，手里端着掺有药粉的杯子，走了两步后蹲在衣繁夏的面前，冷淡地说：“两年前让你跑了，两年后你就放弃这个想法吧。”

话未说完，牧江川一把抓住衣繁夏的头，另一只手将掺了药粉的水往她嘴里灌。

突如其来的压力，令衣繁夏本能地产生反抗，手脚被捆住，她只好扭动着身体，晃动着头，两股力气对抗间，水杯终是掉落在地上。

大概牧江川也没想到，解决一个小丫头会这么费劲儿，愤怒中不知从哪儿摸出一把水果刀，恶狠狠地低吼："看你还敢不敢再反抗！"

衣繁夏知道，这一次自己是逃不掉了，她再望一眼那唯一的逃生出口，窗外雪花依旧纷飞，空洞的黑夜里，在不惹人注意的窗口下，有一双明亮的眼睛正惊恐地望着这一切。

衣繁夏突然来了精神，她用祈求的眼神看着窗外，微弱的声音呼唤着："蒋如婷……"

那一瞬间，衣繁夏感觉到从未有过的希望，她与蒋如婷四目相接，却在那双明亮的眼底读出了胆怯与逃避。

其实，蒋如婷是在路上遇到衣繁夏的，出于好奇，蒋如婷决心跟踪衣繁夏，并来到问轩阁。

然而看到绑架者、刀子，此情此景，让蒋如婷打起了退堂鼓，因为害怕危险，蒋如婷竟不假思索地转身逃走了！

"蒋如婷……"衣繁夏被卡住的喉咙里，艰难地叫出这三个字。她突然想起第一次认识蒋如婷时的场景，那时她为了救蒋如婷，敢在大雨中跟欺负者对抗，即便被推进下水井中也没想过要退缩，然而蒋如婷此刻的做法，令衣繁夏太失望了，当然她也明白，这世间所有的事并不能强加于人。所以，害怕、绝望之情令衣繁夏彻底没了反抗的信念。

Weitian Shaonü
Chuxin Ji

第十章

真相太过悲伤

1

曾经听过这样一句话：所有迫切想要知道的真相，到重见天日的那一刻时，才会恍然大悟，原来我们一直要寻找的，不过是悲伤罢了。

另一边，正准备吃晚餐的敖嘉彦，看着忙前忙后的吴先生，疑惑地问：“今天怎么是您在送菜，斌威呢？”

“他说要救衣繁夏，一句话没说完就跑了。”

吴先生的话刚说完，敖嘉彦就蹿到他身边，焦急地问：“衣繁夏怎么了？”

先后两个人都这样紧张衣繁夏，这让吴先生也感觉到不安，他只得解释道：“只听说要去问轩阁，斌威还找我打听牧江川的身份，你们这些孩子暗地里到底在做什么？”

那时候，敖嘉彦还被禁足在卧室里，门外和楼下到处都是父亲派来的保镖在把守，凭他自己的力量根本无法逃出敖家别墅。

敖嘉彦再也无心吃晚饭，他几步上前挡在房门内，哀求道：“吴先生，衣繁夏有危险，斌威又不太知道其中情形，所以我要赶过去。求求您，把我带出这座别墅好吗？”

吴先生感觉到事情的严重性，却又不敢贸然答应，于是追问道：“带你出去的方法不是没有，但你得让我知道，你们葫芦里到底卖的什么药，倘若为了做坏事，我是万万不能帮你的。”

吴先生的难处，敖嘉彦很是理解，他心中再三衡量，为了能出去，他只好说出实情。

敖嘉彦真切地看着吴先生，说：“我们怀疑沅叔的死另有隐情，并不是警方所说的自杀，我和衣繁夏这段时间就是为了查找真相而忙碌的。”

这番话的确有些惊人，毕竟吴先生从来没有质疑过警察的说法，更何况沅叔的葬礼都已结束，而这群孩子却坚称死亡事件另有真相。

而吴先生也是个聪明人，他思索片刻，似乎得出一个结论：“所以你们这是怀疑牧江川吗？”

敖嘉彦为难地摇摇头：“没有找到证据，我不敢随意下定论。但我隐约觉得，衣繁夏会有危险。”

这件事让吴先生彻底沉默了，到底是孩子们之间的胡乱猜忌，还是确有其事，这让吴先生一时陷入两难之境，毕竟敖嘉彦是敖家少爷，又被董事长禁足在别墅里，若私自带他出去，出了事可不是他一个主厨能够担当的。

可敖嘉彦再也顾不得这些，继续哀求道：“吴先生，现在只有你能帮我了，你也不想看着他们两个人有危险吧？”

实在架不住敖嘉彦的苦苦哀求，吴先生心一狠，当下决定帮敖嘉彦逃出别墅，只见他把餐车一推，像个情绪激昂的战士吼道：“好，就陪你们这些孩子疯狂一次。”

说着，吴先生脱下自己身上的厨师服递给敖嘉彦，口中还不忘提醒：“你窗下还有两名保镖，跳窗逃走估计是行不通了。”

敖嘉彦有些不明白吴先生的脱衣举动，不解地问：“这是干吗？”

“后窗走不了，当然要走正门了。”吴先生一脸得意的样子。

听了吴先生的话，敖嘉彦更是不理解，慌忙反问道：“正门保镖更多，您是不是糊涂了？”

吴先生抬手打在敖嘉彦的额头上：“你这傻小子，你换上我的衣服，推着餐车，只要稍作改变，你从这儿大摇大摆地离开并不是难事。”

容不得敖嘉彦对这个办法进行反驳，吴先生三下两下将自己的厨师服套在敖嘉彦的身上，又特地将自己的一副近视眼镜给他戴上，最后又将他前额刘海束在厨师帽中。

虽然敖嘉彦的身材比吴先生略微瘦削，但好在身高相差不大，又经过一番乔装打扮，似乎也能瞒天过海。

吴先生左右打量着，满意地竖起大拇指：“很有我年轻时的风采，你就大胆地推着餐车出去吧，千万别畏缩，我在这儿先给你顶着。”

虽然这在敖嘉彦看来并不是十全十美的方法，但眼下也只有这一个办法了，于是他深吸口气，微微低着头，推着餐车便缓缓地离开了房间。

整个过程很是顺利，并未引起看守者的注意，敖嘉彦将餐车放在厨房外，脱下厨师服就小心翼翼地打开别墅大门。

雪夜中的城市，人车都没了踪影，敖嘉彦只能徒步赶往问轩阁，由于他知道近路，所以赶到的时候刚好遇到斌威。

敖嘉彦拦住想要闯进问轩阁的斌威，劝道：“你先冷静点儿，川叔人不简单，贸然进去反而会害了繁夏。”

“还等，万一有个三长两短怎么办？”斌威不听，两个人反倒争执起来。

“你还想不想救衣繁夏？想救就听我的，我比你更清楚川叔的脾气。”敖嘉彦这些话说得确实在理，以至于斌威也找不到反驳的话语。

为了救衣繁夏，斌威也只好妥协，于是强压怒气：“好，暂且听你的！”

然而此时的隔间中，手持尖刀的牧江川临窗而站，眼神中的犀利消退许多，他轻声说道：“其实不妨告诉你当年事情的经过，就算你死，也让你死个明白。”

衣繁夏知道，自己今天也许在劫难逃了，这会儿反倒不害怕，她沉一口气，说：“我也想知道，你两年前杀害我父亲的原因是什么。”

“一切终究是为了利益……”随着牧江川的话，思绪和时光都被牵引回两年前——

两年前，云端集团正处于企业转型期，为了垄断国内巧克力行业不惜下血本进行研制创新，可终究敌不过衣宁崎的森岩手工巧克力。云端集团虽然是个大企业，可市场销售份额却远不如手工巧克力，为了提高云端集团的业绩，敖瀚有意将衣宁崎收拢到自己麾下，更开出了大价钱来聘请衣宁崎。

敖瀚是亲自登门邀请衣宁崎的。

那天午后，有人敲响了衣宁崎工作室的大门，原本被人打扰了工作并不想出去见客的衣宁崎，被门外一声声“衣先生”扰得不得安宁。他愤然推开门，却看见两行壮汉间，站着一个身材高大的鬓发微白的男人。

没等衣宁崎开口，眼前的这个男人两步走上前，毕恭毕敬地鞠了一躬后，方才开口道：“衣先生，我是云端集团的董事长敖瀚，您应该知道，这些年来我们云端集团出品的巧克力一直不是您的对手，不论在味道还是在销售额上，我敖瀚都承认您是赢家，所以我想请您来我们云端集团当巧克力制作顾问，全权负责巧克力生产方面的各项事宜。”

敖瀚说得诚恳，对于一个商人来说，承认自己失败就等同于战场上的战士缴械投降。

可衣宁崎并不是爱钱之人，对敖瀚的邀请也丝毫没有兴趣，于是他友善地拒绝道：“我做巧克力的初衷是喜欢，并非利益，所以我很满意现状，谢谢你的邀请。”

执着有时也是商人的特点之一，为了自身利益，敖瀚不愿就此放弃，一再劝服：“我们云端集团制作巧克力都是生产线一体化，会让您的巧克力得到更大的发展。”

衣宁崎歉意一笑：“森岩巧克力被人们念念不忘的地方，正是它纯手工制作过程中的情感付出，这是现代化工业所无法替代的。”

衣宁崎算是白手起家，经历过创业初期的种种艰难，更加珍惜如今所得来的一切。

见无法收拢衣宁崎，敖瀚转念便提出一个要求：“既然如此，那我有一个不情之请。”

衣宁崎倒有些好奇，这样的企业家会有怎样的请求，于是点头等待着他开口。

“请你不要参加下个月在意大利举行的巧克力鉴赏会。”既然不能成为自己人，敖瀚说话的语气也变得生硬许多。

衣宁崎自是知道敖瀚此番话的意图，意大利巧克力鉴赏大赛是全世界公认的品鉴大赛，如果能够在比赛中胜出，就能将品牌推广到国外。为了能让云端集团没有森岩巧克力这个劲敌，敖瀚只得提出这样过分的请求。因为凭借森岩巧克力在国内的影响力和销售份额，衣宁崎如果参加鉴赏比赛，势必会对云端集团推出的新巧克力产生影响，并造成市场威胁。

可衣宁崎并不喜欢被威胁和强迫，他不屑地看着敖瀚，说：“在商言商，可你也管不着我的自由啊？这次鉴赏大赛我不仅要参加，还要让更多人品尝到我的巧克力，至于你的销售额，你还是另想办法吧。”

衣宁崎的话惹恼了敖瀚，整张脸涨得通红，他用愤恨的眼神看着衣宁崎离开的背影，心里似乎在盘算着什么。

两年来，衣繁夏第一次听到关于父亲死亡的相关细节，整个人的神经都变得异常紧绷，在牧江川喘息的间隙，她开口问道：“难道这就是你们要杀我父亲的原因？”

牧江川摇摇头，脸上露出令人不解的神情，并从他喉咙里滑出一句话：“有些事阴差阳错，终究酿成大祸，就像那句话一样：Deve assumersi La Totale delle conseguenze.”

当年衣宁崎不愿受人控制，他的拒绝也成了自己噩梦的开始。

为了阻止衣宁崎在意大利巧克力鉴赏会上的表现，敖瀚命令牧江川在衣宁崎当天参赛的森岩巧克力中偷放苦杏仁粉，本想只是破坏巧克力的味道，却不想衣宁崎在试吃自己的森岩巧克力后中毒昏迷。

当时现场一片混乱，待警方确认是中毒后，凶手早已逃离了比赛现场。

“而你就是那个下毒的凶手！”衣繁夏从黑暗中冲牧江川怒吼着。

“不！”牧江川痛苦地反驳，抬眼望向衣繁夏，眼神中多了些内疚，“敖瀚只是命令我在巧克力中放些东西破坏味道，我也没打算要害你父亲，只是……”

“你说的话我不信，那沅叔呢？别说不是你。”衣繁夏忍耐不住怒火，倘若不是手脚被绑住，她真想抓住牧江川问一问，这样做他到底能得到怎样的好处。

两年前，意大利的警察并没有将尸检报告公之于众，那时年龄尚小的她无论在警察局里怎样询问，都没人给她一句回复。

牧江川深吸一口气，眼神突然变得犀利许多，冷哼道：“至于沅叔，他得知两年前你父亲的死亡跟我有关，一直逼我去自首，最后还威胁要去揭发我，所以……”

衣繁夏打断他的话：“所以你就杀人灭口！”

“我再说一遍，我没有杀沅叔，是他自己跟我争执中摔倒，后脑勺摔在花房石头上。”牧江川说到激昂处，还用手指着脑袋，将沅叔被害经过演示了一番，继而转念看向衣繁夏，“不过要说到杀人，我的确想杀一个人，那就是你！”

“为什么？因为我是当年唯一接触过你的人吗？”

牧江川冷笑着：“我自是无所谓，但我必须保护一个人。”

他的话似在暗示着什么，衣繁夏不明白：“什么意思？你要保护谁？”

“这你无须知道。”

说到此，衣繁夏忽然想起什么，接口道：“那晚骑摩托车想要用匕首杀我的人就是你对不对？”

牧江川的笑已经说明了一切，衣繁夏闪动着愤恨的眼神，杀害父亲的凶手就在眼前，她却无法将凶手绳之以法，那种无助又痛心的感觉令她痛不欲生。

2

陷入沉默中的隔间里，在牧江川重新拿起匕首时再次变得危机四伏。

牧江川蹲在衣繁夏面前，一字一句地说：“你参加云端集团的比赛时我就注意到你了，你和两年前的变化并不大，可我实在没想到，你竟然能得到比赛的第一名，并进入敖家，那时我就猜到你的目的是查询真相，到最后还和敖嘉彦一起联手，我不得不对你下手，所以今天你也不要怪我，毕竟‘Deve assumersi La Totale delle conseguenze’。”

看着锋利的匕首近在眼前，又移至脖颈，冰凉的刀刃擦着皮肤而过，透着杀气和危机，衣繁夏放弃抵抗般闭上眼睛，就在她以为自己要命丧黄泉时，相邻的木橱中发出“嘤嘤”的响声。

牧江川与衣繁夏同时看向木橱，黑暗中衣繁夏屏住呼吸，她盯着牧江川缓慢的步伐，只见他在木橱前停下，右手在门锁上停留几秒，突然手臂一用力，木门被彻底拉开，而牧江川和衣繁夏两个人惊呆了。

“牧苒！”

“女儿！”

牧江川和衣繁夏同时叫出。

此时的牧苒哭得梨花带雨，像只刚经历风吹雨打的小猫，并一点点从橱子中爬出，继而冲到衣繁夏的身前，将她与父亲阻隔开，央求着：“父亲，别杀她，别杀衣繁夏。”

见女儿这般求饶，牧江川先是一愣，心软地看着牧苒：“女儿，你先出去，有些事情我要今天解决。”

牧江川说着不耐烦地靠近衣繁夏，见父亲并没有要放过衣繁夏的打算，牧苒突然痛哭起来，声嘶力竭的模样似要准备说出什么天大的秘密。

牧苒抓住父亲的手，哭诉道：“是我，一切的源头都是我，我才是杀人凶手！”

牧苒痛哭着终于说出了当年隐藏的真相——

两年前，牧苒的父亲牧江川还在做着职业打手的行当，在那个行当中牧江川还有个外号叫“毒王”，其原因就是他一直有收藏毒药的习惯。而两年前，牧苒一直跟着父亲在意大利生活，因为父亲职业的特殊性，牧苒对外都说自己是因为成绩突出才被选去意大利学习。

至于两年前意大利巧克力鉴赏会，那天的牧江川听从了敖瀚的命令，拿着事先准备好的苦杏仁粉撒在了衣宁崎的森岩巧克力上，目的就是破坏巧克力的味道，使衣宁崎在这场鉴赏会中彻底失败。

只是令所有人没想到的事，衣宁崎会死在现场。

其实，牧江川想要使用的确实是苦杏仁粉，只是在鉴赏会的前一天，牧苒跑到父亲的收藏间玩耍。她从小最爱父亲的那些瓶瓶罐罐，那时她并不知晓那些瓶罐中，装的竟是能害人性命的毒药，所以牧苒无意中碰翻了那堆瓶瓶罐罐，收拾摆放时，又错将一瓶绿色药瓶，与父亲预备暗中陷害衣宁崎的绿色药瓶调换了位置。

而那只被调换的绿色小瓶，盛装的其实是马钱子碱。

后来牧苒偷偷去网上查找过马钱子碱的相关信息，网上的解释是："马钱子碱是一种毒性极强的白色晶体碱，来自马钱子和其他相关植物，医学上作为中枢神经系统的兴奋剂使用，它对眼睛、皮肤有刺激作用，吸入、摄入或经皮肤吸收后可能致死。而马钱子碱最让人感到恐惧的地方是，它会破坏中枢神经，导致强烈反应，最终会导致肌肉萎缩。初始毒发时，中毒者会先脖子发硬，然后肩膀及腿痉挛，直到蜷缩成弓形。"

如今想来，衣繁夏更觉心痛，两年前她最后一次见父亲，还是在拥挤的看台上，父亲倒下的那一瞬间，保安和观众一哄而上，她甚至没有仔细看一看父亲的面容。至于在医院，一道道耀眼的闪光灯将衣繁夏逼进绝望的黑暗中，除了父亲那只冰冷的手外，她再也留不住关于父亲的一点一滴。

事情总算真相大白，衣繁夏痴愣愣地坐在地上，牧苒抽泣着看着父亲，却发现父亲的脸上没有一丝惊讶，似乎早已知道真相。

"父亲你……"

牧江川慈爱地看着牧苒，说："衣宁崎死的那天我就知道这件事跟你有关，但你是我女儿，你还是个孩子，我怎么能让你成为杀人凶手呢？所以，我要掩盖，掩盖掉所有和衣宁崎有关的人和事。"

牧江川很快就恢复了镇定，带着杀气的眼神看向衣繁夏。

牧苒哭求道："爸，我也讨厌衣繁夏，可是杀人的事我绝对不能让你做，我不是在救她，而是在救你。"

牧江川摇摇头，反驳道："不，想要救我们俩，就只有杀了她！"牧江川语气坚决地看着衣繁夏，再次动了杀机："谁让你步步紧逼？谁让你非要查出真相？"

此刻的衣繁夏，心怦怦地跳着，眼见牧江川要朝自己袭来，没想到牧苒却与她父亲争执开来，而就在两个人纠缠时，隔间外突然传来一声闷响，茶馆的大门似乎被人踢开，警觉的牧江川看向女儿："你在这儿看着她，我出去看看情况。"

牧江川一路小跑到茶馆大厅，左右查看后并无什么异常，为了不再耽误时间，他又迅速折回隔间。

刚才那个声音衣繁夏也听到了，蒋如婷是逃走了，这会儿敖嘉彦和斌威应该还不知道她被囚禁在这里，那么刚才会是谁打开了文轩阁的大门呢？她怎么也想不出，却总觉得惴惴不安。

而再次回到隔间的牧江川，似乎下定了决心要杀衣繁夏！只见牧江川随手拿起刀子朝她走去，没等牧苒上前阻拦，隔间的房门猛然被撞开，衣繁夏只察觉到两道黑影挡在自己身前。

“川叔，想不到你干了这么多见不得人的勾当。”敖嘉彦气极，愤怒地嘶吼着。

可牧江川却很不以为然，几声冷笑后，说道：“见不得人？你以为你父亲就光明磊落吗？别忘了让我陷害衣宁崎的人就是你父亲敖瀚！”

是啊，这世上最可笑的事，便是你指责别人的时候，自己或是最亲的人也在犯着同样的错误。

敖嘉彦无言以对，落魄地低下头，整颗心都在滴血般透着疼痛，他突然毫无力气地问：“你可知道我母亲安迪娜的去向？”

牧江川见自己的秘密已经败露，衣繁夏也被斌威解开手上的麻绳，他清楚地知道，自己这一次绝对不会再有两年前的幸运，能够再次脱身。

空寂的夜里，警笛声从远处传来，牧江川像泄了气的皮球，在几秒沉默后终于开口回答：“是，我知道，因为你父亲所有肮脏的事，都是我帮他做的！”

“快说，你快说！”敖嘉彦心急于母亲的下落，一时失控抓住牧江川的肩膀。

“远海市精神病医院。”牧江川的口中吐出这样八个字。

敖嘉彦从小就生活在远海市，可他从来没有听说过这个地方，而母亲安迪娜向来健康，怎么会和精神病扯上关系？敖嘉彦心底生出无数疑问。

“正是两年前，你母亲要揭发敖瀚在意大利巧克力鉴赏会上做的手脚，才招来麻烦。”牧江川陷入回忆。

两年前，衣宁崎在意大利巧克力鉴赏会上死亡的消息于国内疯传，安迪娜收到消息，得知这件事的幕后主使就是敖瀚，那时夫妻俩的关系已经恶化，经常处于你争我斗的局面，而当敖瀚从意大利回国后，两个人的矛盾彻底激发了。

在牧江川的记忆里，那是个阴雨绵绵的午后，敖家别墅的客厅内一地狼藉，瓷杯碎片、文件碎纸，甚至木质茶几都被砸断了，牧江川站在客厅的门外，隔着大门，两个人的争吵声听得一清二楚。

“为了利益伤害他人，你怎么变得如此可怕？”安迪娜是位画家，更是位有内涵的女性，即便再生气，依然很注重言语措辞。

敖瀚仰天大笑：“可怕？那你为什么要嫁给可怕的人？我告诉你，商人就是利益至上。”

“可我却不能容忍我的丈夫是个杀人凶手！倘若你不去自首，我就去揭发这一切！”

虽然衣宁崎的死亡，并不是敖瀚想要的结果，但没人制作森岩巧克力，这对于云端集团出产自己的巧克力品牌更加有利，所以对于敖瀚来说，牧江川的做法是有利于他利益的事情，而敖瀚绝不允许安迪娜破坏自己的事业！

敖瀚意味极深地看着安迪娜，语调轻浮：“我看你最近精神不太好，不如找个地方好好静养些时日。”说罢，敖瀚扬长而去，走出大门时，侧耳对牧江川耳语一番，似乎有着不为人知的安排。

牧江川就是在那天夜里十二点，将安迪娜从卧室里用迷药迷晕后带走的，并被关进了位于远海市老城区里的一家精神病院中。

听到这里，敖嘉彦气得胸腔上下起伏，说话都断断续续的：“你们……你们竟然这样对我母亲！然后呢？”

“你父亲是防止她出去乱说话，毁了他的事业，而你母亲被关在精神病医院内整整半年，其间听说她逃走过一次，不过又被抓了回来，至此你父亲便加派人手看守着，半年后，你母亲因抑郁症自杀。”牧江川说得云淡风轻。

敖嘉彦一直以为母亲是失踪了，他愿意相信，因为失踪就还有活着的希望，而此刻牧江川这番云淡风轻的讲述，将他一直以来的希望顷刻间击碎，他甚至不敢想象，母亲一个人在阴暗的精神病房里，是多么无助与恐惧。

悲伤与愤怒的情绪占据了敖嘉彦所有的思绪，他抬手一拳打在墙壁上，手背和墙上均留下斑驳血迹。

而一直站在后面的斌威，双腿一软，竟将瓶瓶罐罐打碎一地。

衣繁夏回头关切地问：“你没事吧？”

斌威摇摇头，不再言语。

而此时的敖嘉彦，眼含泪水地嘲笑道：“你和我父亲还真是一类人，不择手段！”

牧江川竟没有反驳：“是啊，所以你父亲将我留在身边，又给了我一份工作，甚至还出钱给我开茶馆，但我知道他不过是怕我将这一切说出去。”

牧江川说完这些话时，敖嘉彦突然蹲下身子痛哭起来，衣繁夏走到他身边，轻轻拍着他肩膀，安慰道：“一切都会好的。”

问轩阁茶馆外变得异常吵闹，警笛声一遍遍响彻雪夜，牧江川被捕了！

牧江川半低着头，双手被铐着，由两名警察架着，走到门口时他转身唤了声：“衣繁夏，‘Deve assumersi La Totale delle conseguenze’当年说这句话时，我就知道自己会有这么一天。”

警察散去，警笛远去，敖嘉彦与牧苒跌坐在地上，为各自的父母不幸的人生哭泣着，而缓过悲伤情绪的衣繁夏只是淡淡地守在敖嘉彦身边。在他们身后，年龄最大的斌威眼神复杂地看着这三人，这看似平行的人生，似乎又多了些交叉，至少在斌威看来，还有许多真相未被挖掘，包括敖嘉彦、衣繁夏、牧苒，抑或是斌威自己。

3

救出衣繁夏的那个晚上，所有人都失眠了，尤其是斌威。

那晚，衣繁夏将自己锁在卧室里，斌威则靠在客厅的窗台边，眼神空洞地望着窗外肆虐纷飞的白色雪花。

斌威在想一个问题，在做一个决定！

斌威回身走到衣繁夏的卧室门口，席地而坐，似在自语又像是在问衣繁夏：“我们什么时候才能得到真正的平静？”

卧室内是长长的沉默，大概也是衣繁夏的回答。

而衣繁夏蜷缩在角落里，这一次她没有哭泣，这并不是因为不悲伤，而是过去的两年已经伤透了心，也习惯了孤独，更有着为了寻找真相而坚持下去的动力，而如今知道了真相，反倒让她有些无所适从，能做的事似乎也只剩下了发呆。

那个长夜并没有因为真相的浮出水面而变得短暂，衣繁夏与斌威一直无眠到天亮。

衣繁夏打开房门时，斌威一晃站起身，看着她背着书包，提醒道：“我帮你请过假了，今天就在家休息吧。”

衣繁夏摇摇头：“不用，我没事。”

“撑不住的时候就哭出来，别一个人忍着，哭出来会舒服些。”斌威担心她又想独自承担痛苦，这也是他整晚守在卧室外的原因。

无助的时候，能有人陪着是一件特别幸福的事情。衣繁夏浅笑着回答：“父亲去世的时候，我以为自己会坚持不住，可我发现时间真的是治愈良药。而且经历过父亲的死亡之痛后，再也没有什么事是能击垮我的了。”

斌威心疼地揉了揉她的额头，说："你真的成熟了。"

衣繁夏牵强一笑："那我去学校了，你也快去工作吧。"说着朝门外走去。

看见衣繁夏的状态一切如旧，斌威悬着的心也终于安定了，所以这次他要专心做自己的事情了。

大雪过后的早上，连太阳的光线都变得冷清许多，地上未被污染的雪，洁白得令人不忍踩去，尤其是老城区，街道上行人甚少，斌威沿着街道缓缓走去，最终停在了一座问诊楼前。

那是距离樱院高中不远的复古小门诊，当初衣繁夏因为救蒋如婷被雨水淋病时，就是在这家门诊里打的点滴。

门诊楼下有个保安室，只见斌威幽魂般走进门诊里，一位上了年纪的大叔赶忙出来制止："小伙子，现在还没到上班时间，你在外面等会儿再来吧，医生八点半上班。"

斌威来此不为看病，只想查明一些事，见门卫大叔年龄不小，干脆跑进保安室与之攀谈起来。

"叔叔，不知您在这里工作多久了？"斌威问。

门卫大叔冥想一会儿："我今年六十岁了，在这工作有三十年喽，比你年龄都大。"

听门卫大叔这么一说，斌威来了精神，继续追问道："那您知不知道这门诊是什么时候建的？"

大叔摇摇头："什么时候建的我可不知道，我只知道，两年前不知什么原因改成了小门诊。"

又是两年前！仿佛所有的事情都陷进了一个怪圈，所有事情的时间点，都卡在了两年前，衣繁夏父亲的死亡与她被绑架，敖瀚父亲的指使与牧江川的下毒，还有斌威此刻想要查询的事情，这些看似毫无关联的事，在看不见的地方却又有着某些错综复杂的牵连。

"那这门诊前身是什么？"斌威用一双迫切的眼神，盯着门卫大叔，等待着他的进一步解释。

门卫大叔一愣，诧异地回答道："前身就是远海市精神病医院呀。"紧接着门卫大叔恍然大悟，"也对，像你们这个年龄的孩子，大概都不太清楚这家精神病医院，因为这家医院从来就没有门牌。"

一家精神病医院竟然没有门牌，这的确很奇怪，而斌威的直觉告诉他，这其中必然隐藏着不可告人的秘密。

斌威怕自己的问题引起门卫大叔的注意，于是换了个问法：“一家医院不挂门牌，那怎么接收病人呀？”

门卫大叔一声嘲笑：“嘁……病人？我告诉你吧，住进这里的都是正常人，却比精神病人更痛苦！”

门卫大叔似乎知道其中缘由，也越讲越起劲儿：“告诉你，我在这工作了这么久，住进这里面的不过也就十几个人，都是有钱人家因为一些原因，而将这些人强制关在这里的。”

“都是哪些有钱人家？”

“这我哪儿知道，我一个小保安，也是听里面的护士说的。”门卫大叔说完突然谨慎起来，将斌威上下打量一番后，问，“看你年纪不大，怎么老打听这些旧事，到底想干吗？”

斌威怕引起大叔的注意，赶忙换上一副笑脸，打趣儿道：“我还能干吗？随便问问。昨晚下雪天冷，下班回家衣服穿得少，冻感冒了，这才想来门诊开些药。”

看门卫大叔未再起疑心，斌威岔开方才沉重的话题，说：“这门诊的大楼看上去很是复古。”

“那可不，据说这是按照欧洲风格建筑的，我记得当年在这儿有一个病人，每天午后就喜欢在花园里抱着画板画门诊楼，我听说那个病人是画家。”门卫大叔回忆道。

“那叔叔你可知道那个病人叫什么名字？”

斌威激动地抓住门卫大叔的手，吓得大叔赶紧推开他，语气中满是嫌弃：“走开走开，你到底是看病还是查户口？”大叔看看表，催赶道：“医生上班时间快到了，你赶紧出去等着吧。”

两个人闲聊间，墙上的挂钟指向八点半，斌威跟着一位女医生走到输液室的走廊里，直到走到尽头，他终于在一间普通的病房前停住脚步。他的眼中噙满泪水，为了克制住哭声，牙齿使劲儿咬住右手手背，整个身体渐渐蹲下去，头靠在病房的木门上，左手不住地抚摸木门上斑驳不清的圆珠笔画。

木门的底端是用圆珠笔勾勒的画，画中一个长头发的女人躺在草地上，仰望着天空中的太阳，怀中抱着一朵向日葵，旁边还写着“妈妈爱你”四个字。

斌威哭得伤心，口中呢喃着唤道：“妈……我好想你，可我却记不住你的模样了。”

其实早在衣繁夏因救蒋如婷而输液的那次，斌威就在这家门诊里看到过这幅门板上的画，那时他只觉得有些眼熟，却没有多想罢了。至于确认安迪娜就是自己母亲这件事，其实早在他第一次潜入敖瀚书房时就猜到了。

每一个人的人生都注定不平凡，有的一路坦途，有的波折缠绕，但不管哪一种人生，他人都无法给予指引，踏上那条最崎岖的路，连黑夜都不肯给一点儿星光，你独自走着、独自抗拒着，是一路向黑还是一路光明，只有你自己知道，现在的你也看不到结果。

而真相过后，衣繁夏与敖嘉彦的关系也变得极为尴尬。

教室前的走廊上，两个人不期而遇，沉默过后，衣繁夏率先打了招呼："早上好。"

昨晚的事对敖嘉彦影响也颇大，在他心里，更多的是对衣繁夏的愧疚，毕竟她父亲的死亡跟他父亲有关，这件事就像一根刺刺进他的内心，以至于不敢抬头看衣繁夏，更不知如何与她对话。

这样判若两个人的敖嘉彦，让衣繁夏有些心痛，她怎会不懂他此刻的心情，于是冲他努力挤出一抹微笑，像什么事都没发生一样开着玩笑："今天你怎么深沉得像木头人？平日里可是你话最多，总是逗我开心。"

"你不恨我吗？"衣繁夏的笑确实很好看，可敖嘉彦却害怕自己的身份会伤害到她。

衣繁夏一仰头，轻松地回答了他的问题："我已经失去了父亲，难道还要失去你不成。"

虽然衣繁夏的回答，并没能真正解开他的心结，却不可否认的是，她治愈了他的心痛。

敖嘉彦严肃的脸上，终于露出了些微笑，他深情地望着衣繁夏，说："谢谢你。"

两个人相视一笑，并肩朝后操场走去，洁白的雪地上留下两个人深浅不一的脚印，而这两个还太过于单薄的肩膀，承载着太多的悲伤与无奈。

敖嘉彦用余光看了眼衣繁夏，唇角微动，吞吞吐吐地想要说些什么，可到头来想要说的话还是吞回了肚子里。

敖嘉彦很想说"我喜欢你"，可这四个字他总也说不出口，有时他真的很羡慕斌威，至少能抛开身份陪在她身边。

衣繁夏自始至终都不知道，敖嘉彦内疚的心终究是为了她，就像他不知道，她关心他的心，终究是因为喜欢一样。

Weitian Shaonü
Chuxin Ji

第十一章

晨曦而生，安然绽放

1

有些人，终其一生为了得到自己想要的，而去选择伤害自己最亲的人。

关于这一点，敖嘉彦怎么也无法理解父亲的想法，他更无法理解，为了保住自己的事业，父亲竟然将健康的母亲关进精神病医院，这到底得有多少恨意，才会做出如此选择。

自从那日于问轩阁茶馆回来后，父亲的音容样貌，就一直回荡在敖嘉彦的脑海中，他记忆里的父亲是威严的，也是不苟言笑的；是难以理喻的，也是不近人情的。可不论哪一种，他从来没有想过，父亲会是一个对亲人都冷酷无情的人。所以再三思量后，他还是决定去找父亲问个清楚。

敖瀚不常回敖家别墅，自从沅叔去世后，敖瀚更是很少回了，对于敖嘉彦也是不管不问，为了找到父亲，敖嘉彦在放学后直奔父亲的公司。

云端集团警卫森严，但敖嘉彦终归是敖瀚的儿子，警卫们也不敢多加阻拦。

敖嘉彦顺利来到父亲办公室前，却被父亲的保镖挡在门外。

“少爷，老板吩咐过今天什么人都不见，你不能进去。”

敖嘉彦怒火中烧，看也不看眼前的保镖，冷漠地警告道：“我今天一定要见到敖瀚！”

作为儿子在公众场合对父亲的名字直言不讳，这让两名保镖有些诧异。

眼见敖嘉彦还要往里闯，两名保镖伸手拦住他：“少爷，别让我们为难。”

此时的敖嘉彦一句话也不多解释，推开两名保镖就往父亲的办公室里走。

敖瀚正在桌前看文件，听见敖嘉彦走进来，头也未抬地呵斥道：“谁让你进来的？”

“你怎么忍心将母亲关进精神病医院，他是你的妻子啊！”敖嘉彦冲着眼前这个跟陌生人一样冷漠的父亲咆哮着。

从未被人质疑过的敖瀚，怎能忍受被儿子这样质问，扬手一巴掌打到敖嘉彦的脸上，训斥道：“我养你一天你就必须听我的！”

即便对家中的一只宠物也不会是这般态度，这不禁让敖嘉彦的脑海中浮现出他思索许久的问题，今天他再也不想忍耐了，冲着父亲大吼道：“我到底是不是你亲生的？”

一句话问愣了敖瀚，作为父亲，这样的质疑无疑是亲情的导火索，可此刻敖瀚却选择了沉默。

而这沉默更加使敖嘉彦确定心里的答案，但他还是想用这把利剑去伤一伤父亲，他极力压抑住自己愤怒的情绪，问："为什么我的眼睛是蓝色的，而你和母亲却是黑色的？这个问题我从小就发现了，却从不敢多问，而这些年，你的所作所为更让我确定了这个想法，你们并不是我亲生的父母！"

敖瀚眉头一皱，方才训人的气势全然不在，冲着办公室外的保镖命令道："少爷最近精神不太好，你们赶紧把他送回别墅，让他好好休息，别让他离开房间半步！"

"关房间不如关进精神病院啊。"敖嘉彦故意用两年前的事情刺激父亲。

这一招果然激怒了敖瀚，他随手从茶几上抓过一块石质名牌，满是愤恨地朝敖嘉彦扔去，敖嘉彦躲避不及，额头旁被蹭出了一道血印，随着一声巨响，鲜血直流。

敖嘉彦被这一举动吓得怔在原地，幸好闻声赶来的秘书将受伤的他带离办公室，否则还不知敖瀚会对他做出怎样出格的事情。

从办公室出来后，女秘书关心地问："疼不疼？我带你去包扎下吧。"

敖嘉彦摇摇头，有气无力地回答道："算了，伤口包扎好了又有什么用，精神上的痛永远都无法愈合。"

敖嘉彦漫无目的地走出云端集团，突然不耐烦地转过身，冲着父亲的两名保镖质问道："你们要跟到何时？"

"老板说过，不准你离开卧室半步。"其中一名保安郑重地解释着。

想要甩掉一个人并不难，敖嘉彦故意走进拥挤的人群，趁两个人不备拔腿就跑，在转过几条街道后，两名保镖终于被敖嘉彦甩开。

长长的街道上，敖嘉彦独自走着，连冷风都吹不醒他的情绪，他猛一抬头，竟发现走到了衣繁夏的住处，门口坐着同样失落的斌威。

这两个往日总是敌对的男生，此刻却并肩而坐。

冗长的沉默里，两个人细微的叹气声不绝于耳，而率先打破沉默的是敖嘉彦，他问："斌威，可不可以求你帮我一件事？"

这是敖嘉彦第一次这样直呼斌威的名字，那样认真与真诚。

"你说。"

"以后请你帮我好好照顾衣繁夏。"敖嘉彦的这句话说得极尽无奈。

敖嘉彦认为，在这个世界上，没有人比斌威更会全身心地照顾衣繁夏了，可不想斌威却拒绝了。

“不，我想说，以后请你好好守护住衣繁夏，她是个敏感的女孩。”斌威说得更决绝，像是在做着一场道别。

两个人平日里为了衣繁夏总是你争我夺、吵嘴不休，而现在两个人异常的说辞，似乎让他们都明白了对方心里的无助。

“你知道的，我父亲毕竟伤害过衣繁夏的父亲。”

“不，敖瀚是我的父亲，所以，你要好好替我照顾衣繁夏。”斌威忧伤地说道。

敖嘉彦目瞪口呆地看着斌威，久久回不过神来。

衣繁夏与牧苒的关系也变得有些微妙。

那天下午放学后，正在座位上整理书包的衣繁夏冷不丁地听到身后有人在叫她的名字。

“繁夏。”

衣繁夏扭头望去，诧异地看着神情暗淡的牧苒，她与往日趾高气扬的模样判若两个人。

“虽然我依旧不喜欢你，可我还是要说一声对不起。”牧苒似乎下了很大的决心，脸上满是不自然的表情。

衣繁夏很想安慰她，可有些事既然已经发生，那便已经烙下成为人生印记，她只好说：“虽然我还无法原谅你和你父亲，但我是真心希望你能生活在阳光下。”

牧苒苦笑一声，双手抚胸流出了眼泪：“你的人生的确很不幸，可我的人生也同样一塌糊涂。”

在牧苒的童年时光里，总是充满争吵与鲜血，她特别害怕每天晚上父亲回家时的场景，父亲牧江川总是喝得酩酊大醉，满身的酒精和血腥味儿总让她感到一阵反胃。

每每此时，牧苒总能猜出父亲的模样，她能想象出父亲受伤的脸，再一抬头那张沧桑略带皱纹的脸上布着瘀青、血迹斑斑。

那时牧江川在意大利的一家俱乐部做职业格斗手，每天的任务就是跟不同的人打架，只有打赢了才能拿到不菲的奖金，如果有人出高价，他也会去做些违法的事情。然而疼痛和压力，只能让他用酒精来麻痹自己，倘若牧苒的母亲多言劝说，轻则谩骂，重则拳打脚踢，以致后来家暴变成了习以为常的事情。

起初，牧苒还会劝解父母，可后来母亲干脆不进家门，这让原本就恐惧父亲的她，更对母亲产生一丝恨意。

而事情的转机也正是两年前。

那时，为参加意大利巧克力鉴赏会的敖瀚，经人介绍认识了牧江川，大人谈事自然不带小孩，就这样，牧苒在意大利的家中遇到了帅气的敖嘉彦。看见他第一眼时，她觉得自己的整个世界都被点亮了，他蓝色的眼眸望着她轻轻一笑，便将她心底的阴霾驱散。

她从未与任何人提起过这些过往，连她自己都不知道，为什么如今的倾诉对象竟会是衣繁夏。这大概便是同命相怜吧。

而听完牧苒的讲述，衣繁夏也深深地觉得她同自己一样也是个可怜人。

只可惜，衣繁夏知道自己不是个擅长安慰别人的人，她站起身，轻轻拍了拍牧苒的肩膀，留下一句“坚强一点儿，总会过去的”话后便慢步离开。

衣繁夏经过邻班时偷望了一眼教室，敖嘉彦的座位上布满了灰尘，想想是有几天没见到他了。

她知道，敖嘉彦近来心情不好，绞尽脑汁想了一番后，她决定送给他一份礼物。

为了做好这份礼物，衣繁夏熬了整整两夜。

周六的上午，衣繁夏早早地跑到了敖家别墅，正好碰到了晨跑的敖嘉彦。

清晨的风凛冽而刺骨，衣繁夏冻得瑟瑟发抖，敖嘉彦却满头挂着汗珠。

“怎么来这么早？今天没有甜点的餐谱，你可以休息的。”敖嘉彦气喘吁吁地问。

衣繁夏调皮一笑，回答道：“甜点并不是要在吃的时候才需要做，心情不好的时候也很需要它。”

在敖家别墅外，有一处百花园，冬季里除了绿色松柏外，到处都是一片寂寥的景象，花园的深处还有一排木质休息凳，两个人并肩而坐，敖嘉彦盯着她怀里的纸盒问：“盒子里是什么？”

衣繁夏神秘地递上前，说：“自己打开看看。”

纸盒很普通，浅蓝色是敖嘉彦喜欢的颜色，他打开盒子，眼前一亮：“森岩巧克力。”

这的确是森岩巧克力，是衣繁夏按照父亲留下的制作笔记亲手制作的。

“你快尝尝味道。”衣繁夏迫不及待地想要得到敖嘉彦的评价。

敖嘉彦轻咬一口，让巧克力在口中慢慢融化，在苦与甜的味道于舌尖碰撞时，敖嘉彦惊喜地看着她："就是这个温暖的味道，像妈妈的拥抱般。"

得到夸奖，衣繁夏的小脸涨得通红，而一弯腰，胸前的云崖石吊坠便露了出来。

"你还戴着它？"

衣繁夏将吊坠捧在手中，说："这样漂亮的吊坠，意义又非凡，我当然要随身戴着。不过这石头吊坠很特别，你是从哪儿得到的？"

敖嘉彦思索了一会儿："从我记事起就一直戴着这块石头吊坠，我前些年专门查询过，云崖是意大利一处不太有名气的海崖，只是吊坠为什么会在我身上，这一点我一直无从查起。"

"总觉得还是将它还给你比较好。"衣繁夏说着，将吊坠从脖颈上拿下来，却被敖嘉彦制止住。

"我一直都想送给你，你留着吧。"

敖嘉彦说完，两个人相视一笑，空气中多了一丝比巧克力更甜蜜的味道。

2

周六的上午，是敖家别墅大扫除的时间。

敖嘉彦抱着一整盒巧克力走进卧室时，发现床边的除尘机歪倒在地，想来乔姨做事一向仔细，怎会出现这样的失误？他心中不禁有些疑惑，于是跑去乔姨的住处寻找。

乔姨的卧室在别墅一楼的尽头，不大的房间里收拾得很是整洁。

"乔姨。"

敖嘉彦的呼唤声并没有得到回应，刚想要转身离开时，手臂碰到书橱，撞掉了一本书，他赶紧去捡拾，却有一张泛黄的照片从书中掉落而出。

敖嘉彦仔细端详那张照片，照片里是年轻的安迪娜抱着一个不过两三岁模样的男孩，那男孩粉嫩的皮肤衬得脖颈上的黑痣特别明显。而从安迪娜抱孩子时亲昵的举动和表情，便可看出慈母的感情。他仔细看着照片中的孩子，还真与斌威有些相似。

其实敖嘉彦一早就知道，自己不是敖瀚与安迪娜的亲生孩子，毕竟自己是混血，而他们两个人都是地道的中国人。

敖嘉彦盯着照片看得入神，却没发现乔姨已经站在门口，若不是杯子掉落的声音响起，敖嘉彦大概还沉浸在自己的世界里。

“少爷，你怎么会在这里？”乔姨紧张兮兮地踏过碎片，一把夺过那张照片。

敖嘉彦也被吓得不轻，盯着地上的碎片，又看看一脸紧张的乔姨，问：“这照片上的孩子才是真正的敖嘉彦吧？”

乔姨有些难为情，吞吞吐吐地解释道：“不过是一张旧照片而已。”

“乔姨你一向不会撒谎，你的表情已经出卖了你，告诉我实情好不好？这些年我有多痛苦你不是不知道。”敖嘉彦哀求着，眼眶中噙满泪水，看来那份情感压抑了许久。

乔姨最是疼爱敖嘉彦，一手将他带大，最是了解他身陷富贵人家的苦衷，别人羡慕的荣华富贵他没享受到，同龄孩子无法承受的重担与压力却堆积在他的身上。

“孩子，我可怜的孩子。”乔姨老泪纵横，万般无奈下终于说出了当年的实情——

“其实照片上的孩子，就是敖家真正的少爷，可惜……”乔姨说话中带着哽咽。

十六年前，敖家少爷出生不久，在一次被保姆带出门玩耍时不慎弄丢。弄丢了敖家的长子，这件事非同小可，敖瀚动用所有人脉去寻找了两个月，依旧毫无音信，而作为上层人士，敖瀚自然不愿私事被外人知晓，并拿来大做文章。那时，云端集团正处于发展时期，任何消息都有可能毁坏公司形象和利益，而对其虎视眈眈的人更是大有人在，为了堵住外人的口舌，敖瀚决定从国外收养个男孩。而关于收养男孩这件事，敖瀚并没有与安迪娜商量过，他带着随从来到位于意大利波西塔诺小镇的一家孤儿院。

那是一家名叫天使云的孤儿院，整洁的四层小黄楼上画着可爱的图画，院子中种着郁郁葱葱的灌木丛，游乐区域有着多种孩子们喜欢的游乐设施。而在孤儿院的资料室内，一名上了年纪的意大利妇女坐在敖瀚的对面，不断地翻阅手中的资料。

敖瀚想要领养的儿童，是一名三岁以内的健康男孩，这样的条件在国内本该是很容易找到的，可敖瀚想要避开媒体的穷追。更重要的是，两个月后云端集团要召开新产品发布会，敖瀚要带儿子出席，所以他这才借着来意大利参加巧克力鉴赏会的机会，来孤儿院领养孩子。

不过时间一分一秒地过去，中年妇女抬头说：“在我们的资料中，年龄最小的是五岁，而且都是女孩，没有符合您要求的孩子。”

敖瀚长长地舒一口气，起身靠在窗边点起一支烟，烟圈萦绕，思绪深远，忽然他的视线中出现一个孩子的身影。

那小男孩不过三岁模样，坐在滑梯的台阶上，双手抱膝，呆呆地盯着天空看，瘦小的模样很是惹人心疼。

站在窗口的敖瀚用手指着那个男孩，问那名女管理员："那孩子是什么情况？"

女管理员朝窗外张望下，解释道："那男孩是个中意混血儿，三岁，不过他今天才被送过来，听医院的护士说，这孩子头部受伤，记忆有些受损。"

敖瀚掐掉手指上的烟，意味深长地说："让我见见那个孩子吧。"

有人说最奇妙的缘分，莫过于一面之缘引发的情感，可对于这个男孩来说，未来的路却充满未知数。

小男孩被带到资料室的时候，敖瀚正因公司的事情跟下属发火，吼声震天响："公司年会有助于公司推广，绝不能因为我儿子的事情而影响公司，年会照常举行，其他事你不用管了。"

面对怒火中烧的敖瀚，小男孩却丝毫不怕，站在门口，眨着一双湛蓝的眼睛，视线一直没有离开敖瀚。

"你不怕我吗？"敖瀚盯着小男孩蓝色的眼睛，声音威严地问道。

小男孩摇摇头，正气凛然地回答道："为什么要怕？我又不认识你，也没做错什么事。"

初生牛犊不怕虎。敖瀚是真的喜欢这小男孩的性子，跟自己小时候一样。

敖瀚看着男孩的资料，照片上面写着"晨安"二字，他细细沉思着，两个月后就是新品发布会，如果还是找不到儿子，到时候恐怕会被外界以讹传讹，而眼前这个男孩的年龄刚好相仿。

"晨安晨安……"敖瀚念着男孩的名字，长叹一声，对着男孩说，"以后你就叫敖嘉彦吧。"

站在敖瀚身后的随从，小声询问道："这孩子的眼睛颜色……"

"无妨。"敖瀚摆手说着，合上手里的资料。

就这样，在交接完手续后，改名为敖嘉彦的晨安被敖瀚带回了国内。

得知敖瀚领养了孩子，安迪娜彻底怒了！在敖嘉彦第一次进敖家别墅时，迎接他的不是温暖的问候，而是一场令人寒心的争吵。

作为一个母亲，安迪娜一心想要找回自己的儿子，她捶打着敖瀚，口中责骂道："你怎么能如此冷血？亲生儿子，你怎么能说不找就不找？你有没有想过，我们的儿子正在某个地方受苦，可能会有危险会遇到坏人？"

敖瀚被逼问得有些恼怒，粗鲁地掰开安迪娜的手，怒吼道：“你以为我不担心吗？我们找了那么久都没有消息，你别再折磨自己了。”

安迪娜无助地摇着头，松开了抓住敖瀚的手，做着最后的控诉：“我不放弃，我相信我的孩子会没事的，他会回来的。”

“我不管你放不放弃，但家丑不可外扬，你别到外面乱说就行。”敖瀚不耐烦地嘶吼着。

安迪娜嘤嘤的哭泣声和着敖瀚的嘶吼声，吓得敖嘉彦放声大哭。

敖瀚心中烦闷，听到孩子的哭声更加恼怒，吼声震天响：“你给我闭嘴！再哭把你扔出去！”

敖嘉彦哭声不止，令安迪娜心疼不已，毕竟是当妈妈的人，看见孩子总是心生怜悯，她抱住瘦小的敖嘉彦，安慰道：“孩子不哭，我可怜的孩子。”

善良的安迪娜不忍看孩子受罪，更不忍心抛弃他，加之自己痛失亲生骨肉，安迪娜决定边寻找自己的孩子，边抚养这个名叫晨安的小男孩。

有那么一段时间，因为晨安的出现，她低落的情绪得以恢复，也慢慢习惯将晨安的名字改为敖嘉彦，并视如己出，然而对敖瀚的恨意却越来越深。

直到两年前的意大利巧克力鉴赏会，安迪娜得知敖瀚派人对衣宁崎的巧克力做手脚后，对其失望不已，于是决定揭发所有的事情。

衣宁崎去世的那天晚上，消息便传回了国内，由于心里积攒了多年怨恨，安迪娜在敖瀚回国后劝他收手。

原本还念着夫妻之情的安迪娜，被敖瀚的一句话彻底激怒。

彼此毫无感情的两个人，在男人看来更多的是拖累。敖瀚被念叨得有些烦，脱口而出道：“我的公司对我来说比什么都重要，我什么都可以舍弃，但绝不允许任何人搞垮我的公司。”

多么冷血的一句话，碾碎了安迪娜对敖瀚抱有的最后一丝希望。

“你太可怕了！我要揭发这所有的事情，你这种人应该得到报应！”安迪娜咆哮着。

对于以利益为重的敖瀚来说，安迪娜的言行已经触及了他的底线，而作为一名精明的商人，直觉告诉他，他必须采取措施。

敖瀚离开房间，冲着牧江川耳语一番：“把她给我带去远海精神病医院！没我的命令不许她出来！”

当天夜里十二点，牧江川便用迷药将安迪娜从卧室里悄悄带走了。

安迪娜被带去精神病医院里，全程由牧江川经手，且避开了敖嘉彦。

一个人平白无故地消失，必然会引起别人的注意，这一点敖瀚也十分清楚，所以他对外宣称安迪娜因离家出走而失踪。

敖嘉彦自然不相信，他跑去父亲的办公室质问：“妈妈是个成年人，即便离家出走也不会失踪的，父亲您一定知道什么对不对？”

在敖嘉彦的心里，妈妈与父亲这样的称呼是和情感相连接的，他很少叫敖瀚“爸爸”，因为他觉得，他跟敖瀚之间从来没有亲情。

而敖瀚确实也是这样做的，面对质问，语气中满是冷漠：“这件事过去就过去了，不要再提！”

至此，敖嘉彦真就不再去问敖瀚，关于寻找母亲的下落，他开始暗中调查。

时至今日，父亲的一言一行敖嘉彦还是记忆犹新，但对于乔姨的隐瞒他还是忍不住要问一问：“这些年你为什么都不肯告诉我，让我一个人苦苦查寻真相？”

乔姨额前的皱纹因为哭泣而更显深邃，她抹抹眼泪回答道：“告诉你也无济于事，我曾找去精神病医院，只差一步就能将你母亲救出来，只可惜还是被那里的护士发现了，而你父亲便加派人手看守，根本不可能再与你母亲有任何接触。后来我听说你母亲因抑郁症自杀，我实在不忍心将这个消息告诉你。”

3

当年，乔姨是照顾安迪娜生活起居的保姆，不管是少爷失踪还是领养孩子，这一切乔姨都有所经历，也都看在眼里。如今敖家七零八散，敖嘉彦也查找到当年的线索，隐忍多年的乔姨，也觉得是时候将这些真相告诉敖嘉彦了。

乔姨走到书桌旁，从抽屉的底端拿出一张泛黄的信纸，并递给敖嘉彦。

“当年你被领养回来的时候，我在你衣兜里发现了这张信纸。我曾悄悄联系过意大利的那家孤儿院，资料室的负责人说你被带到孤儿院时身上就有这张信纸，他们希望你能找到亲生父母，所以在你被领养时就将信纸放在衣兜里。”乔姨拍拍他的肩膀，像是一种安慰。

敖嘉彦轻轻打开了那张信纸，上面这样写道——

晨安，“晨曦而生，安然绽放”，这便是你名字的含义。这是你父亲给你起的名字，他是一个非常帅气的意大利人，当年因为我们都太年轻，又因为家庭的原因，我们只能选择将你送到孤儿院。你脖子上的便是云崖石吊坠，这是我们的定情信物，希望你能戴着它，保你平安。

——一位无奈的母亲

看完整封信后，敖嘉彦眼眶发红，滚烫的眼泪流经脸颊，如今的他再也不是当年那个瘦小的男孩，可身体里却总有抹不去的悲伤，这大概就是命中注定吧！冥冥中总有安排，跳不出，也逃脱不掉。

不过，敖嘉彦的悲伤情绪中，倒还有一层喜悦。

“孩子，想哭就哭出来吧，会舒服些的。”乔姨轻声安慰着，眼底满是心疼。

敖嘉彦却摇摇头：“不，被抛弃的人没有资格哭，我反倒因此而高兴……”

“高兴？”乔姨甚是疑惑，知道自己被抛弃的身世反倒高兴，她真担心敖嘉彦是不是悲伤过头了。

敖嘉彦嘴角浮起一丝微笑，他并没有回答乔姨的疑问。这个时候，大概只有他自己知道，他开心的原因是自己少了一份对衣繁夏的内疚，不是敖瀚的亲生孩子这件事，竟然抵消了他是孤儿的悲伤之感。

敖嘉彦独自走在别墅的花园内，同一时间，在二楼敖瀚的卧室里，斌威捧着一个相框久久不愿放下。

那是一张全家福，敖瀚和安迪娜站在向日葵花坛前，明黄色的花瓣映衬着两个人怀中抱着的一个婴儿，那婴儿笑得很是天真可爱，宽松的小背心刚好露出粉嫩的脖子，左脖颈上的黑痣看得清清楚楚。

斌威习惯性地抚摸着自己的脖颈，左脖颈上的黑痣格外醒目，也更确定自己就是当年丢失的敖家少爷。

当年，斌威的身份还是敖家小少爷时，他是被保姆带出门玩耍时让人偷走的。对方想要通过水路将他带走，可不想游船中途突发事故，斌威不慎落入海中，对方自然不会设法救他，幸好遇到了出海打鱼的衣宁崎，将不足三岁的他救了起来，并将他抚养长大。

那时，斌威不足三岁，保存在脑海中的记忆并不多，连母亲的名字都不记得了，可唯一记住的就是如阳光般灿烂的向日葵。这是母亲最爱的花，她总喜欢画各种各样的向日葵，再将画纸贴在房间内。所以，当斌威在复古门诊的病房门上看到安迪娜留下的那幅怀抱向日葵的画后，那些浅薄的记忆慢慢地被找回。

而此时站在书房外的敖嘉彦将这一切尽收眼底，他似乎也明白了什么，对于斌威的闯入，他并不打算追究。看来，斌威一早就猜到自己是敖家少爷，那份对于衣繁夏的愧疚他怎会不明白。

这一次，敖嘉彦终于相信斌威也是由衷地喜欢着衣繁夏。

而所有的喜欢中，总会夹杂着些许其他情绪，比如蒋如婷面对衣繁夏时的尴尬。

因为那晚衣繁夏被牧江川绑架，于是她请假休息了几天，可万万没想到蒋如婷会来家中看望。

那天中午，正在家中睡觉的衣繁夏忽然听到一阵门铃声，她起身开门，诧异地望着站在门外的蒋如婷。

“你怎么来了？”衣繁夏假装忘记了那晚的事，她也不想蒋如婷太过难堪。

“趁着午休的时间想来看看你，一会儿还要赶回学校。”蒋如婷始终半低着头，弱弱地回答道，“你那晚明明看到了我，不必假装不知道，是我错了，我太懦弱，我怎么会选择逃跑呢？”

人没有不害怕的，遇事逃避也是人之常情，虽然衣繁夏也有那么一瞬间埋怨过蒋如婷，可很快她就放平了心态。

安慰的话衣繁夏不太会说，沉默半天吐出一句话：“我这不也没事吗？别再提那天的事了。”

“那你还怪我吗？我们还能成为朋友吗？”对于蒋如婷来说，衣繁夏是她最重要的朋友，她也明白，朋友有难自己却逃跑，这是多么一件不光彩的事，虽然自己都无法原谅自己，可蒋如婷还是想主动承认错误。

说到朋友，衣繁夏的概念有些模糊，毕竟在她的人生里，独处的时间更多些。

“没有什么原不原谅，我们就像这样相处下去吧。”衣繁夏缓解着尴尬气氛。

这句话说完，周围陷入了长长的沉默中。

最终还是衣繁夏好奇地问：“你可知道牧苒的消息？”

“听说她准备休学了。”

事情发生后，牧苒的家事就在校园里传开了，同学们纷纷对她指指点点、议论纷纷，往日里与牧苒要好的女同学们，也纷纷与之疏远。

衣繁夏回学校上课的那天早上，正好遇到牧苒在办理休学手续，两个人在走廊上不期而遇。

牧苒依旧高昂着头，以一副骄傲的模样站在衣繁夏面前，语调平缓地说道：“终究，我还是走到这一步，你应该不会原谅我吧？”

对于牧苒，衣繁夏总有许多话想说，可又不知从何说起。而总有人要她原谅，她实在不知如何才算原谅，不管是蒋如婷还是牧苒，她们都有着自己的悲苦，或者说，衣繁夏在她们的身上看见了自己的影子。

“如果你能原谅你自己，比被我原谅更重要。”

衣繁夏说完，牧苒轻轻点着头，说：“所以我决定去自首，去坦白我两年前所做过的事情，虽然当时并不知道那些毒药，可终究还是害得你与你父亲阴阳两隔。对不起。”

这是牧苒为数不多的道歉，满满的真诚，让衣繁夏不禁落了泪。

她突然明白了，原谅，原来是一种畅然的感觉。

有时，隐忍多年都无法消解的痛，会因为一份感情和一句道歉而得到解脱。

衣繁夏与牧苒对立而视，彼此卸掉了曾经身披的盔甲，此刻倒像两个久未相逢的朋友。

“希望我们再相见的时候，彼此都能少些针锋相对。”衣繁夏说这句话时，脑海中突然浮现出牧苒阻拦牧江川杀自己的举动。

大概在牧苒的心灵深处，依旧隐匿着善良之心，她往日里所表现出来的种种傲慢，无非是一种自我保护。

“我走了。”牧苒说完，错身朝教学楼外走去。

衣繁夏顺着她离开的方向望去，晨曦中，牧苒孤寂的身影被光线照得一片明媚。

或许正如“晨曦而生，安然绽放”一样，牧苒也终会找到属于她的安定人生。

这些日子发生了太多事情，衣繁夏见了所有人，却唯独不知斌威的去向。

她去敖家别墅寻找，却在吴先生那里得到一个震惊的消息，斌威辞职准备去国外！

“这是什么时候的事？”衣繁夏不太相信斌威做这样的决定，竟然从未告诉过她。

吴先生也觉得奇怪：“你不知道？具体原因他也没说，只是看他很是坚定，任我怎么劝都无动于衷，他还那么年轻，一个人去国外打拼太辛苦了。”吴先生叹口气，看着衣繁夏，“幸运的孩子那么多，偏偏让你们摊上那些霉运，真是让人心疼。”

衣繁夏惨淡一笑，岔开话题：“怎么最近也不见敖嘉彦了呢？”

被她一提醒，吴先生恍然大悟道：“最近别墅有人闲聊时说，敖嘉彦不是敖家的孩子，这傻孩子把自己关在卧室里，不吃不喝，不知是不是太过伤心了！”

衣繁夏担心，却不能去敖嘉彦的卧室，丢他石子也毫无回音，手机也处于关机状态。

乔姨循着砸石子的声音寻来，看见是衣繁夏，解释道：“少爷最近在屋里忙着找什么资料，你还是不要打扰他了。”

听了乔姨的话，衣繁夏只能悻悻离开。

至于敖嘉彦，他一直在忙着搜集父亲敖瀚这些年来不为人知的大事，他想要完成母亲的遗愿，揭发敖瀚所有犯法的事情。

那时，敖家别墅里除了用人外，就只有敖嘉彦一人，敖瀚偶尔回来小休几天，所以衣繁夏几乎没有工作可做，于是乔姨准许她几天假。那时正逢元旦，无处可去的衣繁夏跑去远海市图书馆看书。

图书馆的大厅里摆放着一台巨大的电视机，衣繁夏看着书，耳边响起一段新闻播报——

“最新消息，电视台收到匿名曝光资料，云端集团董事长敖瀚，在两年前意大利巧克力鉴赏会中，买通打手向其他参赛巧克力中投药，后因误撒毒药致使森岩巧克力创始人衣宁崎死亡。敖瀚因妻子想要爆料，竟将妻子困禁在远海市精神病医院，最终造成妻子患抑郁症并自杀身亡。”

敖瀚、衣宁崎的名字，让衣繁夏整个人紧张起来，她循着播报的声音看着新闻的内容，第一个想法就是敖嘉彦揭发了此事。

衣繁夏丢下手里的书，朝敖家别墅跑去，刚到门口就看见头发花白的敖瀚被两名警察架出了别墅大门，手腕上还铐着手铐，而走在最后面的穿着警服的男人，她越看越面熟。

“怎么，换了身衣服就不认识我了吗？”身着警服的男人脱下警帽，看着衣繁夏轻笑道。

“吴先生？”衣繁夏只觉头脑一蒙，吴先生怎么会变成了警察，还带走了敖瀚？

衣繁夏想要再细致地问一问，可吴先生却很忙，摆摆手说道：“很抱歉，我隐藏了我的身份，不过我现在很忙，具体的事情敖嘉彦和斌威会告诉你的。”

一众警察在警笛声的消逝里散去，衣繁夏站在原处愣了几秒，心知必定是出了大事，转身就朝敖嘉彦的卧室跑去，此刻全然不顾什么规矩。

衣繁夏推开敖嘉彦的房门，斌威竟也在其中。

“你们……你们到底怎么回事？”衣繁夏目瞪口呆，怎么也想不明白敖嘉彦和斌威怎么会凑在一起揭发敖瀚。

斌威走到她面前，揉揉她的脑袋：“对不起，又要让你面对一些事情的真相了。”

衣繁夏昂头等着斌威的回答。

“其实，我才是敖嘉彦。”斌威说得云淡风轻，似乎知道自己的真实身份后，反倒陷入更深的悲伤中。

衣繁夏怔怔地看着斌威，完全不明白他在说什么。

“他说得没错，他才是敖家真正的少爷，而我真实的名字叫晨安。”

敖嘉彦与斌威站在衣繁夏面前，接连为此事解释着，却让她更加疑惑。

“你们早就知道了这件事？”衣繁夏左右看看两个人，并不相信听到的一切。

两个人同时点点头，斌威开口解释：“我们也是前几天才确认的身份，于是一合计，便想完成母亲想要揭发父亲犯罪的愿望，这些天我们也一直在忙着收集资料。”

“那吴先生呢？他又是怎么回事？”衣繁夏突然想起穿警服的吴先生，更是心生疑惑。

其实吴先生的真实身份是一名刑侦警察，两年前远海市公安局收到一封匿名检举信，内容说敖瀚杀人，那时远海市无人不知云端集团董事长敖瀚，而那时敖瀚确实也因几起经济案件被警察注意，只可惜敖瀚有权有势，为他卖命遮掩的大有人在，警方一直无法抓到敖瀚的证据。

而吴帅就是当年负责追查敖瀚案件的警察，为了查找到更多的细节证据，他化名吴先生，应聘到敖家别墅当起了厨房主厨。

所以这次得知敖嘉彦与斌威的计划，吴先生便与两个人联合，将自己所搜集到的资料告知两个人，这才有了新闻曝光事件。

那天，敖嘉彦和斌威将这些事全部告诉了衣繁夏，她突然觉得人生真是一个玩笑，它愚弄了别人，却又让人后知后觉。

第一次，衣繁夏觉得三个人同命相怜。

Weitian Shaonü
Chuxin Ji

第十二章

忘不了的方向，你是否会出现

1

自从敖瀚被抓后，云端集团旗下的相关产品全部受到影响，公司也一度陷入瘫痪状态。

那时临近春节，学校放了寒假，连高三的学生都放下紧绷的神经。

为了使自己变得活泼开朗，不再惧怕与人接触，衣繁夏特别找了一家名叫琥珀的咖啡店，做起了兼职工作。最重要的是，咖啡店里有制作巧克力的器材，偶尔工作间隙，她都会义务帮店里做些巧克力甜点，时间一久，竟也有不少客人，专门来此点名要吃衣繁夏做的甜点。

敖嘉彦每天午后都会准时来咖啡店看书，他会点上一杯薄荷清茶，再配上衣繁夏亲手做的巧克力千层蛋糕，午后明媚的阳光，透过落地窗落在他的肩膀和侧脸上，蓝色的眼眸像两颗晶莹的宝石，再望一眼厨房间忙碌的衣繁夏，时光仿佛静止般美好。

那天，衣繁夏研制出了一款名叫“水晶草之夏”的新甜品，绵软的海绵蛋糕中是白巧克力夹心，最外面一层是绿色的抹茶粉，她将甜品做成了菱形，上面用一枝白颜色的水晶草做点缀，绿意盎然，很有夏天的味道。

衣繁夏兴奋地端出这道甜品时，斌威也适时而来。

“快来尝尝我新做的甜品。”衣繁夏热情地将斌威带到敖嘉彦的对桌。

两个人品尝了衣繁夏的甜品，却又心事重重地不说话。

身世的调换的确是人生大事，无论是敖嘉彦还是斌威，人生似乎都变得不再平淡。衣繁夏能感受到他们此刻的心情，所以自觉给了两个人单独相处的机会。

两个人相对而坐，敖嘉彦似乎有更多的话要说，他看看斌威，建议道：“不如我们回归各自的位置吧。”

斌威抬头与之对视，反问道：“还有回归各自位置的必要吗？敖家少爷的位置我并不喜欢。”

“我也不喜欢。”敖嘉彦赶紧发表自己的意见。

斌威赶紧摆摆手：“你已经做了那么多年的少爷，继续做下去吧，我只想过无忧无虑的生活。”

敖嘉彦一把夺过斌威手里的饮料，抱怨道：“你不能这么不地道，只有你想过无忧无虑的生活？我还想自由自在呢，替你做了这么多年的敖家少爷，也该让我休息休息了。”

说到底，金钱与权力都不是人生最重要的，关于这一点，年纪轻轻的敖嘉彦与斌威，似乎比那些大人看得更通透。

斌威最初来到敖家工作，也只是为了寻找自己的身世。当年，衣宁崎在海上将他救起时，远远地看见船体上写着“远海渔船3号”的字样。

衣宁崎曾告诉过斌威这些细节，这些年他去过海事中心，打听过那艘3号渔船，那是一艘普通的渔民出海打鱼时用的渔船。斌威在老渔民那里得知，当年的确有个男人来此借他渔船使用，还因为海难弄丢了船上的一个孩子，救援队搜索多天都毫无踪影，最后判断为失踪。

后来，斌威通过海事中心的监控发现了牧江川，几经查询才找到敖家。为了顺着蛛丝马迹找到更多的真相，他便在敖家求得一份主厨助理的工作。

如今真相已大白，斌威也不想再留在远海这座城市。

“等这件事彻底结束后，我打算去国外进修厨艺，这件事我希望你能帮我一起去完成。”斌威说完，细细品尝起衣繁夏做的甜品。

关于这件事，斌威不想再去面对，也不想再去恨任何人。敖嘉彦明白他的处境，所以也没有再逼他回归原位。

“我去找过牧江川了，可惜对于当年偷敖家少爷的事他并不承认。”斌威停顿一会儿，抬头看着敖嘉彦，建议道，“你能帮我去找找牧苒吗？兴许女儿的话他会听从。”

自从统一战线，揭发了父亲敖瀚的违法之事，两个男孩之间似乎更加惺惺相惜了。

敖嘉彦点点头：“好，我会去试试的。”

而为了帮斌威，敖嘉彦去见了一次牧苒，那时休学在家的牧苒很是憔悴，一个人孤零零地坐在客厅的沙发上，见敖嘉彦来了，她先是一愣，匆忙地捋头发，问：“你怎么会来？”

虽然牧苒过往的种种，着实令人生厌，可自从知道她的生活经历后，还是多少有些令人心痛。更何况敖嘉彦与牧苒相识那么久。

敖嘉彦坐到她旁边，小心翼翼地生怕再次伤害到她：“你父亲当年偷走了敖家的小少爷，关于这件事斌威想要问一问具体的实情，你能帮我们劝劝你父亲吗？”

听闻敖嘉彦所说的事，牧苒有些失落，她以为自己能听到些安慰的话，到头来她依旧得不到任何人的关心。

牧苒并没多想，点点头说：“好，这件事我一定办到。”

敖嘉彦没想到，牧苒会这样爽快地答应，毕竟那是关乎自己父亲的事情。

敖嘉彦关心地问道：“这样真的没关系吗？”

“欠下的账总是要还的。”牧苒苦笑一下，继续说道，“他做了那么多坏事，也是时候真相大白了。”

牧苒深吸一口气，将视线转向窗外，凋零的枝头很是苍凉，像极了她此刻冰凉的内心。

第二天上午，牧苒、敖嘉彦和斌威三人来到看守所，在填写过手续后，牧苒和斌威终于在探访室内见到了牧江川。

看见斌威，牧江川有些不耐烦：“你怎么又来了？我对你无话可说。”

这次斌威并没开口，牧苒倒是有些着急：“爸爸，当年到底发生了什么事？你倒是说说看啊，这样被人指指点点的生活，难道你还没过够吗？我现在连学校都不敢去，只能先办休学。”牧苒说着禁不住流下眼泪。

可怜天下父母心。即便牧江川再冷酷无情，也不忍心看女儿流泪，更经受不住女儿的苦苦哀求。

沉默半晌，牧江川终于松口，他叹口气说道：“十几年前，偷敖家小少爷的人的确是我。”

“可您不是两年前在意大利认识的敖瀚吗？”斌威诧异地看着牧江川，完全想不明白这其中的关联。

上了年纪的牧江川总是习惯性地叹口气，揉着太阳穴很是无奈：“这孽缘跟缘分一样，都是冥冥中注定的。世界虽大，却终究逃不过还债的命运。”

当年，敖瀚的云端集团刚有起色，市场竞争激烈，于是被一些心怀不轨的同行盯上，为了教训敖瀚，有人在暗中收买牧江川，并指使他将敖瀚的孩子偷走，以此给他些教训。

为了钱，牧江川的确照做了，谁也没想到，为了躲避警察的查找，牧江川在选择水路逃走的时候，遇到大风天气，造成渔船受损，自身难保的牧江川一时失神，就没注意到船上的孩子落入水中。后来，牧江川被救起后，只字不敢提孩子的事情，因怕事情败露，他携家带口地移民到意大利生活。

直到两年前，敖瀚在意大利经人介绍认识了牧江川，并以高价要求他在鉴赏会上将“特殊食材”分撒进衣宁崎的巧克力上。作为董事长，敖瀚自然不认识牧江川这样的小人物，可牧江川却一眼认出敖瀚，毕竟曾经偷走了敖家少爷，所以牧江川也不敢接这项任务。

最后，还是在敖瀚拿出一张五十万元的支票下，才让牧江川狠下心来决定接下这次任务。

“杀人的罪名是我应得的，可是……”牧江川一双怨愤的眼睛看向女儿牧苒，“我女儿是无辜的，当年她是在不知情的情况下，才调换了材料，这是我的错，我只希望别人不要再用异样的眼光去看她。”

“我自己的错，我自己承担。我现在才发现，原来坦白，才能让自己更加轻松。所以无论怎样，我不想让自己的青春有任何遗憾。”牧苒说完，朝站在一旁的警察点点头，像是下了巨大的决心一样。

而从看守所里出来后，斌威整个人轻松了。

敖嘉彦从看守所的大门张望，疑惑地问道：“牧苒呢？怎么就你一个人出来了？”

“警察在给她做笔录。”斌威回答着，又深深地叹口气，“也许牧苒真是无辜的，只是这绕不开的宿命太折磨人了。”

斌威说完，敖嘉彦也不再追问了，他明白牧苒想要做什么。

只是当一切尘埃落定时，人却像失了方向，迷茫得有些不知如何前行了。

敖嘉彦与斌威并肩而站，身后那棵落叶已尽的白杨树，看上去万分凄凉。

“敖嘉彦，你以后有什么打算？”待一切平静之后，斌威很好奇敖嘉彦以后的生活。

敖嘉彦轻轻一笑：“以后不要再叫我这个名字了，请叫我晨安。”

都是想要逃离敖家的人，对于经历颇多的二人来说，真正的普通人的生活才是他们想要的。

“你什么时候离开？”敖嘉彦侧头看着斌威。

“一周后去法国的一家餐厅学习料理。以后就麻烦你多多照顾衣繁夏了。”斌威说着就要起身离开。

敖嘉彦箭步上前拦住他的去路，问：“难道你不与繁夏做个告别吗？”

斌威长叹一声，反问道：“如果你是我，你会怎么办？有时我还真羡慕你。”

两个人一前一后地走在街道上，熙熙攘攘的人潮中，敖嘉彦抬头望着天边的云朵，所有的人都找到了归去的方向，只有他还不知晓亲生父母的身份，他想要去寻找却又惧怕失望，而面对未知的未来他也一片迷茫。

2

在乔姨的帮助下，敖嘉彦终于将学籍、户口上的名字改成了晨安。

再次回到校园时，已是初春时节，篮球场旁边的一排梧桐树已经冒出了绿芽，课间休息的时间，衣繁夏总要来这里转上一圈，晨安总是跟在她身后，她走他便追随，她停他便驻足。

一连几天，衣繁夏都会追问，直到那天下了一场春雨，晨安在走廊上将她拦住，提醒道："下雨天就不要再出去了，会淋病的。"

衣繁夏点点头，将身子靠在走廊的栏杆上，托腮思考着问道："距离高考的时间越来越近了，你有想要考取的大学吗？"

"有啊。"晨安温柔地看着衣繁夏浅笑道，"你去的地方就是我想到的地方。"

衣繁夏与他四目相对，眼底的柔情代替了曾经的躲闪，这个年龄或许还不知何为爱情，但他们却懂得那一个眼神里的怦然心动。

衣繁夏垂眉浅笑，羞涩地回答道："那我们一起努力啊。不过你可要帮我补习功课。"

"当然可以，还是那家咖啡馆好不好？"看见衣繁夏越来越开朗活泼，他忍不住揉揉她的长发，说，"这么久以来真是辛苦你了，以后一定都会好起来的。"

这样的安慰令衣繁夏心中一阵温暖，但她也在担心另一个人，斌威。

得知斌威要去法国的时候，一周已经过去一半，衣繁夏拼了命地跑回他住的地方，看着铺满床铺的衣服和必需品，她知道斌威已经决定要离开了。

"你要走为什么不告诉我？"衣繁夏盯着忙碌的斌威，着急得快要哭出来，曾经他对她疼爱有加、无话不说，那种完全属于她的安全感，现在来说却有一种突然瓦解的感觉。

衣繁夏太了解自己了，她懂得自己的那份自私，斌威多年以来对她的宠爱早已让她习惯了他的存在，如今的隔阂，令她心如刀割般难受，她伸手制止住斌威的动作，质问道："你看着我的眼睛，你为什么一直躲着我？"

斌威不为所动，眼睛无神地盯着床铺，也不肯回答衣繁夏的问题。

“虽然你是敖家的人，但我从来没有恨过你！你依然是我的亲人。”衣繁夏着急地解释着，生怕斌威不能理解她的想法。

而隐忍多时的斌威，再也压抑不住自己的情感，懊恼地蹲下身子，发泄道：“可我过不了自己这关，一想到我的亲生父亲是间接害死你父亲的人，我就无法原谅自己，更不敢靠你太近。给我点儿时间好吗？”

这世界上最难的事就是跟自己斗，衣繁夏知道他的难处，于是不再逼他。

卧室里长久的沉默，让气氛变得尴尬至极。衣繁夏整理好自己的情绪，淡淡地问了一句：“你还会理我吗？”

衣繁夏从小就没有安全感，这一点没人比斌威更了解了，他放下手里的东西，安慰道：“我永远都会宠你的。”

那一晚，衣繁夏独自回到住处，她并没有让斌威送，她知道没有人是必须陪在自己身边的，她必须独自成长。

那天算是两个人做的一场告别，没有过多的问候，也没有更多的寒暄。

而在走之前，斌威专门去看守所探望父亲敖瀚。

敖瀚的白发比以前更多了，后背也微微驼起，眼底布满红血丝，看见斌威走进来，眼神变得温柔许多，夹杂着些许泪水，他声音颤抖着问：“小彦，你是小彦吗？”

斌威点点头：“但我一直叫斌威，以后也会叫斌威。”

这份倔强斌威一点儿不觉得后悔，除了知道自己亲生父亲做过这么多坏事外，他更庆幸，这些年来并没有跟他相处的机会，以至于没有了难以割舍的亲情。

“赎你该赎的罪吧，我会离开这座城市。”斌威说完就要起身。

“你要去哪个城市？虽然你不愿认我这个父亲，我还是想知道，你要去哪里，过得好不好？”敖瀚双手撑在桌上，仿佛随便一件事情都能将他击垮般。

斌威背对着敖瀚沉默一会儿回答：“去法国学习料理制作。”

身后传来敖瀚的声音：“也好，总比像我一样好，就那样简简单单过一生吧。”

在敖瀚长长的叹息中，斌威缓缓地走出看守所。

毕竟是亲生父亲，看着敖瀚那越发沧桑的模样，斌威还是有些心痛。

斌威独自拖着行李箱在机场的门口徘徊，不远处是朝他挥手的晨安。

斌威也冲他招招手，用旁人听不到的声音自语道：“请一定要幸福，希望我们的以后再也没有痛苦。”他挥挥手，下定决心要跟过往做一个了断，他要重新找到他自己，走属于斌威的路。

斌威毅然决绝地走进了机场，没有多看这个城市一眼。

直到再也看不见他的身影，晨安才冲着石柱摆摆手，说：“出来吧，他已经走了。”

衣繁夏这才从石柱后走出来，望着斌威离开的方向暗自伤神。上一辈人的恩怨纠缠，总会让这一辈的人尴尬无助，而有些事，并不是想忘就可以忘掉的。

“给他点儿时间吧。”

时间是最好的良药，它能抚平伤口，淡化悲伤。他们三个人都需要时间来治愈。

好在斌威离开的那段时间里，有晨安陪在衣繁夏的身边。

因为距离高考的时间越来越近，晨安总是督促衣繁夏抓紧学习，她的基础本就不好，再加上心情烦躁，总也不愿静下心来看书，为了哄她开心，晨安专门学习制作巧克力。

男孩子手本来就不巧，再加上制作巧克力是个技术活，所以晨安亲手做的巧克力有些惨不忍睹。

为了方便，晨安用饭盒每天带些巧克力来学校，课间休息的时候，就会往衣繁夏的教室跑。

那些巧克力不是太甜就是太苦，形状也歪歪扭扭，一看就是出自一个初学者之手，晨安总说：“实在难以下咽的话就别吃了。”

衣繁夏摇摇头，反倒吃得更加起劲儿，嘴里还不断地赞叹道：“其实还不错，苦苦的味道我喜欢，就像人生一样掺杂着甜与苦。”

晨安无奈地苦笑，边揉着她的脑袋边说道：“才多大的年纪，说出这么成熟的话。”

晨安溺爱的举动和语言，让衣繁夏有些害羞，她半垂着头，兀自往嘴中塞了一颗巧克力，又抬手递给晨安一颗。

万物复苏的春天里，整个校园都充斥着青春的气息，两个人并肩坐在后操场上，一起品尝着巧克力醇香的味道，那份沉静，仿佛为他们动荡不安又惊心动魄的青春画上了句号，但同时又开启了一段全新而美好的旅程。

晨安每天早上都会骑着脚踏车等在衣繁夏的楼下，面包、牛奶总是在她下楼的一瞬间便递了上去。可那天早上，任凭晨安左等右等都不见衣繁夏出来，再看路旁停着一辆红色轿车，他心里大概知道发生了什么事。

而此时衣繁夏的住处的确多了一个人，一个并不友善的人。

“听说你开始做巧克力了，要不要跟我回甜品店，我会给你工资的。”身穿红色呢子大衣的衣蝶儿姿势优雅地坐在沙发上，等着衣繁夏的回答。

在衣繁夏的心里，姑姑的言行已经离亲情越来越远了，有时冷漠拖带着无情，逐渐就让一段感情变淡，最后成了陌生人。

“马上临近高考了，我不想去。”衣繁夏直截了当地拒绝。

这让衣蝶儿瞬间愤怒，她噌地从沙发上站起来，用尖锐的声音骂道：“你这没良心的丫头，我好歹是你姑姑，你却从来不帮我。”

“有些事就到此为止吧，以后再也没有森岩巧克力了，你这样市侩根本不配谈森岩巧克力！”衣繁夏说完，左脸颊上便结结实实地挨了一巴掌。

那一巴掌用力之大，震得衣繁夏耳膜生疼，整个脸颊变得火辣辣的，还没等衣繁夏反驳，大门突然被人打开，晨安冲到两个人中间，将衣繁夏掩护在身后，冲着衣蝶儿质问道：“有你这样的姑姑吗？逼自己侄女做不喜欢的事，不顺从还出手打人，我警告你，要再来骚扰她我不会放过你的。”

衣蝶儿冷哼一声，得意扬扬地说：“敖瀚都被抓了，还有谁替你撑腰？”

“敖家的势力你不是不知道，想要整垮你的连锁甜品店并不会很难。”此时的晨安说起这句话来，并不像是一个高中生，反倒更像是成熟的大人。

那时晨安虽然改了名，不是敖家少爷这件事也被众人所知，但敖瀚并没有将他排除在敖家的户口外，所以衣蝶儿也不太敢得罪他。

衣蝶儿只得悻悻离开。

晨安再回头看一眼衣繁夏，她整个左脸颊都红肿了：“下手怎么这样重？”晨安说着去弄了一条冷毛巾帮她冷敷。

衣繁夏轻轻地推开他的手臂，声音低落道：“我没事，上课快迟到了，我们快走吧。”

去学校的路上，衣繁夏坐在晨安的脚踏车后，她抓着他的衣角两侧，轻轻地将头靠在他的背上，想寻找到一份阔别许久的安全感。

春风轻柔地拂过面颊，舒缓了疼痛，望一眼树梢，清清浅浅的绿色一片清新，衣繁夏将手伸在半空中，试图去抓住那一缕看不见的微风，她想，这大概就是青春的颜色吧。

3

那之后的两个月过得很是平静，衣繁夏与晨安一起学习，一起吃饭，一起在篮球场上奔跑，春天延续到初夏，这冗长的青春片段以高考的开始为结束点。

高考结束的那天下午，走出考场的衣繁夏与蒋如婷迎面相遇，两个人纷纷面带微笑，好似走出了之前的友情鸿沟。

“嗨，繁夏考得如何？”蒋如婷主动打着招呼，像两个天天黏在一起的好朋友。

经历过这许多事，衣繁夏早已学会了原谅与调整自己的情绪，她努力让笑容变得更加灿烂，热情地回答：“还好，幸亏这段时间晨安帮我补习功课。”

两个人说笑着并肩朝校外走，临近校门时，蒋如婷碰了下衣繁夏的手臂：“喂，那不是晨安吗？”

顺着蒋如婷手指的方向，她果然看到靠在脚踏车上的晨安。

看见衣繁夏，晨安直起身子，一副欲言又止的样子。

蒋如婷看出他有话要说，于是识趣道：“繁夏，我还有事先走了，你们聊。”

蒋如婷走后，晨安依旧半低着头，微动的嘴唇似乎又将想说的话吞回了肚子里。

“你想说什么就说吧。”衣繁夏盯着他，也很好奇晨安到底怎么了。

晨安轻咬嘴唇，吐出几个字：“我要去意大利。”

衣繁夏颔首点头，并没有因为他的决定而感到惊讶，她早就猜到他有这个想法，毕竟一个人连自己亲生父母都不知道是谁，这是件很痛苦的事情。

“你不问问我去做什么吗？”晨安内疚地看着衣繁夏。

她抬手解去脖子上的云崖石吊坠，并递给他：“晨安，我希望你能找到你的亲生父母。”

“可我不在你能行吗？我答应过斌威要好好照顾你。”陷入了两难之境的晨安接过云崖石吊坠，抱歉地看着衣繁夏。

衣繁夏双手背在身后，反倒安慰他：“我现在没事了，不再是以前那个阴郁又爱钻牛角尖的女孩了。放心去吧，你打算什么时候走？”

“明天，不出意外的话一周后就回来，我会快去快回的。”

晨安推着脚踏车，跟在衣繁夏的身后，两个人不语前行，感受着初夏不可多得的宁静。

波西塔诺小镇，是位于意大利坎帕尼亚大区阿玛尔菲沿岸的一个小镇，碧海蓝天，悬崖深陡，与海崖相邻的是一排排白色的房屋，房屋外的海岸上停着几艘游艇。

晨安是独自来的，带着母亲给他留下的那封信，在波西塔诺小镇上走走停停，沿街的小店、路边摆摊的摊主，晨安用电子翻译书，向他们询问着云崖石的位置。

可惜都没人知道。

晨安落魄地坐在台阶上，旁边有一位持笔作画的老画家，她看上去六七十岁，满头的银发用一块蓝色手帕束着，一条素色的长裙虽然与她年老的外貌不相符，可老画家看上去却气质不凡。

老画家走到晨安面前，慈祥地拍了拍他的肩膀，用一口流利的英文问："你在找云崖石海岸吗？"

晨安猛地点点头。

"现在很少有年轻人知道云崖石海岸了，你顺着这条路一直走，最后面的那块崖石就是云崖石海岸了。"

晨安毕恭毕敬地道过谢后，背着背包就朝着老画家指的方向跑去。

晨安心底忐忑不安，他也不知道，那云崖石之上，到底会不会有关于父母的一些线索。

一周的时间很快过去，自从晨安去了意大利后，两个人再也没有联系过。衣繁夏每天都会登录意大利的新闻网，虽然她也不知道自己要看什么，但晨安在意大利，她便想多关注一些那里的情况。

时间又过去四天，这与晨安所说的归期并不相符，衣繁夏有些担心，去问过乔姨无果后，她只得去警局找吴先生帮忙。

六月中旬的远海市，热得犹如一团火。衣繁夏顶着烈日一口气跑进警局，抓着吴先生的手臂央求道："吴叔叔，我找不到晨安了，也得不到他任何消息。"

吴先生并不知道晨安去意大利找寻父母的事情，看见衣繁夏这样紧张倒觉得她太大惊小怪了。

"别急，他这么大的人不会有事的。"吴先生安慰着，并忙着手里的活。

吴先生的话让衣繁夏心安不少，她接过女警察递来的一杯热茶，心不在焉地喝着，对警局里的对话声充耳不闻。

“嗨，老吴，听说没？有个少年在意大利失踪了，上面让我们调查户籍呢。”一名警察火急火燎地跑进办公室，将这个消息告诉了吴帅。

意大利？少年？吴帅迟疑地看着正呆望自己的衣繁夏，开口安慰道：“先别着急，让我查查。”

不知为何，衣繁夏心底突然阴凉起来，安静又忐忑地等待着吴帅的归来。

她情绪低落地等着，突然警门被推开，吴帅气喘吁吁地扶住门框，眼睛定在衣繁夏的身上。

衣繁夏可怜兮兮地看着他：“吴叔叔，你说吧，是不是晨安出事了？”

吴帅沉默一会儿，表情异常凝重，半晌开口道：“是的。听说一名中国籍少年在一处海崖上失踪，已经证实是晨安了，但还没有找到人。”

衣繁夏手一抖，杯子掉落在地，她怎么也想不到，晨安会失踪。

吴帅知道两个人的关系好，更怕衣繁夏会因此而陷入忧郁中，此刻除了安慰外也别无他法，于是拍拍她的肩膀：“意大利的警察也在寻找，一定不会有事的。”

“好。那麻烦吴叔叔了。”衣繁夏看似平静的情绪却早已崩溃，她游魂般走出警局，来来往往的人流很拥挤，她就像个木偶一样被人撞来撞去。

晨安失踪的消息对衣繁夏打击很大，斌威离开后，晨安就像她的坚实盾牌，给了她无限的安全感和喜悦。可如今，她却可能再也见不到他了，一想到这里，衣繁夏觉得整个世界都灰暗了。

那晚，衣繁夏将自己关在房间里，担心、害怕、不安，她也无法形容自己此时的心情，只能任由自己陷在深渊中。

天蒙蒙亮时，衣繁夏将深埋的头从双臂中抬起，红肿的眼睛变得异常坚定，像是下了某种决心。

衣繁夏给吴帅发了一条短信：吴叔叔，我要去意大利找晨安，您能帮我安排下吗？

吴帅担心她，一通电话打过来，询问：“你真要去？”

“是！一定要去！”衣繁夏语气坚决，不容反驳。她相信这世界上有奇迹发生，而她也相信晨安一定会平安无事。

因为有吴帅的帮助，衣繁夏的出国手续和证件很快拿到手中。

离开远海市的那天，天空晴朗明媚，衣繁夏的心情却像被乌云笼罩。

她望着飞机窗外的蓝天白云，暗暗告诉自己，晨安曾经救过她，这一次不论他在哪儿遇到怎样的危险，她都要将他找回来。

时隔两年后再次来到意大利，衣繁夏的心情已经平复了许多，那时年龄太小，又经历许多，她甚至没有好好看一看这个美丽的国家。

她独自走在波西塔诺小镇的街道上，向商铺或街头的行为艺术家们描述晨安的长相。

那时波西塔诺小镇小雨飘飘，衣繁夏走到一处欧式教堂前，一名年老的女画家正在画着风景画，周围并没有人驻足观赏。

衣繁夏想要询问，却又不忍打扰专注的女画家，只好站在不远不近的地方等待着。

大概过了十分钟，女画家放下画笔，用不标准的中国话问："你一个人吗？"

衣繁夏点点头，为老奶奶会说中国话而高兴，她连忙拿出一张晨安的照片，问道："奶奶，您见过这个男孩吗？他前段时间来过这里。"

女画家仔细端详着那张照片，始终如一的表情让衣繁夏由期待到失落。

就在衣繁夏想要放弃离开时，女画家恍然大悟地说道："等下，我见过这个男孩。"

从女画家热烈的眼神中，衣繁夏好似看到一种希望。

"他去了哪儿？什么时间？"衣繁夏不会说意大利语言，这会儿因为着急更顾不上许多，急着用中国话问道。

女画家倒是淡定，知道两个人语言不通，干脆用画笔在纸上把路线画了下来。

衣繁夏顺着路线图找去，终于在半日后找到了所谓的云崖石。

崖石上风声簌簌，刮得衣繁夏站不稳脚，长发也肆虐地飘起，她朝海崖下望了一眼，惊涛骇浪一波一波地拍打着岸石，两艘游艇从远处驶来，发出轰隆隆的声响，上面站着两名瘦高的男人，不停地冲着衣繁夏挥手，口中喊着听不懂的意大利语言："别站在那儿，很危险的。"

衣繁夏不解地看着两个人，直到游艇停在岸边，两个男人紧张地冲上海崖，一把将衣繁夏扯到距离崖边较远的地方。

没等衣繁夏反应过来，其中一个金色头发的男人训斥道："Questo posto è

pericoloso, un PAIO di Giorni fa Cadere un uomo, ragazzo."

衣繁夏一脸迟疑，幸好跟随的另一名男子会说简单的中国话，匆忙解释道："这个地方很危险，前几天还有个男孩掉下去了。"

"什么？"听到这个消息，衣繁夏头脑一蒙，抓住两个人问，"那个男孩呢？有没有找到？"

"没有。据说找了一星期，现在已经报了失踪人口。为了安全起见，我们每天都在附近巡查。"

掉下去了，晨安掉下去了！衣繁夏一屁股坐在地上悲伤地痛哭起来。

此时小镇里的教堂响起了钟鸣声，衣繁夏又想起父亲曾说过的话，波西塔诺小镇的人们相信子夜是一天的开端，更会带来好运。当年，她听到钟声的时候，父亲已经去世，而今，她再次听到钟声，不知是不是预示着什么呢？

Weitian Shaonü
Chuxin Ji

第十三章

星空忽远逝，晨安非晨安

1

从意大利回国后的第三天，衣繁夏收到一份快递。她迫不及待地在楼下拆开包装盒，令她诧异的是，小巧的盒子里装的竟然是云崖石吊坠和一封简短的信。

信中这样写着："繁夏，听闻云崖石只有送给喜欢的人，彼此才会幸福。所以这一次，我郑重地将这块云崖石吊坠送给你。"

晨安人失踪，吊坠却邮寄回国，衣繁夏觉得这其中必有蹊跷。

于是她顺着快递公司的地址信息一层层找去，最终得知邮件是由意大利一家快递公司发出。

为了弄明白这件事，衣繁夏辗转多处，终于捋顺了晨安失踪的时间点。

事实上，晨安是在去云崖海岸的前一天，便将云崖石吊坠用快递邮寄回远海市。

捧着那含意深深的吊坠和信，衣繁夏彻底失了神，睹物思人的心痛感她是真的体会到了。

那些日子，天气一天天炎热起来，衣繁夏总喜欢在咖啡馆没工作的时候，坐在窗边发呆，她突然怀念起高中的时光，那时晨安还叫敖嘉彦，为了帮她提高考试成绩，每天下午放学后都会在咖啡馆为她补习功课。

而时间匆匆而过，仿佛这些都是昨日之事，如今想来还都历历在目。如此印象深刻的时光就像那个下着倾盆暴雨的午后一样。

吴帅推开咖啡馆的玻璃门时，厨房中的衣繁夏刚好打碎一个搪瓷杯，而吴帅惊慌的声音几乎和她手指划伤在同一时间。

"繁夏，出事了！"吴帅被门框一绊，硬生生地磕在木桌上。

来不及查看伤口的衣繁夏探头一看，诧异地问："吴叔叔，发生什么事了？是不是找到了晨安？"

终于平复下气息的吴帅点点头："是，找到了。"他脸色暗淡，语气一沉："找到的可能是他的尸体。"

在吴帅说完这句话后，整个咖啡馆的气氛凝结如冰，衣繁夏踉跄地跌坐在凳子上，惨白的脸色令人担心。

吴帅扶住衣繁夏的肩膀，担心地问："你还好吗？"

衣繁夏抓住吴帅的手，眼泪不禁流下来，带着哭腔："晨安在哪里？我想见见他，求你了，吴叔叔，带我去看看晨安吧。"

有时找不到反而更充满希望。吴帅知道自己带来的是绝望，但又不得不说，他望了眼窗外的雨帘，轻语道："想哭就哭吧，我已经通知了乔姨，明天她会接你一起去殡仪馆的。"

夏天的雨来去匆匆，滂沱大雨变成毛毛细雨，直到傍晚雨停，衣繁夏还在埋头擦拭咖啡馆里的木桌，泪痕已干，眼眶却越发通红。

警局还有事，吴帅不敢耽搁，可又担心衣繁夏的状况，似乎看出他的担心，衣繁夏懂事地说道："吴叔叔你放心忙工作吧，我会安静地等明天和乔姨一起去看晨安的，经历过父亲的事情，我不会再像两年前那样脆弱了。"

"好，有事记得打我电话。"

吴叔叔走了，咖啡馆最后一个客人也离开了，连在此躲雨的小野猫都跑了出去，咖啡馆里只剩下衣繁夏一人，除了屋檐上的雨滴发出滴滴答答的声响外，空气中静得吓人。她把杯子收拾好，将玻璃门关锁完毕，像没发生任何事一样平静地走在回家的路上。

刚下过雨的路面，水洼连连，衣繁夏也不躲闪，一脚脚踩过，水渍浸湿她泛白的帆布鞋也毫不在意。

自从晨安失踪后，衣繁夏哭过无数次，每一次都品尝到心痛的滋味，那种找不到他任何踪迹和信息的夜晚，让她的思绪像混乱的电波一样跳跃不安，而今终于得知了他的死亡信息，思绪反倒破天荒地安稳了下来。

那一晚，衣繁夏趴在窗台上，一直捧着云崖石吊坠仰望星空，脑海中出现了无数与晨安相处的画面，那些悲伤的、快乐的记忆就像一部部光影播放器，越是想要忘记，越是一遍遍重放于脑海中……

晨曦中的小区阳光满溢，笔直的梧桐树枝繁叶茂，形成一个巨大的树荫，清风掠过，带来阵阵凉意，衣繁夏不禁打个寒战，醒来时才发现自己竟趴在窗台上睡着了，而同一时间门铃急促地响了起来，一个疲惫的声音在门外唤着："繁夏，你在不在？"

衣繁夏迫不及待地打开房门，伤心又委屈地叫道："乔姨……"

乔姨伸出双手将衣繁夏抱入怀中，两个人自始至终都没有提晨安的名字，她们知道晨安是彼此心中的伤，更何况晨安是乔姨一手带大的，他经历的磨难，乔姨全部看在眼里，漫长的时间，早已将二人的主仆关系，变成了一种没有血缘关系的亲情，所以乔姨心里的痛更是浓烈。

“走吧，我们去看一看他。”乔姨握住衣繁夏的手，缓慢地朝房门外走去。

如果一切平静，那将是无比美好的一天，可衣繁夏跟在乔姨身后，每迈一步，心底就更沉重一分。

两个人辗转来到远海市一家殡仪馆，许是怕衣繁夏害怕，乔姨放慢脚步回头望去的时候，才发现身后没了人影。

“繁夏……”乔姨着急地喊了一声，再寻去，才看到衣繁夏停站在路沿旁边傻傻发呆。乔姨走到她身边，道：“不要害怕，有我在。”

其实衣繁夏并不是因为害怕殡仪馆这个地方，而是害怕见到晨安的尸体。

乔姨牵着衣繁夏的手，一步步走进那冰冷的殡仪馆，穿着素衣的工作人员站在大厅里，见两个人走进来忙上前询问：“你们可是来认领晨安尸体的？”

乔姨点点头，工作人员伸手指引两个人朝大厅后方走去，边走边解释道：“吴警官已经安排好了，我会带你们过去。”

殡仪馆走廊上，墙壁边角是用黑色塑胶条装饰的，每隔五六米摆放一盆绿色植物，空气中弥散着一股令人不舒服的味道，而即便是夏天，走在里面依旧冷飕飕的。

衣繁夏小心翼翼地喘息着，跟在工作人员和乔姨身后，最后停在了写有“停尸间”三字的房门前。

工作人员轻轻推开那道房门，骇人的冷气扑面而来，一面铁柜满是暗格，只见一名工作人员将最左边的暗格拉开，塑胶袋中放着一具面目全非的尸体。

“听警官说是在大海中打捞出来的，因为身体和脸部多处损伤，再加上海水多日浸泡，从外观上很难识别了。”工作人员声音压得极低，生怕一字一句都会给认领尸体的人带来伤害。

听完这番话，乔姨整个人瘫坐在地上，崩溃地痛哭起来，要不是双手抓着暗格边，只怕会摔倒在地。

一片哭声中，衣繁夏悄悄地探出头望了眼暗格，睡在其中的尸体，身高与晨安确实很相似，泡到浮肿的皮肤却很难认出相貌。也不知哪儿来的勇气，衣繁夏竟然大胆地走到暗格旁，想要伸手查看尸体的眼睛，毕竟晨安是混血儿，瞳孔是蓝颜色的。

可她这个举动却被工作人员制止：“你要干吗？”

衣繁夏被吓了一跳，怔怔地摇摇头，退回乔姨身边，也不再作声，只是盯着暗格里那具冷冰冰的尸体出神。

“繁夏……”乔姨抹去眼泪重新振作起来，“你扶我去办认领手续。”

虽然衣繁夏心中有种奇怪的感觉，可还是按照乔姨的说法去做了，认领手续并不烦琐，半个小时后两个人走出殡仪馆，一路上两个人都怀揣心事，还是乔姨率先开口：“我们后天为晨安举办葬礼好不好？也好让他得到安息。”

关于这件事，衣繁夏并没有太多意见，而且如今的晨安早已没了亲人，愿意毫无保留、全心全意帮他的人也就只有乔姨了。

“听乔姨安排就好。”衣繁夏回答完时已经到了小路的分岔，她指指前方，“乔姨，我从这边走。”

乔姨疲惫地点点头，声音低弱：“回去好好休息，别太难过了。”

人在极度的悲伤之中，最无用处的就是安慰，那一颗撕碎的心脏，必须经过狂风暴雨的洗礼，才能得到安宁。所以衣繁夏微微垂眉，算是对乔姨的一种回应。

整个上午衣繁夏都游荡在街道上，临近正午的阳光灼人皮肤，闷热、烦躁，汗水不止，可她依旧不躲闪，地上的影子由长变短，晒到整个身体都变得滚烫。

“衣繁夏！”

不知哪里传来一个男孩子的声音，她停住脚步去看，远远地望见一个熟悉的身影，她诧异得不禁唤出他的名字：“斌威。”

斌威直接丢下手里的行李箱，直奔衣繁夏跑来，在停于她面前的那一刻，将她用力地抱入怀中，心疼地拍着她后背：“对不起，这些日子你一定过得很痛苦吧。”

有句歌词说“最怕朋友突然的关心”。

的确，在看见斌威的一刹那，原本忍痛平静下来的心情，如同泥塑的城堡，顷刻间土崩瓦解，而刚被吹干的眼泪，也不争气地流了下来。

衣繁夏在斌威宽大的怀抱里肆无忌惮地放声大哭。

关于晨安死亡的消息是吴帅告诉斌威的。离开远海市不过两个月，他怎么也想不到，两个月前还活得好好的晨安如今只剩下一具躯壳，他是知道衣繁夏与晨安彼此喜欢，所以更加明白衣繁夏此刻内心的痛。

那段日子，因为晨安的事情，本就柔弱的她更是瘦了一圈。

斌威看得心疼，回到住处后做了一大桌丰盛的午餐，整个过程衣繁夏都蹲在厨房的门框边，沉默半天开口问道：“你准备在远海市留多久？”

“留到你不难过，不悲伤的时候。”斌威眼里满满的深情，治愈了衣繁夏的内心，他指指餐桌上的饭菜，佯装生气的样子，“我特地从法国飞回来为你做的饭菜，你可不能浪费哦。而且……”斌威停顿片刻，犹豫着要不要说下去：“而且晨安也不希望看到你这样憔悴。”

衣繁夏随便拨弄着碗中的饭菜，心不在焉地吐出一句话：“后天是晨安的葬礼，你会去吗？”

“要去。”

简短的对话后房间里再次陷入平静，亦如那一天深沉的夜晚，亦如斌威辗转反侧的身影。

第二天一大早，斌威便去了趟看守所，直到敖瀚出现在探访室时，他都没有想好要不要将晨安死亡的事情告诉敖瀚。

两个多月的看守所生活，令敖瀚两鬓斑白、皱纹满布，走起路来也是步履蹒跚，看见斌威，眼泪开始在眼眶打转，声音颤抖着：“不是去法国了吗？怎么又回来了？”

斌威始终半低着头，嘴唇微动着几次又将话语吞回了肚子里。

“是不是发生了什么事，不然你怎么会突然回来？”敖瀚语气明显着急了许多。

此事并非小事，斌威觉得敖瀚应该知道，他深吸一口气，抬头与敖瀚对视，小心翼翼地说道：“敖嘉彦……哦不，是晨安，晨安在意大利出事了，前些天吴先生帮忙找到他的尸体，乔姨安排明天为他举行葬礼。”

斌威最后一个话音落下时，敖瀚搭在桌角上的双手突然垂在半空中，整个人像被掏空了灵魂般瘫软在座位上。

在来看守所之前，斌威设想过父亲敖瀚知道晨安死讯后的表情，毫不在意的冷酷无情或是心疼无奈的伤心欲绝，可怎么也没想到竟是这番景象。

“您没事吧？”斌威看敖瀚这副表情关切地问道。

只见敖瀚摇摇头，话语呜咽：“这命苦的孩子，跟着我的时候总是受委屈，如今又落得这个下场，终归是我欠他的……”

回想过往的那些年，晨安作为敖嘉彦这个身份生活的时候，似乎总被高墙、学业束缚，他不能走错一步，更不能辜负敖瀚对他的期望，所以他总是负累，也总是被敖瀚责骂。然而那十几年的父子之情，终究不是清水流过，因为即便在责骂之下，也依旧蕴藏着一丝关切之情，而这之中敖瀚更多的是对晨安的愧疚。

敖瀚用手指蹭了蹭眼角，极力平复自己的语调，说："我无法出去，你帮我送一束薄荷草吧，他自小就喜欢薄荷的味道和葱绿的颜色。"

"别墅花房里的薄荷也是您为他种的吧？"斌威追问道。

敖瀚并没有回答他，而是起身离开探访室，但在转身离开的瞬间，那滑落下的泪痕却给出了无声的回答。

亦如第二天的葬礼现场。

晨安的葬礼是在敖家别墅举行的，来人不算多，除了要好的同学外，便是敖家的工人，衣繁夏、牧苒和斌威也在场。

那时牧苒在少管所受教，这次她特地申请才得以见到晨安最后一面。

整个葬礼现场很是安静，衣繁夏与牧苒始终站在人群的第二排，在众人鞠躬后，斌威将一束鲜绿色的薄荷草放到晨安的照片前，轻声说道："也许他不是位好父亲，但他终究是爱你的。"

葬礼结束，人群散去，衣繁夏本想去和牧苒道别，可不想牧苒就像陌生人一般与她错肩而过。

这一幕被身后的斌威尽收眼底，他上前安慰道："有时当个陌生人才会让彼此更好过些，抱着对你的愧疚心，牧苒一定也不好过。"

是啊，她只想着自己能放掉过去，却从没想过牧苒作为当事者的感受。

"你现在还好吗？要我留下来陪你吗？"斌威与衣繁夏并肩而站，望着花房里那一簇簇薄荷草。

衣繁夏微微而笑，勇敢地拒绝道："不用了，我自己也可以坚强地前行。"

她知道这一路走来，自己承载了太多的照顾，而未来的路并没有人有义务陪你前行，所以衣繁夏不愿再依靠任何人！

而在那个炎炎夏日里，晨安走了，斌威也回法国了，乔姨为了生计找到了一份保洁的工作，整个暑假衣繁夏都喜欢坐在小区的凉亭里发呆，迎着清晨与晚风，像一个沉思的诗人，有着要将人生看穿的成熟感。

蒋如婷出现在小区时，衣繁夏诧异得差点儿洒了杯中的水。

"你什么时候来的？"衣繁夏起身询问，两个人的距离始终保持在两米之外。

蒋如婷红着眼圈，柔声回道："一直站在葬礼的人群中，本想默默离开，可还是有些担心你。"

衣繁夏深吸一口气，一副云淡风轻的模样："担心我什么？"

“担心你太过坚强，一个人承受所有的痛苦。”蒋如婷太清楚她了，敖嘉彦的死会给衣繁夏沉重的打击，有时经历过生死离别之痛的人，未必会变得更坚强，而是更惧怕。

此时此刻，蒋如婷的话倒是安慰了她不少，虽然她们两个人都经历了友情的考验，可衣繁夏不得不承认，蒋如婷是真的了解她。

“不论何时，你都可以随时找我，只要你愿意，不管是开心的还是悲伤的事情，我都愿意倾听，我保证再也不会做一个逃避者了。”蒋如婷说得真诚，并伸出左手想要与她握一握手。

衣繁夏吸吸鼻水，突然张开双臂，蒋如婷当然明白她的意思。

两个人紧紧相拥，冰释前嫌。

那天衣繁夏才知道，蒋如婷考取了西藏的一所大学，这与她想要出国留学的初衷相差甚远。

“为什么做了这样的决定？”衣繁夏很是不解。

蒋如婷闷声一笑：“都说西藏的天空能净化人的思想，所以我想我最需要的不是去国外逃避，而是要去一个我真正喜欢的地方，寻找那个最初最善良的我。”

衣繁夏心疼地握住蒋如婷的手，说：“没事了，我们都会好起来的。”

盛夏之中，烈日当空，两个曾经最要好的朋友，两个曾经迷失方向的女孩，肆无忌惮地将自己曝晒在骄阳之下，晒去一身苦涩与悲伤。

2

衣繁夏的高考成绩并不差，可她却在高考志愿表上填了远海大学。

当初斌威知道这件事的时候，甚至给她打了个越洋电话，言语中满是担忧：“经历过这么多事，为什么不换一个城市生活？远海市到底还有什么值得你留恋的？”

听了斌威的抱怨后，衣繁夏也绞尽脑汁地思考着这个问题，而答案是不知留恋何物，却也不愿离开。

她自小就倔，决定的事任何人都无法改变，所以斌威也就随她了。

大学开学的日子是8月29日，衣繁夏拖着简单的行李箱独自前来远海大学报到。

那天的远海大学好不热闹，校门外停着一辆辆满载新生的巴士车，拖着大袋小袋的父母们和脸庞稚嫩的孩子们成了校园的一道风景。

每个人都兴奋至极，只有衣繁夏平静如初。她漫无目的地走在校园里，时而埋头发呆，时而东张西望，正走着，突然觉得手中的行李箱像是被什么绊住，她回头一看，原来是行李箱的滑轮轧在了一个男生的脚背上。

“对不起。”衣繁夏匆忙低头道歉。

“哈，没事，要不是你的声音我都没注意到自己被轧到脚呢。”

男孩的声音清朗富有穿透力，衣繁夏好奇地抬头望去，在与男孩四目相对的刹那，她整个人如触电般僵直在原地。

男孩伸着五根手指在衣繁夏眼前晃了晃，关切地问：“你没事吧？”

衣繁夏一副惊恐的表情反倒吓坏了男孩，男孩想要伸手触碰下她的肩膀，她却猛地后退两步，不可置信地盯着男孩那双浅蓝色的眼眸，唇间吐出一个名字：“晨安。”

男孩听了这个名字也一愣，随即抓住衣繁夏的肩膀，眼里闪着泪光质问道：“你认识晨安？”

眼前这个男生与晨安长相一模一样，同样的轮廓与五官，同样的蓝色眼眸，仿佛晨安本人，可晨安的葬礼她是亲自参加的，所以眼前这个人绝不是晨安。

“你是谁？为什么和晨安长得一模一样？”衣繁夏惊愕地问道。

男孩收回手，表情凝重地回答她的问题：“我叫晨笙，是晨安的双胞胎弟弟。”

衣繁夏并不容易轻信人，只是眼前这个人长着与晨安相似的脸，所以双胞胎兄弟的说辞她也不得不信。

“晨安现在在哪儿？你能告诉我吗？”看得出晨笙很着急。

衣繁夏咬紧下唇，沉默半天，吞吞吐吐道：“晨安他……”

一句话没说完，眼泪便在衣繁夏的眼眶中打转。

此番表情让晨笙心里没了底，一再追问：“到底怎么了？你快说呀！”

衣繁夏抬着一双红肿的眼睛，在口中说到晨安名字的瞬间，眼泪顷刻而落：“他死了，死在意大利云崖石下的大海中。”

晨笙眼神变得有些空洞，说不出是悲伤还是其他的情绪。

衣繁夏不敢多言，一直守在晨笙身边，不多问他的过往，也不多说关于晨安的过往。

那时，两个人就坐在通往篮球场的台阶上，来来往往的新生里，他们却一副事不关己的模样。

“同学，你们是不是还没报到？”

两个人一怔，同时回头看着一个学长似的男生，这才意识到自己竟然浪费了一天时间都没有报到。

好在在学长的指引下，衣繁夏与晨笙顺利办完报到手续，而且很巧合的是两个人同在汉语言文学专业二班。

“看来我们很有缘啊。”晨笙走出报到教室，扭头冲着衣繁夏浅浅一笑。

然而那一笑却让衣繁夏心头一颤，那笑容太像晨安了，却又很不同，晨安的笑如同阳光般温暖，可晨笙的笑却有些玩世不恭，他总是一边嘴角倾斜，露出坏坏的笑。

衣繁夏迅速低下头，告诫自己他并不是晨安，以此压制住那颗跳跃不安的心。

入学的那些天，衣繁夏故意躲开晨笙，她一个人去军训，一个人去食堂，一个人回宿舍。

“可以跟我聊聊晨安的过去吗？”

晨笙问这句话的时候，衣繁夏正躺在校医务室的病床上。

连日军训加上骄阳当空，让本就体弱的衣繁夏在站军姿时眩晕倒地，一班人手忙脚乱，只有晨笙冲出队伍将她背到了医务室，并一直陪在身边，直到她苏醒。

“晨安……”迷迷糊糊中的衣繁夏一睁开眼，看着眼前这张熟悉的脸不禁唤出那个让她日思夜想的名字。

晨笙一声苦笑，又匆匆掩饰掉自己的尴尬，他云淡风轻地问道：“你喜欢晨安吗？”

这个问题令衣繁夏吃了一惊，整张小脸涨得通红，晃着一双手，极力否认着：“没有，你别乱说。”

还在青春期的女孩子，总爱口是心非，可一个害羞的表情便足以道出心底的秘密。

晨笙明了，也不一再追问，反倒说起了自己的经历。

“我跟随父母一起生活，在意大利的日子真是惬意又安稳……”

“你父母在哪里？”晨笙一句话没说完就被衣繁夏情绪激动地打断了。

晨笙茫然地看着她，不知道她如此激动的缘由：“你为什么这么在意我的父母？”

衣繁夏这才意识到自己的失态，于是抱歉地低下头，回答他的问题：“因为晨安就是去意大利找父母才会摔下云崖海岸遇难的，他最大的心愿就是弄明白父母为什么会抛弃他，为什么要将他丢在孤儿院。”

“这世界上没有会抛弃自己孩子的父母，如果真的做了，就一定有迫不得已的原因。”晨笙这样解释道。

衣繁夏一副打破砂锅问到底的架势：“那迫不得已抛弃晨安的原因是什么呢？”

晨笙面色凝重地摇摇头：“这我不知道。我甚至不知道晨安的存在。”

不知道晨安的存在，这一点的确是真的。

在晨笙的解释中，他是在一年前才知晓自己有个双胞胎哥哥的事实的。

过去的那些年，晨笙的父亲比安奇和母亲苏青，一直在暗中寻找晨安的下落，好不容易委托一家私家侦探查找到一丝消息，父亲比安奇却因劳累过度而病倒，在与母亲的聊天中，晨笙无意间听到了关于晨安的事情。

晨笙将视线移向窗外，继续解释：“父母听闻晨安被领养回中国，所以在一年前我们也回到远海市定居了，只是没想到会在这遇见你，并以这样的方式得知关于我哥的事情，所以我能求你件事情吗？”

衣繁夏毫不设防地点点头。

“如果哪天你见到我的父母，请先替我保守晨安死亡的消息，我不想让他们伤心，我会找机会再告诉他们的。”晨笙说得动情，满脸的担忧。

这个请求衣繁夏觉得理所应当，更对晨笙好感倍增，她努力从病床上坐起身，郑重地答应道：“你放心，我不会说出去的。”

“云崖石吊坠！”晨笙错愕的声音令衣繁夏一怔。

因为衣繁夏的动作略大，使脖颈上的云崖石吊坠从衣领内滑出，她低头一看，尴尬地又将吊坠放回衣领内，吞吞吐吐地回答道：“晨安是……是让我代为保管的，没别的意思。”

晨笙摸着她的脑袋安抚道：“好好好，你别紧张，我就是随口一说罢了，曾听母亲说过这云崖石是她与父亲的定情之物，当初留在了晨安身上。”

吊坠毕竟不是自己的，衣繁夏很清楚当初晨安会给自己多是因为没找到家人，而今弟弟晨笙和父母都健在，这枚吊坠也理所应当还给晨安的家人，可她却心有不舍。

“我知道这吊坠对你和你家人来说很重要，可是……”衣繁夏眉头锁成了一个川字，大概连她都觉得自己接下来的想法有些过分了，但还是不死心地想要问一问：“这枚吊坠可以先放我这里保管吗？”

衣繁夏可怜兮兮地望着晨笙，祈求着他能答应自己这个不情之请。

晨笙略微迟疑片刻，似乎有着自己的打算，但他不得不承认，衣繁夏那张惹人心疼的小脸着实让人狠不下心。

“也许你比我们更需要它。”晨笙说这句话的时候脸上流露出宠溺的神情。

人与人之间的感情总是很奇妙，在相处的过程中会改变对另一个人的看法，也会渐渐习惯一个人的存在。

军训结束后回归真正的大学生活，衣繁夏与晨笙同在一班，接触的机会自然增多，大学上课并没有固定的座次，但衣繁夏总爱坐在临近窗户的座位，晨笙也跟着坐在她前方，美其名曰：“好在你睡觉的时候帮你挡住老师的视线。”

起初衣繁夏还会板着脸让晨笙坐远点儿，可奈何他太执着，任凭她冷嘲热讽，他都雷打不动，不仅如此，衣繁夏的课余时间也被晨笙占据着，一点一滴，分分秒秒。

晨笙喜欢打篮球，简直能用酷爱来形容。每天晚饭后，他都会一遍遍打手机骚扰，衣繁夏不喜吵闹，挂过几次电话后，晨笙竟然跑到女生宿舍楼阳台一面喊着她的名字：“衣繁夏，别整天把自己关在房间里，会发霉的，我带你重见天日啊。”

衣繁夏是个敏感的姑娘，不喜出风头，更不喜欢被人注视的感觉，虽然她躲在被子里，可因为晨笙的叫喊，似乎所有人都将目光投向了她。而衣繁夏越躲，晨笙的叫声反倒更大。

不知如何是好的衣繁夏，只好冲出宿舍楼，看见她，晨笙笑得像个孩子一样满足，原本还是满心怒火的她，那张脸、那个笑，瞬间就将愤怒消化掉。

晨笙一手抱着篮球，一手扯过衣繁夏的手腕，边往篮球场的方向走边说：“你就是懒，得有个人把你带出去，才能改变你的忧郁情绪。”

衣繁夏并不承认晨笙的说法，但又不知如何反驳，只是挠着头乖乖跟在他身后。

“你就坐这里看，等我打完球带你去吃好吃的。”晨笙将衣繁夏安排在球场边上的休息凳上，还细心地用纸巾擦拭掉灰尘，直到看着她安稳地坐好，才转身钻进球队中。

那是衣繁夏第一次观看晨笙打比赛，一身白色的篮球衫和短裤穿在他高而匀称的身上，让他整个人看上去很是精神，而他奔驰在球场上，时而带球突破，时而挺身投篮，干净利落的动作惹得场边无数女生尖叫连连。

衣繁夏侧头发呆，她在想，晨安与晨笙即便长着一张相同的脸，可一切又截然不同。

晨安是安静的，他喜欢在午后捧书而读，或是调制一杯花茶，配着巧克力慢慢品尝。

晨笙是活泼的，他喜欢所有富有激情的事情，打球、社交，所有新鲜的事情他都愿意尝试。

衣繁夏正想得出神，视线中忽然看到晨笙正微笑着朝她挥手，那一瞬间她内心又迷茫了。

因为，有一种怦然心动的情愫在身体里徘徊，是来自晨安，还是因为晨笙？衣繁夏竟然发现自己已经看不懂自己了。

毕竟，所有的不确定，最终都会令一段情感无疾而终。

3

如果没有那次的偷听，也许衣繁夏真会陷入晨笙编织的谎言里，陷入对晨笙的种种好感里。

那是九月末的一个周六傍晚，原本晨笙与衣繁夏约好晚上要去看一场烟花表演，可她在校门外等到天将黑，都没能等到晨笙。晨笙与她在一起时从不会迟到，今天却整整晚了一个小时，其间给他打了十几通电话，全都无人接听。

原本期待一场精彩绝伦的烟花表演，可现在整颗心就像被人丢进了冰窖里，仿佛所有激昂的情绪都被一点点淹没。

看烟花本是晨笙的提议，如今他不来，衣繁夏也觉得独自看太无趣，带着失落的情绪她漫无目的地朝回走。校园小道上的茂密树叶，在街灯的照映下像一幅斑驳的油画，而小道的尽头是一间水吧，由于过了吃饭时间，水吧里顾客稀少，她刚走过大门便被“晨笙”这个名字吸引住。

往水吧里面望去，果然晨笙坐在里面，对面坐着一对中年男女，男人的头发呈现金黄色，身材高朗而瘦弱，女人则慈眉善目，一头齐肩长发优雅地飘在肩头。

男人咳嗽的间隙，女人关心地问道：“在这儿生活还习惯吗？缺什么东西尽管跟妈妈说。”

“他缺什么？他有的东西晨安一样没有。”男人没好气的插嘴让气氛变得极为尴尬。

坐在对面的晨笙脸色一阵惨白，毕恭毕敬地回答着：“妈妈，我很好，并不需要什么，我会尽快找到哥哥的。”

这对男女不是别人，正是晨安、晨笙的亲生父母比安奇与苏青。

比安奇看上去并不喜欢晨笙，言语中透着一股防备之心："谁让你找了？找晨安的事我和你妈会看着办的，你就打消继承我财产的想法吧，除非晨安不在这个世界上！"

苏青碰了下比安奇："好不容易来看儿子一次，你就不能少说一句吗？"

看着父母两个人的模样，晨笙心有不甘，冷冰冰地说道："他死了。"

"你说什么？"比安奇和苏青异口同声地问道。

晨笙视线落在桌面上，并不看父母，整个人冷漠得像一台毫无感情的机器，从口中吐出一句话："晨安已经死了，我现在是您唯一的继承人！"

比安奇猛地站起身，双手撑在桌面上，气得身体直发抖："我不信！"

晨笙也从座位上站起来，似乎并不在乎父亲此时的心情，他说："我会让你相信的，因为我找到了云崖石吊坠。"

后面的话衣繁夏只字未听，她只觉得犹如一盆冰水倒浇在自己头上。与晨笙的相遇让衣繁夏有过无数种设想，可让她万万没想到的是，拥有一张与晨安相似的脸，却有着与晨安截然不同的心性。

晨笙所谓的寻找哥哥只不过是为了与其争夺财产继承权，倘若晨安健康地生活在这个世界上，又在这所学校里遇见了晨笙，她不敢想象，为了财产继承权晨笙会做出怎样的事情！

但有一点衣繁夏怎么也想不通，如果拿到吊坠就能令比安奇相信大儿子已死亡的话，那么晨笙为何要答应云崖石吊坠由她保管？

衣繁夏想不明白，也不再逼迫自己去想，但她在心底却下定决心，再也不要被晨笙欺骗，云崖石吊坠她也不会交给任何人！

那天晚上，衣繁夏一个人坐在宿舍的阳台上，听着校园里传来的喧闹声越发觉得自己孤独得可怜，而面对晨笙接二连三打来的电话，她通通挂断，恨一个人有时候是没有进路和退路的，因为只有在乎才能恨得起来。

烟花表演在距离大学不远的广场举行，蓝色、银色的烟花花簇在夜空中绽放又熄灭，五光十色令人应接不暇，衣繁夏痴痴地看着只有瞬间生命的烟花，脑海中浮现起过往的一幕幕，关于父亲、斌威、还叫敖嘉彦时的晨安，关于意大利的悲伤，关于真相大白，曾经跟斌威在水晶草田里快乐追逐，曾经与牧苒的种种过节，与蒋如婷真挚而充满不确定性的友情，她真不知是要庆幸自己人生的丰富经历，还是悲伤这一段段不合年龄的颠沛流离的生活……

那一个冗长的夜晚过后，晨笙果然耐不住性子跑来找衣繁夏。

“繁夏，你能下来见我一面吗？我有话对你说。”

看着晨笙发来的短信思索许久，衣繁夏还是决定去见他。

不过清晨七点，女生宿舍楼前一个人也没有，晨笙背靠在梧桐树旁，默默等待着衣繁夏的到来。

“找我什么事？”

听到声音，晨笙直起身子，看到衣繁夏面若寒霜的样子心底一怵，匆忙道歉：“对不起，昨天临时有事，耽误了与你相约的时间。”

衣繁夏想看他要假装到何时，于是并未拆穿他，只是漫不经心地回答道：“没事啊，烟花而已，什么时间都能看。”说着，她故意抓抓脖颈，不经意间云崖石吊坠滑落而出。

“繁夏我……”晨笙双眼紧紧盯着吊坠，话说了一半似乎又觉得不妥，于是语气更加平缓，“云崖石吊坠是哥哥唯一留下的东西，你可以还给我吗？”

衣繁夏想也没想地摇摇头，直截了当地拒绝道：“抱歉，不行，晨安交给我的东西我不能转交他人，这也算是我对他的承诺。”

见衣繁夏如此决绝，晨笙的好脾气也保持不下去了，眼睛一瞪，声音也高出几个分贝：“可他毕竟是我哥哥，我……”

“晨笙，你以后不要再来找我了，我们就当作从来不认识！”衣繁夏又一副拒人于千里之外的样子，冰冷的语言让晨笙有些摸不着头脑，不明白自己到底是哪里得罪了她。

“我下次再陪你看烟花好不好？”晨笙说这句话的时候，正好对上衣繁夏那双充满杀气的眼睛，那个眼神让他瞬间明白了什么，忐忑不安地追问道，“你昨天是不是看到了什么？”

“是，看到了不该看的，听到了不该听的，而我最恨的是，信了不该信的你！你接近我就是为了得到云崖石吊坠吧？”

衣繁夏说完转身就走，却被晨笙一个箭步上前拦住：“你听我解释，不是你想的那样。”

“我只信我亲眼所见、亲耳所听的事实。”衣繁夏意味深长地看着晨笙，“以后再见面我们就当不认识吧，因为看见你会让我想起晨安，更会让我想起你的所作所为。”

不给晨笙一丝解释的机会，衣繁夏便匆匆离去。也正是这一离去，教她看清自己的内心，原来晨安在她心里一直都在，原来晨笙的出现只是代替了他的存在。

拿不到云崖石吊坠的晨笙，一面说服不了父亲，一面又惹得衣繁夏不开心，虽然与衣繁夏相识时间不算久，看衣繁夏的倔强性子他却看得十分真切，于是也不敢过于靠近她。

上课时，衣繁夏还是坐在窗边，晨笙只好坐到过道的另一边。放学后，他便跟在她后面五米以外，去食堂，去操场，晨笙只是远远地跟着，像个若有所失又小心翼翼的孩子。

但衣繁夏是个爱恨分明的人，在一次去教室的路上，她彻底爆发了。

衣繁夏怒火冲天地走到晨笙面前，手指着他发疯般吼着："你可不可以不要跟着我，我想一个人静一静！"

晨笙右手拎着一个袋子，慢悠悠地解释着："看你这些天都没怎么吃饭，买了些你爱吃的糖醋排骨。"晨笙说着将袋子举到半空中。

哪想衣繁夏抬手将袋子打掉，饭盒应声落地，裹着红色酱汁的排骨撒落一地，看上去很是刺眼。

晨笙因她巨大的反应而怔在原地，盯着地上的食物委屈又难堪。

可衣繁夏依旧不依不饶，脸上闪过短暂的内疚之情后，她嘴硬地警告道："晨笙，什么都不要为我做，我不想我们的关系变得更难堪。"

衣繁夏说完，从他身边错肩而过，在同学们诧异的目光中逃离了现场。

衣繁夏并不是铁石心肠，看见晨笙手拿食物的瞬间心底的愤怒被消融了许多，可她明白"如今去便休云，若觅了时无了时"的道理。所以，关于跟晨笙的千丝万缕，她必须当断则断。

至于晨笙，他的确想继承父亲的财产，也的确想拿回云崖石，然而支撑人坚强的是感情，使人最脆弱的也是感情，而晨笙就是陷入了这万劫不复的情感中。

其实与衣繁夏在远海大学里相遇，并不是巧合，而是晨笙一手策划的。

晨笙早在一年前就查到了晨安以敖嘉彦这个名字生活在敖家，虽然找到了晨安，但他从未告诉过父母，他怕晨安的消息会令父母开心，会让自己在父母心中的地位更低。

那时，为了打听关于晨安的消息，晨笙并不敢直接去樱院高中，毕竟两个人长着同样一张脸，倘若被人认出来那晨笙的计划将全部打乱，为了让事情按照自己的计划发展，晨笙只在晨安离开的时候才会进入校园。

晨笙永远也忘不掉，他第一次遇见衣繁夏的场景。

那天下午，一直守在樱院校园外的晨笙，在亲眼看见晨安离开后，做了一个替代晨安的决定。

就这样，晨笙换上事先准备好的校服，跟随着三三两两的学生混进了校园。那时的晨笙只听说过衣繁夏这个名字，却从不曾见过她本人，而他也从未想过在自己踏进校园的那一刻起，便注定了一段不同寻常的缘分。

晨笙强装镇定地走在校园中，总觉得身后有人在喊着什么。

“敖嘉彦，敖嘉彦……”

走了许久，晨笙才突然反应过来，自己现在的身份是敖嘉彦才对，于是匆忙转身去寻找那个声音的来源。

可还没等他转过身来，一个长发飘飘的女孩便跳到了他的面前，巴掌大的小脸上，一双充满忧郁的眼睛中透着不凡的灵气，黑白相间的校服让女孩儿看上去既单纯又可爱。

“你不是请假了吗？怎么又回来了？”

晨笙极力稳住自己的紧张感，垂眉去寻找女孩校服上的胸牌，上面写着“衣繁夏”三个字。

“我忘了拿课本。”晨笙说出的理由，在他自己看来实在低级得要命。

衣繁夏紧抓衣角，追问道：“关于报考的大学我想好了，就是远海大学，你呢？”

“……”从来都没有想过这个问题，一时间让晨笙紧张到出了一身冷汗，吞吞吐吐半天，竟吐出一句话：“你去哪儿我便去哪儿。”

此话一出，晨笙自己也觉得不妥，他觉得自己的表现肯定会被发觉，正想着要如何逃身时，衣繁夏却从书包里拿出一个小锦盒，乐呵呵往他手里塞：“这是我新做的抹茶巧克力，送给你！”

话音刚落，衣繁夏便跑出老远，反倒是晨笙愣在原地有些发蒙，而脑海中全是衣繁夏在递礼物时绯红的脸颊。

青春期的好感，似乎来得更突然一些，一个眼神，一个动作，都让当事者永远猜不到，哪一个节点会涌起心中的波涛。

虽然那礼物并不是给晨笙的，可当自己感受着整个过程时，那种怦然心跳的感觉，却是那样真切，那并不是晨笙第一次收礼物，所以那怦怦的心跳声让他明白，那一刻他喜欢上了衣繁夏。

然而晨笙再也不敢顶着晨安的面具出现在校园里了，他害怕会再次与衣繁夏相遇，害怕她会识出他的真面目，因为他不想让喜欢的人讨厌自己。

再后来，晨笙由关注晨安转变成了关注衣繁夏，她总喜欢一个人踩着干脆的落叶，走在回家的路上，也喜欢在厨房里熬夜制作各式巧克力。晨笙总是这样默默地跟随她，从不会被发现，即便衣繁夏被牧江川囚禁在问轩阁茶馆里，也是一路尾随的晨笙，声东击西引走了牧江川，才给晨安和斌威争取到了救人的时间。

而想要真正出现在衣繁夏面前，这个想法的出现，是因为晨安接二连三的失踪与死亡的消息。

在等待晨安消息的那段时间里，晨笙眼睁睁看着衣繁夏越发憔悴，想要给予安慰，却又不知该以怎样的身份出现在她的面前。

而为了让自己能以真实身份与衣繁夏相处，晨笙特意放弃在意大利上学的机会，转而回国参加高考，并选报了远海大学。

原本这一切都按照晨笙的计划在进行，如果当初他以委婉的说辞，将云崖石吊坠从衣繁夏手里要回来，也许他与她就不会再有这些矛盾。可当看到衣繁夏可怜兮兮地向他祈求着不要拿走云崖石吊坠时，他是真的心软了，哪怕打乱自己的计划，也不愿伤害衣繁夏。

然而，这一切晨笙都不能告诉衣繁夏，因为当某些事从一开始就是谎言的时候，便注定了它一路荒芜的走向。

就像衣繁夏头也不回地离去一样，不是不明白晨笙的心意，只是有些事情从一开始就是错的，他不是晨安，终究不是，即便晨安再也不会回来，她也绝不能让另一个人做他的影子。

Weitian Shaonü
Chuxin Ji

第十四章

波西塔诺小镇的好运钟声

1

据说，大海之所以会激起海浪，是因为终其一生都逃脱不掉海浪的拥抱，而那便是宿命。意大利的波西塔诺小镇最美的季节大概就是九月了，气温适宜，天空万里无云，从远处望去，整个小镇依岩石而建，依山傍水，美得犹如梦境般。

夕阳下，碧蓝的海水被红霞渲染着，连海浪的脚步都变得缓慢许多，在一处悬崖上的橘黄色房子前，有一位皮肤白皙的少年席地而坐，少年的双眼上缠着绷带，他将头高高地昂起，迎着湿润的海风好不自在。

“孩子，晚上风凉，快进屋吧。”

随着这道苍老的声音，少年缓缓回过头，声音清澈地回答道：“谢谢奶奶，我想再坐一会儿。”

满头银发的老奶奶拿了只木凳坐在少年旁边，心疼地问：“孩子，你家在哪儿呀？”

少年摇摇头，说：“记不起来了，每次努力地想要去回忆，头总是疼得翻江倒海。”

“那就别想了。”老奶奶叹口气，望着远方的大海，“你就安心住在这儿吧，等伤病养好了再说。”

“谢谢您，花圃奶奶。”

少年已不记得自己从哪里来，甚至连受伤的原因都记不起来，不过少年很感谢这名花圃奶奶。花圃奶奶年过花甲，独自在意大利生活了三十多年，可她却是个地地道道的热心肠的中国人。

老奶奶在小镇上经营着一家小花店，正值花季，花店里五颜六色、芳香四溢，而她卖花并不是为了钱，而是为了打发时间，她总喜欢带着一篮子鲜花去海边散步，偶尔遇到特殊的顾客，比如相约而来的情侣，或是悲伤的失恋者，老奶奶都会送上一枝花，远近邻居因此称她为花圃奶奶。而少年便是老奶奶在海边散步时救下来的。

那天风浪特别大，拍打着岩石发出巨大的声响，沙滩上，因浪花一波波地侵袭而留下形态各异的贝壳，在不远处沙滩与大海相接的地方，似乎有个人躺在那儿。

花圃奶奶走近一看竟是一位脸色惨白的男孩，手臂和脸上还有着被岩石擦伤的痕迹，那时男孩已经昏厥过去，为了救男孩，她叫了救护车，并交上了医药费。男孩受伤较重，在医院住了一周后被告知眼睛失明，而且因脑部受伤导致间歇性失忆，自己的名字和住处男孩怎么也想不起来，老奶奶于心不忍，便将其带回家中照顾。

天色已黑，居民区中的点点星光反倒映衬着大海的深邃，老奶奶拍着少年的肩膀，提醒道："我扶你进去吧。"

少年身体一震，突然用手扶住额头，痛苦地闷"嗯"一声。

"怎么了？是不是哪里不舒服？"老奶奶关心地问道。

"我……"少年揉着太阳穴，"有个名字在我脑海中一闪而过。"

"是想到了什么吗？"老奶奶随手拿过一根树枝放到少年的手中，"你想到什么就画在沙地上，我来帮你记下来。"

少年在沙地上缓慢地画着，由于光线不太好，老奶奶困难地弯着腰，将他画的内容记在心里。

少年想要记起更多的东西，头却痛得愈加厉害，老奶奶实在不忍心，劝解道："别再想了，这世界上许多东西都是需要顺其自然的。"

少年不再强忍，在老奶奶的搀扶下回到了橘黄色的房屋内。

自从失忆后，意大利大海的模样他一点儿也没有印象了，老奶奶总是安慰他说："等拆了纱布，你或许就能看见东西了。"

少年心里虽然不安，却依旧怀揣希望，至少能够看到光亮的希望。

眼睛拆纱布的时间是两周后，少年在老奶奶的陪同下来到了一家大型医院，主治医生手持剪刀准备替他拆线，少年紧张极了，紧握的双手被指甲抠出一道道血痕，喉结也跟着粗重的喘息声而上下浮动。

"医生，我会看得见吧？"

面对少年的问题，医生并不敢给出准确的答复，只是默不作声地忙着手里的工作。缠绕在眼上的纱布停留多日，此刻一圈圈解开的轻松感反倒有些不适应，而亮光也随着纱布层数的递减使眼睛越发酸涨。

"睁开眼试试看。"戴着厚厚眼镜的男医生语气低沉地说道。

少年眉头一皱，忍着巨大的酸痛感缓缓睁开眼睛。

最激动的莫过于老奶奶了，焦急地问："是不是能看到我了？"

少年痴愣愣的并不回答，一双蓝色的眼眸空洞地望着前方。

"到底如何？"老奶奶再次追问。

只见少年脸色一沉，轻轻摇着头，委屈地回答道："看不见，什么都看不见。"

这句话让病房里的气氛变得安静异常，因为大家明白希望破灭后的绝望是多么令人无奈，而众人也不敢再多说安慰的话，反倒是少年轻声一笑，语气也变得越发明朗："没关系，反正我也已经习惯了黑暗的世界，好与不好都无所谓。"

看着年纪轻轻的孩子说出这样懂事的话，还真是令在场的大人们心疼不已。

少年的眼睛终归是没有康复，回去的路上他却一反常态地多话：“奶奶，以后我帮你卖花好不好，总是要您照顾挺对不住您的。”

“好啊，出去散散心对身体好。”老奶奶宽慰着他，将他牵引着朝家的方向走去。

从那以后，波西塔诺小镇上便多了一名手持盲人拐杖的少年，少年总爱穿着蓝白色相间的衬衣，后背的书包里放着十几枝应景的鲜花，偶尔老奶奶会跟随他，但更多时候都是独自前行，缓慢地前行，似乎在等待着特别的召唤。

那是一个浮云安逸的傍晚，临近悬崖的海水由于没了阳光的照射而呈现出一片墨蓝的颜色。

少年缓慢地走在街道上，身后忽然传来一个苍老的声音：“孩子，我们又见面了。”

少年停下脚步，仔细回忆着这个声音：“您知道我？”

“你忘了吗？是我告诉你云崖海岸的地址呀。”

说话的老人，正是那位在波西塔诺小镇街头作画的画家，蓝色手帕束着银白的发丝，身着一条素色的长裙，虽然已是六七十岁的高龄，却对过往停留的人过目不忘。只可惜男孩却对这一切一无所知。

“那您知道我是谁吗？”少年着急，险些被台阶绊倒。

女画家伸手在少年眼前晃了又晃，见他没什么反应，说：“不，我不知道你是谁，我只知道你在找云崖海岸。”

“云崖海岸，云崖海岸……”少年一遍遍在口中念着这个地名，觉得它很熟悉，却又记不起更多的片段。

少年失落地往回走，女画家突然用不标准的中国话叫住他：“孩子，在你寻找云崖海岸不久，有个长发飘飘的中国女孩也来找过你。”

“她长什么样子？”

“个子高高的，长头发，脖子上戴着一枚石头吊坠。”女画家缓慢地回忆道。

在女画家说完这些后，少年脑海闪过一个女孩的形象，她站在一簇绿色薄荷丛前，一脸的忧伤表情。

“繁夏，繁夏，衣繁夏……”

少年莫名其妙地念着这个名字，诧异于自己对这个名字的熟悉感。

“为什么我还是想不起来？我真是没用！”少年背靠在墙壁上，痛苦地抓着头发自责着，盲人手杖也摔在地上，继而他觉得后脑勺处一阵剧痛，耳边响起女画家的惊呼声，一个花盆应声落地。

“有没有受伤？”女画家扶住少年关切地询问着，只见少年身子一缩，恍然大悟地睁大了那双失明的眼睛。

在少年空白的记忆里，有一个木棍状的东西击打在他的前额上，眼前的人影一晃，他便掉进了蓝色的海水里。少年想要回忆起更多的东西，头脑中却只剩下阵阵疼痛。

女画家为少年捡起盲人手杖，通过这简短的对话虽然并不知少年发生了何事，但也大概明白他失忆、失明后对过往全然无知的痛苦。

“孩子啊。”女画家轻轻拍着他的肩膀，似乎是怕自己用意大利语他听不明白，转而用中国话开导道，“有些事情不必追寻，既然上帝有意安排，我们就顺其自然吧，所有的缘分和结点，终会在未来的某一天得到顿悟。”

六七十岁的人生虽然未必会拯救少年的现状，却能缓解少年波动的情绪。

少年紧紧握住盲人手杖，自言自语道：“您说得对，我总会想起来的，想起我是谁，想起那个女孩和曾经的一切！”

波西塔诺小镇上的教堂，又响起新一轮钟声，他觉得记忆好似在一点点复苏，即便有些模糊，但他确定记忆的深处，被他遗忘的那些人和事，都是他最宝贵的一部分。而用木棒给他致命一击的人又是谁？加害他的原因又是什么？这些就像是被丢进宇宙之中的秘密，想要寻找也是千头万绪。而此时天色如墨，少年告别女画家，手持手杖缓慢前行，背包里半露出的花朵在夜风的吹拂下花瓣散落，幽幽的街灯下，少年的背影瘦削而又寂寥，而他的人生何去何从，又将从哪里起步都还是个未知数。

2

远海市的十月，在几场小雨过后，天气冷意袭来，正值国庆假期，衣繁夏带着简单的行李回到了住处，那还是斌威曾经的住处，她一直没有更换地方。由于许久无人回来，大门上已是灰尘满布，她随手打开门旁的邮筒箱，除了一沓广告纸外，竟然还有一封模样精巧的信。

衣繁夏取出那封信，信封的地址来自意大利波西塔诺小镇，日期写着九月十五日，她小心翼翼地将其撕开，白色的信纸上只有简单的“你是谁”三个字。

衣繁夏捧着这张特殊的信纸，眼含热泪，那娟秀而规整的楷体她欣赏过无数次，她不会认错，那是晨安的字迹！况且信还是从意大利寄回来的，也许晨安还活着，这样的想法在她脑海中一闪而过后便再也消磨不掉。衣繁夏想了整整一个晚上，最终还是决定，将晨安活着的想法告诉吴帅，她冲出家门，却看到坐在台阶上失魂落魄的晨笙。

“你怎么会在这儿？又怎么会知道我家的地址？”衣繁夏很是诧异，然而此刻再面对着与晨安相似的脸，她再也不会动恻隐之心了。

“对不起，一年前我便知道了你的住处。”这一次的晨笙想要说出实情，也想要得到衣繁夏的原谅。

一年前？在衣繁夏看来，她与晨笙相识不过一个月，他所谓的时间段让她有些后怕。

衣繁夏不敢置信地凝视着晨笙，问：“到底还有什么事是我不知道的，或者说是你故意隐瞒的？”

晨笙的眼神落在地上，似在逃避：“一年前我便查到了晨安的消息，甚至还以他的身份出现在樱院高中，也就是那时我认识了你。”

“你那时就见过我？具体是什么时候？”衣繁夏觉得他说的话有些不可思议。

“你第一次做抹茶巧克力的时候。”

衣繁夏倒吸口凉气，像泄了气的气球，恍然大悟道：“所以那天我送礼物的人是你，不是晨安？”

晨笙点点头，算是默认了。被欺骗的感觉总是很无助，因为你会发现，被骗的时候傻到让自己都无奈，以至于连生气的力气都没有了。

“算了。我以后都不想再见到你。”衣繁夏想往外走，刚走两步又回过身说，“晨安或许还活着，不，我觉得他就是活着，我会找到他，带他回来，至于你们的家事我不会过问。”

衣繁夏说完就离开了住处，只留下晨笙一人站在楼道口，不知是发呆还是在想事情，只见他脸上的神情一会儿阴沉，一会儿神秘，总之复杂得让人猜不透。

衣繁夏跑到警局找到吴帅，一开口便是：“吴叔叔，我觉得晨安还活着，你看，这是我今天刚拿到的信。”

晨安的葬礼结束已经快半年了，所以衣繁夏说出这样的话时，吴帅的第一反应就是不相信。

“繁夏，我知道你难过，可有些事既然发生了就无法再改变，你应该学着去接受。”吴帅语重心长地劝解着。

吴帅这么一说，让衣繁夏更是心急，她扯出信纸塞给他看：“真的，你看这信中的字体，就是出自晨安之手。”

不过普通一封信就断定人的生死，吴帅觉得太儿戏了，他继续劝阻道："快别乱想了，我这边还有好多案子要处理呢。"

衣繁夏高昂的情绪突然变得很失落，她知道吴帅并不相信自己说的话，于是去找乔姨，那时乔姨已经找到了新的工作，看见衣繁夏时脸上堆满了幸福的笑容。当乔姨问"找我是不是有事"时，衣繁夏便将自己想要说的话硬生生地吞回了肚子里。乔姨走出了晨安死亡的阴霾，衣繁夏看着乔姨两鬓的白发，实在不忍心打破她现在的安宁。

衣繁夏摆摆手，笑呵呵道："没事，就是来看看您。"

那一刻衣繁夏就明白了，有些事她必须靠自己。所以在回去的路上，她暗自下定决心：晨安，我一定会找到你，不论何时何地，就像你曾经救我一样，这一次就让我带你离开意大利的深渊。所以衣繁夏趁着国庆假期，又连请三天事假，她带着简单的背包和那封只有三个字的信，再次前往意大利。依旧是波西塔诺小镇，狭长的街道和独具特色的建筑，在衣繁夏的脚下匆匆掠过。

在这个陌生的国度里，衣繁夏想要寻找晨安的唯一办法就是照片，她用这种笨方法逐人询问，问过许多路人，纷纷摆手表示不知，她垂头丧气地蹲在街角，迷茫得不知何去何从。

"孩子，送你一枝花。"

衣繁夏缓缓抬起头，是一位头发花白的老奶奶，她手里提着一个盛满鲜花的篮筐，满面慈祥地看着她手里的照片。

衣繁夏一下来了精神，匆忙询问道："奶奶，您见过这个男孩吗？"

老奶奶拿着照片仔细端详着，口中振振有词地念着："这蓝颜色的眼睛很是独特，好像……就是那个失明的少年。"

听闻有线索，衣繁夏扶住奶奶，声音急迫而颤抖："您是不是见过他？请您告诉我吧。"

"这少年前些日子一直住在我家里养病，两周前刚刚离开，我至今都还担心着，一个失明又失忆的孩子独自出去会不会遇到危险。"老奶奶担心地看向远处的大海。

"那您知道他去了哪里吗？"

"不知道，他坚持要走，无论我怎么劝解都不听，走的时候手里还拿着一封信，地址是他凭着断续的记忆拼凑起来的。"

走了，停了，又错过了，衣繁夏终究是没赶上晨安的脚步。深夜里，独自走在灯火通明的波西塔诺小镇上，子夜钟声在镇上响起，又传去大海的深处，衣繁夏又想起父亲的话——“波西塔诺小镇的人们相信子夜是一天的开端，更会带来好运”。

衣繁夏望了一眼星光璀璨的夜空，她不知道自己能否在这个令她历经忐忑的小镇里得到好运的垂青，但此刻她觉得自己是真的幸运，毕竟能够确定晨安还活着，这已是对她的莫大奖赏，所以她更坚信自己能够找到晨安。

衣繁夏裹紧了外套，最远处的天边似乎露出晨曦前的鱼肚白，极富层次感的天色使云朵看起来更具立体感，她抬头凝视，仿佛看见一个蓝色眼眸的男孩子在朝她微笑。

而挂在脖子上的云崖石吊坠随风碰触在肌肤上，冷冰冰的，衣繁夏紧握住那枚吊坠，眼神坚定。山水相依的意大利波西塔诺小镇，承载了太多美丽的风景和悲伤的故事，而对于衣繁夏来说，那云间的少年，找寻他，终归是她的宿命。

3

那是衣繁夏在波西塔诺小镇居住的第二周，她几乎每天都在小镇上闲逛，每每遇到亚洲面孔，她都要仔细看一看，生怕会错过晨安。那天，天气异常凉爽，衣繁夏走在闹市区，猛地一抬头，在拥挤的人群中看到一个熟悉的身影：“晨安……”她不住地呼喊，却得不到任何回应。

人潮拥挤，衣繁夏只好踮起脚尖，那个人的确是晨安！她看得清清楚楚！

那时的衣繁夏，只有一个想法，那就是冲到晨安的身边，她用力地推开人群，带着无比兴奋的情绪，她终是找到了他，她庆幸波西塔诺小镇给她带来了好运，可是，巨大的爆炸声摧毁了她所有的美好。

在衣繁夏的视线中，距离晨安最近的一个摊位响起爆炸声，滚滚浓烟蹿上天空，而那个熟悉的身影，就在人们的尖叫声和轰隆声中，瞬间消失。

瑟瑟发抖的衣繁夏瘫坐在地上，为什么灾祸总是如影随形？她真的不知道，这一次，晨安还能否安然无恙！

——本季完——

巧克力醇香心晴日记本

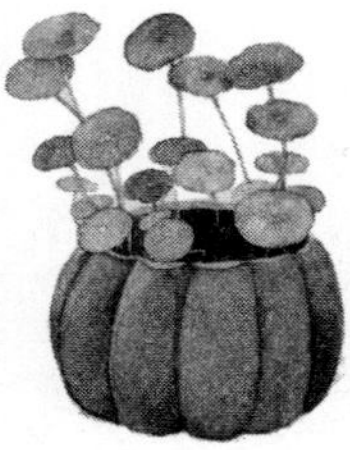